S. A. S.
LE COMPLOT DU CAIRE

GÉRARD DE VILLIERS

S. A. S.

LE COMPLOT
DU CAIRE

PLON

Conseiller technique pour les armes
Gérard P. Alloncle
P.D.G. de Raymond Gérand S.A.

© Librairie Plon / SAS Productions / Osterberg France, 1981.

ISBN : 2 - 259 - 00754 - 6

CHAPITRE PREMIER

Fifi Amer frappa violemment le sol du pied, ce qui fit cliqueter les bracelets de bimbeloterie verte de ses chevilles. Ses yeux, outrageusement maquillés, ombragés de faux cils d'un kilomètre de long, jetaient des éclairs. Sa splendide poitrine à peine voilée par le corselet en strass de son costume de scène se soulevait, comme pour se jeter à la figure de son interlocuteur. Ses lèvres épaisses relevées dans un rictus découvraient des dents éblouissantes de blancheur, à la façon d'un chien qui va mordre. Les deux poings sur ses hanches enrobées d'une saine couche de graisse, elle cracha à pleins poumons.

– Fous le camp, chien!

Abu Sayed avala l'injure sans sourciller. Quand il le fallait, il savait être patient. Avec son costume très près du corps et sa chemise sans cravate, ses chaussures pointues et son allure de séducteur, il ressemblait à un de ces chanteurs d'orchestre qui font se pâmer les Egyptiennes. Ses traits réguliers encadrés par des cheveux très longs étaient à peine crispés. Seules ses prunelles encore plus noires que d'habitude, disaient son exaspération. Il se retourna machinalement pour vérifier que la porte de la minuscule loge où se changeaient les danseuses orientales de la boîte de nuit du *Sheraton* était bien fermée. Fifi Amer suivit son regard et en profita. D'un bond, elle atteignit le battant, l'ouvrit tout grand et répéta, bien campée sur ses pieds nus.

– *Balek!*[1]

La colère embellissait son visage sensuel de courtisane vulgaire. Abu Sayed, l'écarta et referma la porte. Pas question de partir avant d'avoir accompli ce qu'il était venu faire. Serrant sous son bras gauche le paquet qu'il avait apporté, il avança la main droite, effleurant la hanche replète de la danseuse, entre la jupe ajourée et le boléro.

– *Habibi*[2], dit-il d'une voix conciliante, je vais t'expliquer.

Fifi Amer fit un saut en arrière comme si un cobra l'avait piquée.

– Ne me touche pas, chien!

Le regard flamboyant, la poitrine palpitante, ses longs cheveux noirs flottant sur les épaules, elle dégageait une violente sensualité animale. Abu Sayed en ressentit une agréable chaleur dans le bas-ventre. La lueur qui passa dans ses yeux noirs n'échappa pas à Fifi. Celle-ci saisit un sabre qui lui servait lors de sa danse bédouine et le brandit sous le nez d'Abu Sayed.

– Recule, ou je te tue!

Dans l'état où elle se trouvait, elle était capable de tout. D'un geste vif, Abu Sayed lui saisit le poignet, le tordit légèrement, et le sabre tomba à terre.

– Tais-toi!

Tenant toujours son poignet, il fit reculer la danseuse jusqu'au mur. Le fracas de l'orchestre lui parvenait à travers la porte fermée. Dans un quart d'heure, Fifi Amer allait commencer à onduler pour les touristes du Golfe venus se remplir les yeux de

[1] Fous le camp!
[2] Chérie.

voluptés interdites chez les Wahhabites [1] puritains d'Arabie Saoudite.

Posant son paquet sur la coiffeuse, il s'avança jusqu'à toucher la danseuse, plaquant son ventre contre le sien, immobilisant ses poignets. Sournoisement, elle esquissa un coup de genou vers les parties nobles d'Abu Sayed, esquivé facilement. Il en profita pour glisser une jambe entre les cuisses charnues de Fifi. Celle-ci demeura d'abord de glace, et ils restèrent immobiles. Puis Abu Sayed commença à bouger imperceptiblement, ce qui eut le don de raviver instantanément sa fureur.

– Tu n'as pas assez baisé hier cette putain de Farida! siffla-t-elle. Tu crois que je vais prendre les restes de cette chienne!

Abu Sayed ne répondit pas, occupé à imprimer à son ventre un très lent mouvement latéral. Il fallait coûte que coûte faire oublier à la danseuse l'outrage de la veille. C'était mardi, jour de relâche de Fifi. A sa place passait une jeune danseuse toute fraîche émoulue d'une école de danse de la rue Mohammed Ali. Dix-huit ans, une chute de reins naturellement cambrée à rendre fou d'amour le scheik le plus gâteux, un long cou orgueilleux de Nubienne, et un fin visage triangulaire au nez retroussé. Pauvre comme Job, vivant dans une cabane bâtie sur le toit de l'immeuble de la rue Qasr El-Nil donnant sur la place El Tahrir où son père était *bawa* [2].

Farida venait souvent en semaine regarder le numéro de Fifi Amer pour apprendre ses trucs. C'est là qu'Abu Sayed l'avait rencontrée. Plusieurs fois, ils avaient bavardé dans la loge en attendant que Fifi termine son numéro. Celle-ci lui coulait des œillades timides et assassines.

Seulement ce n'était pas facile... Un jour, il l'avait

[1] Secte majoritaire et très stricte de l'Islam, habitant l'Arabie Saoudite.
[2] Sorte de concierge.

invitée à boire un Perrier au café *Riche*, et ils étaient restés deux heures à se dévorer des yeux, leurs jambes enlacés sous la table. Mais où aller? Il n'était pas question d'un hôtel. Farida ne pouvait pas l'emmener chez elle, et lui ne tenait pas à lui révéler où il demeurait. Ce jour-là, Farida lui avait annoncé que son anniversaire tombait le mardi suivant. Ce qui avait donné une idée à Abu Sayed. En flânant dans la rue de l'Or de Khan El Khalili, il avait marchandé une petite tête de Nefertiti en or pour quelques livres égyptiennes. [1]

La veille, mardi, jour de relâche pour Fifi, il était arrivé au *Sheraton* une heure avant le spectacle. Le bawa accoutumé à le voir l'avait laissé passer. Farida, déjà en costume de scène avait ouvert de grands yeux en le voyant à la porte de la loge. Abu Sayed lui avait tout de suite tendu la petite boîte avec un compliment dit de sa voix la plus caressante.

Farida s'était jetée dans ses bras. Ils étaient restés enlacés de longues minutes, lui, murmurant toutes les fadaises qui lui passaient par la tête, elle, minaudant et roucoulant, cherchant à enrayer l'avance des mains envahissantes. L'œil sur sa montre, Abu Sayed n'avait pas fait dans la dentelle. Après le numéro de la danseuse, le charme serait rompu. Il avait réussi à la coincer contre la coiffeuse et à l'embrasser à pleine bouche. Rapidement, il s'était défait, avait pris la main de Farida d'un geste autoritaire et refermé ses doigts autour de sa virilité. La jeune danseuse avait eu un sursaut, et une exclamation, puis tout son corps s'était ramolli d'un coup. Ses doigts, crispés autour de lui, semblaient collés à la chair d'Abu Sayed comme par une décharge électrique.

Celui-ci n'avait pas perdu de temps, dégrafant le pagne qui était tombé à terre, avec le slip de satin

---

[1] Livre égyptienne = 6,5 francs.

jaune. C'était le moment critique. Si Farida était vierge, elle allait se mettre à hurler. La danseuse n'avait pas semblé s'apercevoir qu'elle était nue. Ses doigts aux ongles rouges tiraient sur le long sexe brun comme s'ils avaient voulu encore l'allonger, avec maladresse et passion. Tous ses bracelets de strass bruissaient dans le silence troublé seulement par leur respiration.

Docilement, Farida s'était adossée à la coiffeuse pour aider le membre tendu à la pénétrer. Abu Sayed s'était enfoncé en elle avec une hâte sauvage, en dépit de ses proportions, en éprouvant un exquis soulagement immédiat. Farida avait poussé une légère plainte. Enfoui aussi loin qu'il le pouvait, il avait commencé à aller et venir avec violence.

Au bout de quelques secondes, il avait laissé échapper un râle étouffé, sentant qu'il se vidait en elle. Affolée, Farida l'avait repoussé, murmurant une mise en garde d'un ton pressant. Frustré, Abu Sayed en avait été réduit à se répandre hors de son ventre. Les ultimes tressaillements de son plaisir le secouaient encore lorsque la porte s'était ouverte sur Fifi Amer. Son état encore triomphant interdisait toute explication oiseuse. Ils étaient restés pétrifiés tous les trois jusqu'à ce que l'arrivante se rue, les ongles en avant, sur son amant infidèle. Abu Sayed avait réussi à lui saisir les poignets et à la bloquer. Farida en avait profité pour ramasser son pagne, se rhabiller et filer de la loge sans demander son reste. La lutte confuse avait duré plusieurs minutes. Abu Sayed avait enfin fui de la loge, poursuivi par les clameurs vindicatives de Fifi Amer. Après être monté dans le premier bus qui passait, il n'avait pu dormir, maudissant son imprudence. Risquer des semaines de travail pour sauter une petite dinde qui ne l'avait même pas laissé jouir dans son ventre... Maintenant, il était condamné à se réconcilier avec Fifi Amer, sous peine de se retrouver avec de sérieux problèmes.

C'est la raison pour laquelle il était monté à l'assaut une demi-heure plus tôt. L'accueil de Fifi Amer avait été ce qu'il avait prévu. Maintenant, le feu qui habitait la danseuse commençait enfin à se réveiller. Une lueur trouble venait d'éclaircir son regard noir de haine. Entre leurs corps étroitement acccolés, le sexe d'Abu Sayed avait pris des proportions imposantes.

Il restait cinq minutes environ avant son entrée en scène. Abu Sayed jeta un regard au paquet qu'il avait apporté. Tout allait finalement bien se terminer. Il repensa à son étreinte de la veille pour accroître sa vigueur et décida de porter l'assaut final.

– Laisse-moi salaud!
La voix de Fifi Amer était nettement moins agressive.

Si sa poitrine continuait à se soulever, ce n'était plus la rage qui l'agitait. Abu Sayed sentit qu'il était temps de porter l'estocade finale.

– J'ai envie de toi, murmura-t-il.
– Comme de cette salope, grogna Fifi, sa haine ranimée.
– Ecoute, fit Abu d'une voix pressante et tendre, tout en se défaisant discrètement, l'autre petite salope m'a sauté dessus hier quand je suis arrivé...
– Qu'est-ce que tu foutais là? Tu sais bien que je ne travaille pas...
– Je me suis trompé de jour, affirma sans rire Abu Sayed.

C'était énorme mais, maintenant, Fifi Amer, troublée par ce qu'elle sentait battre contre elle, avait envie de le croire. Abu Sayed lui lâcha enfin les poignets et tira sur les paillettes de son boléro, dénudant sa poitrine. Il saisit entre le pouce et l'index la pointe d'un sein grosse comme un crayon puis serra lentement, mais très fort, tout en accentuant la pression de son ventre.

Les paupières violettes de Fifi Amer se fermèrent doucement. C'était une de ses caresses favorites. Sa rage était tombée. Abu Sayed en profita, faisant subir le même traitement à l'autre sein. Fifi soufflait doucement; ses reins commencèrent à onduler comme lorsqu'elle dansait, frottant les paillettes vertes contre la peau nue d'Abu Sayed. Il s'était détendu, sentant la partie gagnée.

Il prit la danseuse par les épaules et la retourna d'un coup, plaquant sa poitrine nue contre le mur sale. D'elle-même, Fifi Amer se dressa sur la pointe des pieds. Abu Sayed arracha le slip de satin vert, aidé par les contorsions dociles de la chanteuse, écarta les paillettes vertes de la jupe et braqua sa virilité. Lorsque l'extrémité effleura sa peau, Fifi Amer tressauta. Abu Sayed avait passé la main gauche entre le mur et elle, recommençant à torturer l'extrémité d'un sein. De l'autre, il se guida, tâtonnant à peine, partant du haut des reins. Dès qu'il se sentit en terrain de connaissance, d'un élan de tout son corps, il s'enfonça d'un coup, sodomisant la danseuse avec une brutalité inouïe. Celle-ci poussa un jappement rauque et bref, puis tout son corps se mit à trembler. Abu Sayed ne bougeait plus. Il avait découvert un jour par hasard que Fifi adorait être prise ainsi sans le moindre préliminaire par la voie habituelle.

Il lâcha le sein, crocha dans les hanches élastiques et commença des va-et-vient lents et puissants, en murmurant à l'oreille de Fifi des obscénités choisies. Le visage comme une noyée, la danseuse se laissait faire avec ravissement. Abu Sayed accéléra ses coups de reins et se vida, meurtrissant ses hanches entre ses doigts durs. Fifi jouit aussitôt à son tour avec un feulement étouffé, se laissant presque glisser le long du mur. Lorsqu'ils se séparèrent, c'était de nouveau la lune de miel. Abu Sayed triomphait intérieurement.

Lorsqu'il avait connu Fifi, trois semaines plus tôt,

il lui avait été relativement facile de la séduire. Son physique avantageux l'avait toujours servi. Il avait suffi de quelques soirées au *Sheraton*, d'un rendez-vous arrangé par la bonne femme qui veillait sur les toilettes des dames depuis qu'on y avait mis une bombe. Fifi Amer ne lui avait guère posé de questions sur sa vie. Ce qui lui importait, c'était la dureté de son sexe et le charme de ses traits.

On frappa à la porte, et une voix cria à travers le battant.

— Fifi, dans deux minutes.

Abu Sayed se dit qu'il devait tenter sa chance maintenant. Il s'approcha de la danseuse en train de se rajuster.

— Je t'avais apporté un cadeau pour que tu me pardonnes. C'est vrai, je me suis laissé aller, mais je te jure que je te serai fidèle à l'avenir...

Il avait pris un ton humble, presque suppliant. Une lueur ravie passa dans les yeux noirs de la danseuse.

Abu Sayed lui tendit le paquet qu'il avait apporté, avec un sourire plein d'excuses.

— Regarde...

Fifi Amer déplia le papier découvrant une énorme boucle, un disque d'une dizaine de centimètres de diamètre, avec une ceinture souple en lastex doré. Ses traits se détendirent. Elle ne s'attendait pas à quelque chose d'aussi beau. Abu Sayed en profita pour se rapprocher et dit d'une voix câline :

— J'y ai mis tout l'argent que j'avais, habibi...

Fifi Amer, se disant qu'elle avait droit à un baroud d'honneur, eut une moue comiquement méprisante et repoussa la ceinture, la bouche tirée vers le bas, avec une expression pleine de mépris.

— Donne-la à ta putain, elle lui ira mieux... Moi, je vais travailler maintenant.

Abu lui barra le chemin, plus dégoulinant de bons sentiments que jamais.

– Attends!

Il prit la ceinture et, d'un geste preste, la passa autour de la taille de la danseuse puis attacha le crochet qui reliait la boucle au lastex. Enfin il se recula et la força à se regarder dans la glace.

– Regarde comme tu es belle! dit-il d'un ton admiratif.

Fifi Amer jeta un coup d'œil dans la glace et reconnut que cela lui allait bien. Elle mourait d'envie de garder ce somptueux cadeau, mais il fallait sauver la face.

– Je n'en veux pas, fit-elle d'un ton sec.

Abu Sayed dit d'une voix sucrée :

– Garde-là, habibi. Je t'attends, j'espère que tout à l'heure nous ferons la paix pour de bon.

La danseuse haussa les épaules, sortit dignement de la petite loge, sans se retourner. Le chef d'orchestre au fond de la salle, venait d'annoncer son numéro. Elle longea le bar d'un pas rapide, faisant cliqueter ses paillettes, les seins en avant, ses longs cheveux noirs battant ses épaules, ébauchant déjà son déhanchement. Elle arriva dans la lumière des projecteurs et commença vraiment sa danse, faisant trembler successivement ses épaules, puis sa lourde poitrine et enfin ondulant du bassin d'un mouvement pendulaire, les mains jointes très haut au-dessus de sa tête. Elle adorait son métier, et cela l'amusait de voir les regards avides des hommes au premier rang. Elle avait repéré plusieurs kouffiehs blancs. Des gens du Golfe qui avaient déjà passablement bu. L'un d'eux rythmait déjà la musique des tambourins en claquant des doigts, les bras tendus très haut...

Elle chercha à distinguer la silhouette de son amant, au fond de la salle toute en longueur, aux murs tendus de velours rouge, mais les grosses lanternes dorées distillaient une lumière trop faible.

Elle se mit à danser, prise par le rythme de la

musique. Ses gestes se faisaient de plus en plus sensuels, sexuels même, pendant qu'elle mimait l'amour avec de brusques saccades qui jetaient son ventre en avant puis cambraient sa croupe. Ensuite, elle virevoltait comme une chatte satisfaite, penchant la tête, jouant avec ses longs cheveux noirs, s'approchant des premiers rangs, leur tendant les mains comme pour les attirer sur scène. Puis se rejetant en arrière, leur offrant le spectacle de sa gorge pleine, de son ventre cerclé de paillettes.

Une superbe femelle faisant l'amour avec tous les hommes qui se trouvaient dans la salle.

Elle se dit que ce salaud d'Abu devait bander en la regardant, sourit toute seule, ses doigts jouant avec les castagnettes qui rythmaient sa danse.

Le rythme des tambourins s'accélérait : elle tourna sur elle-même, découvrant ses cuisses charnues presque jusqu'au slip de satin vert.

Un des Saoudiens se dressa et jeta une poignée de billets de dix livres sur la scène, hurlant des obscénités. Ivre mort. Un autre en fit autant... Fifi s'amusa d'abord à piétiner les billets de ses pieds nus, puis les ramassa en dansant et les glissa dans son soutien-gorge. Dommage qu'elle soit obligée de partager avec l'orchestre et la maison...

Ce soir, elle forcerait Abu à la sauter jusqu'à ce qu'il n'en puisse plus.

*

Abu Sayed regarda sa montre. Il fallait qu'il soit parti dans trois minutes au plus. Il n'arrivait pas à détacher ses yeux de la silhouette qui évoluait dans la lueur multiforme des projecteurs. Il avait l'impression que Fifi n'avait jamais dansé aussi sensuellement que ce soir...

A regret, il se laissa glisser de son tabouret, posant un billet de cinq livres pour payer son J and B et fila dans la pénombre le long du bar, sans se faire remarquer. Heureusement, un des deux ascenseurs arrivait. Il laissa les gens sortir et s'engouffra dedans.

*

Fifi Amer ondulait lentement sur place, un sabre de Bédouin posé en équilibre sur la tête, un sourire figé plaqué sur ses traits vulgaires, les mains glissées sous la belle ceinture d'or.

Elle s'arrêta et commença à donner de petits coups de ventre en avant, comme pour inviter les spectateurs du premier rang à venir la prendre, les jambes écartées, les pieds bien plantés sur la piste. Orgueilleuse et provocante. Un Saoudien se leva et jeta trois billets à ses pieds. Elle accentua son sourire.

Elle était en train de se laisser lentement tomber à genoux lorsque cela se produisit. Fifi Amer ne sentit rien, n'eut pas le temps d'avoir peur. Le monde disparut pour elle dans une grande flamme rouge, un bruit étourdissant et une atroce douleur dans le ventre.

L'explosion claqua sans aucun signe avant-coureur. Comme si la foudre avait frappé la scène. Là où se dressait la danseuse, il n'y avait plus qu'une gerbe de flammes. Cela ne dura que quelques fractions de seconde mais l'effet fut terrifiant.

Le sabre en équilibre sur la tête de Fifi partit s'enfoncer dans la poitrine d'un spectateur dressé pour applaudir la danseuse, le transperçant de part en part. Des fragments de métal doré volèrent dans toutes les directions, projectiles mortels et invisibles. Un homme porta la main à sa gorge criblée d'éclats et s'effondra dans un jet de sang. Parmi les spectateurs du premier rang, il n'y avait que des blessés et des morts. Le joueur de tambourin regarda son poignet gauche auquel il manquait la main, coupée net par un gros éclat de métal. Les cheveux de son voisin brûlaient, comme la longue dichdacha grise du joueur de flûte.

Le souffle balaya la salle, transformant les verres, les couverts, les assiettes en autant de projectiles.

Les vitres du night club se volatilisèrent dans la nuit, désintégrées.

Puis le silence retomba pendant quelques intants troublé seulement par le crépitement des flammes qui embrasaient les rideaux de la scène et les nappes des premières tables. La cacophonie commença aussitôt. Un barman gémissait, un éclat d'assiette planté dans l'œil gauche, tournant comme un derviche fou. Une femme se dressa, sa tête n'était plus qu'une masse de sang. Elle fit quelques pas et tomba d'un bloc, morte.

Une autre partit comme une folle, totalement déshabillée par le souffle, perdant son sang par plusieurs blessures, hurlant comme une sirène. Plusieurs clients peu atteints, mais hébétés, restaient prostrés là où ils se trouvaient. Les éclats de verre avaient fait des ravages dans les derniers rangs. Partout ce n'étaient que des visages sanglants, défigurés par la peur et la douleur. La carotide tranchée d'un maître d'hôtel était en train de le saigner à mort.

Pas un musicien n'était indemne. Le moins blessé, un violoniste, se précipita en hurlant vers le téléphone. Le feu gagnait partout, prenant dans le velours rouge des murs. Les gens les moins touchés commencèrent à se ruer vers la sortie.

L'onde de choc secoua tout le lobby du *Sheraton*. Le concierge, en train d'indiquer le chemin de la salle de jeu à des touristes, sentit son estomac se serrer. Une bombe! Ce n'était pas la première au

Sheraton... D'une main tremblante, il décrocha son téléphone et composa le numéro des pompiers. Deux soldats en armes et en uniforme noir, sentinelles de l'ambassade d'URSS voisine, surgirent dans le hall.

– C'est en haut! crièrent-ils. On a vu la flamme.

– Que personne ne sorte! hurla le concierge.

Déjà, les deux gardes de la Sécurité, chargés de la fouille des sacs à l'entrée de l'hôtel, dégainaient leurs pistolets et prenaient place devant les portes. Tout le monde téléphonait partout. Le premier ascenseur s'immobilisa au rez-de-chaussée, avec une macabre cargaison de blessés aux visages ensanglantés. Il y eut un début d'émeute quand des soldats accourus, renforcés très vite par des motards qui passaient sur l'avenue El Giza, les empêchèrent de sortir.

Une femme se vidait de son sang par une grave blessure au ventre. On l'allongea sur le carrelage en face de la réception. Tout le centre du Caire avait entendu l'explosion.

Les soldats, les policiers et les pompiers arrivèrent en même temps, se ruèrent dans les ascenseurs, vers le 23e étage, bloquant les sorties de l'hôtel et investissant le parking.

Les pompiers arrivèrent dans la boîte au moment où le feu atteignait le bar, attisé par les fenêtres béantes. Une épaisse fumée empêchait d'y voir à plus d'un mètre. Il y avait des corps étendus partout, et les plus valides fuyaient par les escaliers tant bien que mal. Personne ne pouvait dire ce qui s'était passé. Un haut gradé de la police se fraya un chemin à travers la fumée, remontant vers la scène, son arme au poing, ignorant ce qu'il allait trouver. Mais il n'y avait que des blessés et des morts. Il écarta les corps, les tables renversées, piétinant le verre brisé, parvint à ce qui avait été la scène.

Des hommes gémissaient, couverts de sang. Le violoniste était toujours près du téléphone décroché, mais il n'arrivait pas à articuler un mot.

Une forme était allongée sur la piste. Le policier vit des paillettes vertes, et une longue traînée de sang qui partait du corps. La danseuse était morte. Pratiquement coupée en deux. Ses viscères avaient coulé comme un sorbet démoulé, mêlés au sang.

Le policier détourna la tête et vomit sur un blessé, sans pouvoir se retenir.

Un agent en civil du *Moukhabarat* [1] arriva jusqu'à lui, demandant d'une voix hystérique :

– Mais qu'est-ce qu'il y a? Qu'est-ce qui s'est passé?

– Un attentat, fit le policier d'une voix blanche.

Il regarda la danseuse étendue, morte à ses pieds. Pauvre fille. Elle avait dû être belle. Machinalement, il prit un pan de rideau pas trop calciné et le jeta sur l'affreuse blessure. Toutes les sirènes du Caire semblaient converger vers le *Sheraton*, avec des hululements sinistres qui troublaient la nuit étoilée et fraîche.

---

[1] Services égyptiens de sécurité.

CHAPITRE II

La conférence se tenait au 23eme étage du building le plus moderne du Caire, érigé sur la rive ouest du Nil, face à la baie de Geziret. Trois cents mètres plus au nord, la promenade longeant le Nil était coupée par des barrières surveillées par des soldats en tenue noire, et un vieux half-track. Trois bâtiments juste en bordure du fleuve composaient une des résidences du président Sadate. Sa femme y vivait, elle, en permanence.

On se serait cru en France dans l'appartement du 23eme étage, tant la décoration était recherchée, presque trop précieuse avec ses bibelots et ses sièges en faux Louis XV. Seule touche moderne : un magnétoscope Akai, complété par un système PRO Akai également, chaîne hi-fi intégrée. Quatre hommes étaient réunis autour d'une table basse. Un Egyptien aux traits empâtés et aux yeux intelligents, tirant sur une courte pipe, avec de lourdes bajoues le faisant ressembler à un épagneul : Mohammed Riah, numéro trois du Moukhabarat. Une photo le représentant entre le président Sadate et David Rockefeller trônait sur un guéridon derrière lui.

A sa droite était assis un Américain longiligne, avec de grosses lunettes d'écaille, qui ne savait où caser ses interminables jambes. Son blazer rouge et bleu l'empêchait de passer inaperçu. John Ward, chef de la station de la Central Intelligence Agency au Caire.

Le troisième ressemblait à une curieuse gravure de mode orientale, avec son crâne rasé, ses traits lourds typiquement méditerranéens, sa moustache tellement nette qu'elle semblait dessinée sur son visage, ses yeux d'un noir profond, sans expression.

Aucun des participants à la réunion ne connaissait son vrai nom. Il se faisait appeler Mike. Sa saharienne grise, impeccablement coupée, moulait son corps musclé. Ses gestes étaient lents, et il semblait toujours ailleurs. Il s'était assis le dos à la fenêtre, ce qui mettait son visage à contre-jour comme s'il craignait de se faire reconnaître. C'était un des meilleurs agents du *Mossad*, [1] stationné à la toute neuve ambassade d'Israël au Caire. Un spécialiste de la lutte anti-terroriste.

Le quatrième était un général égyptien, en tenue kaki, qui gagnait deux cent trente livres par mois, moins que sa fille secrétaire bilingue. Néanmoins un bon professionnel, patron du Moukhabarat *El Ascari* [2]. Par les fenêtres ouvertes, on apercevait la circulation démente sur le pont El-Gama'a enjambant le Nil, et la rumeur permanente des klaxons arrivait même jusqu'à l'appartement cossu. Le long du fleuve, les véhicules avançaient au pas dans un concert d'avertisseurs. Quelques péniches et coches marins remontaient paresseusement le courant. Mohammed Riah ôta la pipe de sa bouche, adressa un sourire chaleureux à son homologue américain, et dit en anglais :

– Monsieur Ward, je crois que nous pouvons maintenant faire le point.

– Je vous en prie, fit l'Américain. Avez-vous trouvé quelque chose...

---

[1] Services spéciaux d'Israël.
[2] Services de renseignements de l'armée.

– Pas mal de choses, répliqua Mohammed Riah.
L'explosif était dissimulé dans la boucle de ceinture
de la danseuse. Il s'agissait de plastic. Environ cent
grammes, entre deux minces feuilles de métal. Il a
fallu un bon spécialiste pour ressouder les deux
côtés du disque explosif sans accident. En outre, le
système de mise à feu est très intéressant, assez
sophistiqué, avec un déclencheur à retard, probablement dix minutes. Quant aux explosifs qui ont
servi de détonateur nous pensons qu'il s'agit de
fulminate. Le déclenchement n'a donc pas été télé-
commandé mais programmé. Ce qui impliquait la
mort obligatoire de celle qui portait la machine
infernale.

Un silence lourd tomba dans la pièce. L'Israélien,
les yeux au plafond, semblait se désintéresser totalement de l'exposé.

– Avez-vous pu déterminer exactement comment
la danseuse est entrée en possession de cette ceinture ? demanda John Ward

– A peu près, répondit l'Egyptien dans son
anglais un peu précieux. Le détonateur a été « ani-
mé » seulement une quinzaine de minutes avant
l'explosion de la charge. Nous pouvons éliminer la
danseuse qui ne semble pas avoir voulu se suicider.
Donc c'est la personne qui la lui a offerte...

– Qui ?

– Son amant. Nous avons interrogé le bawa qui
veillait sur les loges des danseuses. Avant l'explosion, Fifi Amer a reçu la visite d'un homme qu'elle
avait vu à plusieurs reprises depuis trois semaines.
Ils se sont enfermés dans la loge d'habillage, et des
témoins ont entendu les échos d'une violente dispute...

– Vous croyez qu'il s'agit d'un crime passion-
nel ?

Mohammed Riah secoua ses bajoues avec un
sourire las.

– C'est une possibilité très mince. Il semble,

d'après les témoins, que cet homme dont nous ne connaissons que le prénom – Abu – ait été également l'amant de la remplaçante de Fifi Amer, une fille beaucoup plus jeune. Le soir de l'explosion, le garde chargé de la sécurité du *Sheraton* se souvient très bien qu'il portait un paquet qu'il lui avait fait ouvrir. Ce paquet contenait la ceinture qui a explosé. Le suspect a quitté l'hôtel avant l'attentat. Des témoins l'ont vu au bar quelques secondes avant l'explosion.

– Vous l'avez retrouvé?

L'Egyptien eut un sourire contraint.

– Si nous l'avions retrouvé, il serait ici... *Le Mabâes* [1] a passé la ville au crible. Nous ne connaissons ni son adresse ni son nom. La danseuse survivante n'a pu nous donner aucun renseignement utile. Nos indicateurs ne nous ont rien apporté en dépit de leurs efforts. Il prétendait être étudiant à l'Université de Al Azhar, mais là-bas, il n'y a aucune trace d'un individu lui ressemblant. Nous avons confronté plusieurs dizaines d'étudiants avec le bawa et la danseuse survivante. Sans résultat.

De nouveau, le silence s'établit. John Ward compulsa ses notes et releva la tête.

– Je suppose que vous avez surveillé les frontières?

– Nous ne pensons pas qu'il ait pu sortir du pays, dit vivement le général. Tous les avions ont été filtrés. Il faudrait qu'il ait bénéficié de complicité impensables. Ou qu'il ait traversé le désert sans se faire prendre.

– Donc, il se trouverait toujours au Caire? conclut l'Américain. Ou en Egypte.

– Nous le pensons.

Un ange passa. Penaud. Le Moukhabarat était réputé pour son efficacité. Tous les éléments étran-

[1] DST égyptienne.

gers anti-Sadate avaient été depuis longtemps expulsés. Quant aux Egyptiens notés comme agitateurs, on les connaissait par cœur... De plus, l'engin utilisé était trop sophistiqué pour qu'on ait affaire à un simple amateur. Même éclairé.

– Avez-vous des soupçons? demanda John Ward.

Mohammed Riah eut un geste découragé.

– Le Fou de Tripoli! évidemment. Je ne vois que lui. Nous avons déjà eu plusieurs attentats similaires depuis trois ans. Dont un très meurtrier dans le train d'Alexandrie. A chaque reprise nous sommes remontés jusqu'à Kadhafi... Cette fois encore c'est tout à fait dans sa manière. Il a pu parvenir à infiltrer un agent avec du matériel sophistiqué.

John Ward se tourna vers Mike :

– Qu'en pensez-vous?

– C'est une hypothèse vraisemblable, fit l'Israélien d'une voix presque inaudible à force d'être basse. Mais cet homme bénéficie certainement de nombreuses complicités pour ne pas avoir été pris. Les dernières tentatives étaient moins sophistiquées...

Le général eut un hochement de tête approbateur. Trois mois plus tôt, ses services avaient intercepté à différents endroits d'Egypte cinq hommes venus de Libye. Ils avaient des pyjamas rigoureusement semblables, chacun cinq mille dollars avec des billets dont les numéros se suivaient et des passeports de la même série...

– Donc, vous retenez l'hypothèse d'un attentat ponctuel destiné à créer un climat d'insécurité? demanda l'Américain.

Mohammed Riah hocha la tête :

– Peut-être aussi à décourager les gens du Golfe qui continuent à venir au Caire. Parmi les cinq morts, il y a deux Saoudiens.

– Pourquoi avoir utilisé un moyen aussi compliqué pour commettre cet attentat? demanda John

Ward. Il devait y avoir un procédé plus simple. Abandonner cette ceinture quelque part par exemple.

Mohammed Riah allait répondre lorsque Mike lui coupa l'herbe sous les pieds de sa voix douce :

– Je me demande si nous n'avons pas affaire à des intégristes style Khomeiny. Cela expliquerait le choix de la danseuse orientale. Ils considèrent ce genre de spectacle comme une insulte à la religion.

Mohammed Riah fronça les sourcils, visiblement contrarié. Comme John Ward, il savait que les groupuscules intégristes, qui gravitaient dans la mouvance des Frères Musulmans n'étaient pas « pénétrés » par le Moukhabarat. Il fixa l'agent du Mossad.

– C'est possible, reconnut-il, mais les plus dangereux sont en exil.

Certains l'étaient même définitivement, ayant été pendus haut et court en Arabie Saoudite, après avoir été mêlés à l'attaque de la Mecque... Plus il y réfléchissait, plus John Ward trouvait cet attentat bizarre. Certes le bilan était lourd : cinq morts et dix-sept blessés graves... Le terroriste avait pris des risques importants, se faisant repérer à plusieurs reprises par le personnel de l'hôtel. En plus, ce n'était pas le style des intégristes d'être l'amant d'une danseuse. Comme le silence se prolongeait, Mohammed Riah demanda au général :

– Vous n'avez rien eu de Tripoli?

– Rien, avoua le général.

D'habitude, les Egyptiens étaient prévenus dès que Kadhafi commençait seulement à penser à un attentat. En Orient, c'est difficile de garder des secrets...

– Et vous? demanda-t-il à l'Israélien.

– Rien non plus, dit ce dernier.

Un ange aux ailes marqués de l'étoile de David passa. On disait d'habitude que sur trois activistes palestiniens, il y avait deux informateurs du Mossad... Ce qui expliquait certaines morts brutales.

– Nous tournons en rond, conclut le chef de station de la CIA. Il y a eu un attentat. Nous ne savons pas qui l'a commis, nous ignorons exactement pourquoi et nous n'avons aucune idée de l'endroit où se trouve le coupable. Et s'il ne se prépare pas à recommencer.

Le général égyptien intervint aussitôt vigoureusement :

– Nous sommes sur nos gardes. Cet homme est traqué. Nous avons mis hors d'état de nuire tous ceux que le Fou de Tripoli nous a envoyés. Nous finirons par identifier celui-là.

L'Israélien s'était remis à compter les mouches au plafond, l'Américain se pencha vers lui.

– Qu'en pensez-vous, Mike? Qui est derrière à votre avis? Vous croyez à un coup des Frères Musulmans?

L'Israélien lissa sa moustache impeccable.

– C'est probable, dit-il, étant donné la personnalité de la victime et les gens visés.

– Cela fait pourtant dix ans que nous ne persécutons plus les Frères Musulmans, remarqua fièrement le général.

L'Israélien se permit un pâle sourire.

– Vous savez comment sont ces gens... Ils vivent dans un autre monde.

– Mike, le signalement du terroriste ne vous dit rien? demanda John Ward. Vous avez pourtant un sacré fichier, de ce côté-là...

– Oui, bien sûr, reconnut Mike, mais les éléments dont nous disposons sont vagues. J'ai néanmoins envoyé une demande d'enquête à Tel-Aviv. Ils trouveront peut-être quelque chose, mais cela peut prendre du temps.

L'Israélien regarda sa montre ostensiblement, et Mohammed Riah en profita pour dire :

– Je pense que nous avons fait le tour du problème. Nos services vont s'efforcer de retrouver ce criminel. Nous vous tiendrons au courant. Si vous avez des informations de votre côté... L'Israélien inclina légèrement la tête, impassible. Même avant le rapprochement israélo-égyptien, le Mossad avait à plusieurs reprises averti les Egyptiens de complots palestiniens contre Sadate.

Les quatre hommes se séparèrent, après de chaleureuses poignées de main. Le général se leva et se rassit. Pour lui, ce n'était pas terminé. L'Israélien et John Ward prirent l'ascenseur ensemble. Une demi-douzaine de bawas campaient sur les marches de l'escalier principal. Protection rapprochée des deux filles du président Sadate qui habitaient à l'étage en dessous. La crosse d'un pistolet dépassait des haillons du liftier. Tout le personnel de l'immeuble était rétribué par le Moukhabarat.

Dès qu'ils furent seuls dans l'ascenseur, John Ward demanda à son voisin.

– Vous croyez *vraiment* à un coup des intégristes?

Léger haussement d'épaules de l'Israélien.

– Kadhafi aussi, peut-être, fit Mike. Il y a longtemps qu'il n'avait rien fait ici. Nous aurons la vérité par Beyrouth. Dans quelque temps. Ils ne peuvent pas fermer leur gueule.

Ils se séparèrent au bord du Nil. La Dodge noire de John Ward attendait en face du restaurant Swissair, installé au rez-de-chaussée de l'immeuble. L'Israélien partit à pied vers l'avenue El Giza. John Ward se fit la réflexion qu'il pouvait passer pour un Egyptien. Il parlait arabe et se fondait parfaitement dans la foule orientale. Leurs rapports étaient corrects sans plus. Le Mossad leur disait l'essentiel, mais n'avait plus tellement confiance dans la CIA.

– A l'ambassade, dit John Ward à son chauffeur. Il y travaillait sous la couverture de premier conseiller commercial. Couverture transparente comme une feuille de papier à cigarette... Son chauffeur fit le tour pour reprendre le pont El Gama'a enjambant le Nil et, aussitôt, ils s'engluèrent dans la circulation démentielle. Une charrette à cheval avançait à trois à l'heure, bloquant cent cinquante autos qui s'époumonnaient dans un concert inutile de klaxons, sans mauvaise humeur d'ailleurs. Les Cairotes étaient gentils et infiniment patients... Quarante siècles de misère avaient appris aux Egyptiens la patience et la résignation. John Ward arriverait à son bureau tout juste pour aller prendre son J and B quotidien au *Shepheard* en face de l'ambassade, le plus vieil hôtel du Caire, construit en 1841, brûlé et restauré dans un style charmant et vieillot. De la salle à manger, on pouvait voir les felouques défiler lentement sur le Nil, là où Winston Churchill arrivait jadis en hydravion, du temps où les pelouses de l'ambassade de Grande-Bretagne voisine descendaient jusqu'au Nil...

Un taxi, abandonné sur trois roues comme un échassier blessé, en pleine chaussée, bloquait le carrefour avec l'avenue El Manyal. Ecœuré, le policier de service était parti boire un café. Il faisait chaud, le ciel était bleu, et douze millions de Cairotes essayaient de survivre dans la bonne humeur, en dépit de leur pauvreté.

Qui avait fait exploser la danseuse orientale du *Sheraton*?

John Ward traînait au Moyen-Orient depuis une dizaine d'années, se flattait de bien parler arabe et de commencer à le comprendre. Il « sentait » le pays. Quelque chose dans la réunion qui venait de se terminer le choquait sans qu'il puisse arriver à dire quoi. Bien sûr, les Egyptiens cherchaient à minimiser l'histoire. Normal.

L'Israélien ne voulait visiblement pas trop se mêler de ces problèmes d'intégristes. Normal aussi.

Le « profil » de l'attentat cadrait parfaitement avec d'autres actions d'extrémistes religieux. Pourtant, quelque chose le tracassait. Tandis que la voiture avançait au pas, il reprit le dossier communiqué par le Moukhabarat et le relut...

*
**

John Ward se traînait dans Shari El Corniche en face du *Méridien* lorsqu'il retrouva la chose qui l'avait frappé. L'autopsie de la danseuse coupée en deux par la charge d'explosifs prouvait qu'elle avait eu des rapports sexuels peu de temps avant sa mort. Etant donné ce qu'on savait de son emploi du temps, ce ne pouvait être qu'avec l'homme qui lui avait fait cadeau de la ceinture piégée.

L'Américain referma le dossier, essayant de ne pas entendre les klaxons. Une telle attitude n'était pas, effectivement, dans les mœurs des intégristes.

La Dodge fit un bond en avant : ils étaient presque arrivés à la superbe villa blanche entourée d'un haut mur qui leur servait d'ambassade, juste derrière l'hôtel *Shepheard*, gardé par des soldats égyptiens à l'uniforme noir en haillons. Le sale boulot maintenant : expédier un rapport à Langley. Qui le classerait ou en ferait une synthèse de trois lignes. Tout ce qui ne concernait pas les otages de Téhéran filait au panier. Sa secrétaire l'attendait sur le perron.

– M. Gordon a téléphoné, annonça-t-elle. Il est à Héliopolis. Il vous attend.

– *Shit!*

Impossible de téléphoner à Héliopolis, près de l'aéroport, à partir du centre. Le téléphone cairote avait des allergies bizarres et constantes. L'ambassade de Suisse était restée deux ans sans téléphone, et une entreprise française avait dû passer une annonce dans un quotidien pour obtenir une ligne...

Dans un pays pareil rien d'étonnant à ce qu'un terroriste passe entre les mailles d'un filet.

Son Altesse Sérénissime le prince Malko Linge regardait distraitement les feuilles tomber des arbres de la cour de son château de Liezen. L'hiver allait être précoce, et en Autriche cela voulait dire beaucoup de neige et de froid... A tout hasard, il venait de ramener de Vienne un superbe magnétoscope Akai muni d'une télé-commande et d'un système permettant une programmation huit jours à l'avance. Plus quelques vidéo-cassettes érotiques. De quoi pimenter les longues soirées d'hiver en compagnie d'une charmante dame. Il consulta sa Seiko-quartz. Alexandra, sa capricieuse fiancée, était en retard. Ils étaient invités au bal dans un château voisin, pour célébrer le dixième anniversaire de mariage du cousin d'Alexandra. Prétexte à se réunir et à passer quelques moments agréables.

Pour tromper son attente, Malko reprit le *Kurier* du matin et plongea dans les nouvelles de l'étranger : il ne se passait rien en Autriche. En haut de la page cinq, deux photos attirèrent son regard. Un garçon chevelu avec une moustache tombante à la mongole et une fille aux traits énergiques et séduisants. Il lut l'article. La police suisse avait découvert à Zurich une cache de terroristes ouest-allemands, rescapés de la bande à Baader. Malheureusement, il n'y avait que des comparses. La police avait cependant trouvé les traces du passage du couple très dangereux, Otto Mainz et Hildegard Müller. Parmi les documents découverts, il y avait des éléments permettant de penser, que les services spéciaux libyens avaient aidé le couple à fuir l'Allemagne.

Malko reposa le journal. Une voiture faisait crisser le gravier de la cour du château. Il reconnut la vieille Volkswagen d'Alexandra. Aussitôt, Elko Kri-santem apparut sur le seuil pour l'accueillir. Malko allait se lever pour en faire autant lorsqu'il repensa à une histoire lue quelques jours plus tôt. Un attentat commis au Caire contre une danseuse du ventre. Bien qu'il n'y ait aucun lien entre les deux faits, cela le troubla. Depuis longtemps tout sem-blait calme au Caire... Son sixième sens de barbouze hors-cadre était encore en train de phosphorer sur le problème lorsqu'Alexandra fit son entrée. Ce qui coupa net ses élucubrations.

Il se leva et vint à la rencontre de la jeune femme.

— Je croyais que c'était en robe longue, remarqua-t-il.

— Ah bon, fit Alexandra, avec un sourire ensorce-leur, je ne te plais pas comme ça?

Elle se recula un peu et virevolta comme un mannequin. Son mètre soixante-seize était moulé dans un smoking du soir presque masculin en dépit de la jupe portefeuille, en accord avec les nylons noirs et les hauts escarpins. Dans le mouvement tournant Malko vit les coutures des bas... Elle avait vraiment fait un effort. Ses longs cheveux blonds étaient attachés sur le sommet de son crâne avec un ruban de velours noir qui lui donnait l'air d'une fausse collégienne.

Sa pirouette terminée, elle se laissa tomber sur le canapé de cuir noir, à côté de Malko, et sa jupe glissa, révélant le haut de ses bas.

Automatiquement, la main de Malko retrouva le chemin du genou rond. Alexandra sourit.

— Nous allons être en retard.

Elle ne protesta cependant pas lorsque Malko écarta les pans de sa jupe. Dessous, elle ne portait que des jarretelles fuschia et ses bas. Elle sourit.

— N'aie pas peur, j'ai un slip dans mon sac.

Elle ferma les yeux, tandis qu'il la caressait. Le nylon crissait sous ses doigts, c'était divin. Elle glissa un peu sur le cuir noir, et Malko se retrouva à genoux sur l'épaisse moquette, en face d'elle. La vieille glace au-dessus de la cheminée lui renvoya une image tellement érotique qu'il renonça à des préliminaires plus longs. Tenant Alexandra aux hanches sous la jupe, il l'attira vers lui jusqu'à ce qu'il l'empale doucement. Puis ils firent l'amour sans se presser. Jusqu'à ce qu'ils explosent pratiquement ensemble. Pendant les huit coups du carillon, ils demeurèrent dans la même position, puis Alexandra tira sur un de ses bas et soupira :

– Viens, je ne veux pas être trop en retard. Sinon, ils s'imagineront encore des choses...

Son nœud de velours noir n'était même pas dérangé.

Malko la laissa aller se refaire une beauté. Son cerveau s'était remis à cliqueter. A peine la porte s'était-elle refermée sur Alexandra qu'il décrocha le téléphone et composa l'indicatif des Etats-Unis.

CHAPITRE III

Richard Wallace, deputy director de la Division des Opérations à la Central Intelligence Agency avait une mémoire d'éléphant. Il prétendait que les litres de café tiède qu'il ingurgitait tous les jours fouettaient sa matière grise. Depuis la maladie de David Wise, il prenait de plus en plus de décisions tout seul. La fin proche de l'Administration Carter promettait à la Division « cape et épée » de la *Company* des lendemains moins ternes que les dernières années...

A la suite du coup de téléphone de Malko, il était en train de compulser une épaisse liasse de télex communiqués par le BND, les services spéciaux allemands. Tout le dossier des deux terroristes de Zurich, Otto Mainz et Hildegard Müller. Le BND confirmait leurs contacts avec des agents libyens de l'ambassade libyenne de Berne. Il acheva sa lecture qui suivait celle du rapport envoyé par le chef de station au Caire sur l'attentat du *Sheraton* et but d'un coup une demi-tasse de café, immonde lavasse brunâtre. Il se leva ensuite, contempla longuement le parking ouest à travers la vitre blindée de son bureau, puis appuya sur l'interphone.

– Rose, demandez-moi Richer, au Middle East Directorate.

Marc Richer s'occupait spécialement de la Libye,

et savait pas mal de choses. Trente secondes plus tard, il était en ligne.

– Salut, fit Richard Wallace. Juste un renseignement. Rien de nouveau sur « Crazy Joe »?

C'était le surnom donné dans la Company au colonel Kadhafi.

– Un petit truc, fit Richer après quelques secondes de réflexion. A travers des écoutes tunisiennes, confirmées par un contact sur place. Il paraît qu'il est fou furieux du coup de Tobrouk qu'il attribue à Sadate. Il s'est retiré dans le désert pour méditer là-dessus, pas loin de la frontière tunisienne. Pourquoi?

– Comme ça, fit Richard Wallace. J'aime me tenir au courant. Merci.

Il raccrocha. Le « coup de Tobrouk » était une tentative de soulèvement destinée à déstabiliser le régime libyen, organisée en grande partie par les services égyptiens, et matée par les Allemands de l'Est, « conseillers » de Kadhafi. Cela datait de deux mois.

Le deputy director se rassit, termina son café et se mit à réfléchir. Les trois éléments qu'ils possédaient ne voulaient probablement rien dire. Mais il avait une grande confiance dans le « feeling » du prince Malko, vieux routier de la Company. D'autre part, la CIA s'était assez couverte de pipi au Moyen-Orient pour tenter un modeste *come-back*. Si elle pouvait seulement rendre un *vrai* service aux Egyptiens, cela redorerait son blason.

Mais voilà, il était dans un système qui fonctionnait maintenant plus à coups d'ordinateurs que de matière grise. Sans parler de la lourdeur administrative, qui devenait peu à peu une paralysie complète.

Il referma le dossier, pensif. En apparence, l'attentat du *Sheraton* du Caire et l'information de Zurich n'avaient aucun lien. Il pensa à demander à John Ward un supplément d'information. Hélas, il connaissait les chefs de poste. Tout travail supplémentaire était considéré comme une brimade inhumaine. Cela reviendrait négatif, sans qu'une enquête soit faite.

Les Egyptiens avaient probablement eu communication du dossier de la police allemande, mais cela dut être avalé par la bureaucratie, sans suite. Il alluma un cigare pour mieux réfléchir. David Wise, directeur de la Division des Plans était en vacances ou à l'hôpital. On ne savait plus, avec son cancer. Le seul qui pouvait l'aider était un copain à lui, Ed Skeetie qui tenait la « caisse noire » de la Division. Un grand Texan borgne, loquace, hâbleur. Une montagne de chair qui ne pensait qu'à se remplir la panse, à trois ans de la retraite...

Il décrocha son téléphone, appella son extension...

— Ed?

— *Yeah?*

— C'est Dick. Tu es pris à déjeuner?

— Non. Pourquoi?

— Il y a un nouveau restaurant français dans la rue N.

— *No shit!* Comment ça s'appelle?

— *Le Veau d'Or.* J'ai gagné au football-game. Si tu veux on va se faire une bouffe.

— Je ferme ce putain de bureau et je te retrouve au parking, fit Skeetie. C'est pas possible, c'est Noël!

Ed Skeetie acheva de lécher ce qui restait de son ris de veau à la crème, lampa un ballon de beaujolais, rota, secoua la tête et adressa un sourire ravi à son vis-à-vis.

— *Splendid food! And now, motherfucker,* [1] qu'est-ce que tu as à me demander?

---

[1] Superbe bouffe! Et maintenant, enculé.

Richard Wallace leva les mains dans un geste comiquement outragé :

— Ecoute... Je t'ai...

— Ne dis pas de conneries, coupa Ed Skeetie. Même si tu as un peu de pognon, tu n'es pas assez con pour le dépenser pour un gros lard qui ne va même pas te faire une pipe au dessert. Alors, accouche...

C'était agréable de bien se connaître.

— Tu as encore un peu de blé dans tes tiroirs? demanda précautionneusement Richard Wallace.

— Qu'est-ce que tu appelles « un peu »...

— Je ne sais pas, moi, dans les dix mille dollars...

— Pour quoi faire?

— Une balade en Egypte.

L'œil d'Ed Skeetie brilla.

— Tu as trouvé une cinglée qui a envie de se faire baiser sur les pyramides?

— C'est pour le boulot.

— Alors, pourquoi tu fais pas une « requête officielle »?

— Ils la foutront au panier. C'est pas un truc précis.

— C'est quoi?

Richard Wallace hésita.

— Ecoute, c'est pour faire une évaluation de l'armée égyptienne, avec tout leur nouveau matériel. Tu sais qu'on leur installe des tubes de 105 avec des systèmes visée-laser sur tous les chars ruskofs...

Ed Skeetie éclata d'un rire sain :

— Pas besoin d'envoyer un mec là-bas. Je peux te le dire d'ici. L'évaluation, c'est zéro. Faut trouver mieux.

— Je ne peux pas te dire de quoi il s'agit, fit Richard. Tu me fais confiance. Trouve un truc. Je sais pas, moi, vous avez bien des infrastructures là-bas. Elles ont peut-être besoin d'une inspection.

Ed Skeetie balaya l'argument :

– OK! OK! Je peux envoyer un mec mesurer les pyramides, si ça t'arrange. Je vais gratter un peu de pognon sur les voyages officiels. Mais ne me gâche pas ma digestion. Qui tu as en tête?

– Il ne faut pas un gars de la maison, avança Richard Wallace, ça poserait trop de problèmes. Plutôt un « stringer ».[1] Mais du solide. Parce que si je ne me gourre pas, ça peut déboucher sur un gros truc.

– Tu veux un « Trompe-la-mort ». Pour dix grands. C'est toi qui le briefe? Tu as quelqu'un en tête?

– Ouais, je vais traiter avec le COS du Caire. Il trouvera tout là-bas. Tu es chouette...

Encore une fois Ed Skeetie éclata d'un bon rire.

– Si ton mec arrive à acheter l'Egypte pour un million de dollars, on pourrait peut-être la revendre avec un petit profit. Après l'avoir nettoyée.

– Ça coûterait trop cher, fit Richard Wallace. Tu me dis où tu fais virer le blé.

Abu Sayed aspira doucement l'embout de son narguilé, déclenchant un petit chuintement agréable. Le café juste en face de la mosquée Sayedna Al Hussein ne recevait que des hommes, tirant tous sur leur pipe à eau, et regardant d'un œil distrait les passants de la shari Husseiniya, la rue étroite longeant la mosquée et s'enfonçant dans la Khan El Khalili, le vieux quartier des souks. Abu Sayed avait coupé ses cheveux très court, rasé sa moustache, et portait des lunettes rondes cerclées d'acier qui lui donnaient l'air d'un étudiant.

Cela faisait plus d'un mois qu'il se trouvait clandestinement au Caire. Il était entré en Egypte avec

---

[1] Un contractuel.

un passeport koweitien – faux naturellement –
fabriqué par la section « Affaires étrangères » du
bureau arabe de liaison de Tripoli. C'était le plus
facile. Il n'aurait cependant jamais pu mener sa
mission à bien sans l'aide d'un Egyptien rencontré
quelques mois plus tôt en Libye, où il était travail-
leur immigré. Il avait appris alors à Abu Sayed que
sa femme était gardienne d'une maison historique
du XVIIᵉ siècle située dans Khan El Khalili, au
numéro 19 Haret El Darb El Asfar. Jadis résidence
d'un riche marchand, maintenant en instance de
restauration.

Le couple n'avait pas posé de questions lorsque
Abu Sayed s'était présenté, offrant cent livres de
loyer par semaine, à condition que personne ne se
doute de sa présence. Ce qui était facile : il y avait
peu de visiteurs, une trentaine de pièces vides, et
Abu Sayed ne sortait que la nuit tombée. Il s'était
installé dans l'ancien harem du marchand, la pièce
la plus vaste, en une sorte de camping. Son « matériel » lui était parvenu par le biais de l'ambassade
du Sud-Yemen. Il avait eu très peur les jours qui
avaient suivi l'attentat, mais ses logeurs n'avaient
pas fait le rapprochement. A leurs yeux, il était
seulement un propagandiste pro-libyen venu dépenser l'argent du Fou de Tripoli. Dont ils profitaient
largement.

De l'arrêt du bus, sur l'avenue El Giza, il avait vu
la flamme jaillir par les vitres éclatées du *Sheraton*,
au 23ᵉ étage. Fifi Amer n'avait certainement pas eu
le temps d'avoir peur, coupée en deux instantanément. Abu Sayed avait déjà été responsable d'attentats meurtriers, et cette évocation ne le troublait
guère. En revanche, il se congratulait intérieurement pour la perfection de sa technique, et son
imagination... La « commande » qu'il avait reçue
n'était pas facile à réaliser. Il avait traîné plusieurs
jours dans la shari El Badestane où s'entassaient
tous les marchands de cuivre avant de découvrir

une ceinture en lastex doré avec une énorme boucle ronde en laiton, faite de deux demi-disques
soudés.

Abu Sayed avait commencé par scier en deux la
grosse boucle qui mesurait environ dix centimètres
de diamètre. Ensuite avec une meule, il s'était
appliqué à la quadriller intérieurement de fines
rayures creusées dans le métal, afin d'en faciliter la
fragmentation en projectiles mortels, lors de l'explosion.

Après, il avait pris dans un carton, qui faisait
partie de son matériel introduit clandestinement
dans le pays, une matière jaunâtre ressemblant à du
mastic et en avait pesé cent grammes sur une
balance d'horloger. C'était du plastic, un explosif
puissant et stable : de la nitroglycérine à 26%
mélangée avec de l'amidon. Il avait rempli à ras
bord l'une des coupelles de métal et laissé dans
l'autre un petit creux. C'est là que devait prendre
place le cœur de la machine infernale. La partie la
plus délicate...

Abu Sayed avait fait son shopping également
dans les souks, puis il s'était remis au travail. Il
avait étalé à côté de lui ses ingrédients. Du fulminate, explosif très violent réagissant à la chaleur
instantanément, du tétryl, autre explosif, une pile
de lampe de poche, un petit chronomètre, une
minuscule pile d'Asahi Pentax, pas plus grosse
qu'un bouton de chemise et quelques fils, ainsi
qu'un fer à souder. Il lui avait fallu plusieurs heures
pour mettre au point le système de mise à feu à
retardement.

D'abord, le détonateur : après avoir brisé avec
précaution le verre de la petite ampoule, en prenant bien soin de laisser le filament intact, il avait
pesé dix grammes de fulminate. Deux fois plus qu'il
n'en fallait pour un détonateur normal, mais il
voulait obtenir un effet de souffle puissant. Il avait
ensuite enrobé le filament avec le fulminate, ce qui

donnait une petite boule, plus petite qu'une bille. Cette boule il l'avait séparée, par un bout de carton, du tétryl.

La pile qu'il avait achetée faisait 6 volts, et le filament de l'ampoule 4,5 volts. Lorsque le courant passerait, le filament deviendrait incandescent, déclenchant l'explosion du fulminate, puis du tétryl et, « par sympathie », celle de la charge de plastic... Il fallait que cette explosion se produise seulement quand la ceinture serait portée par la victime, avec un délai suffisant pour qu'Abu Sayed puisse s'éloigner. Cela avait été le plus délicat, mais il y était parvenu sans trop de mal.

Sur le fil reliant la pile à l'ampoule, il avait intercalé le système du chronomètre. Les deux aiguilles en se rencontrant fermaient le circuit et déclenchaient l'explosion. Pour ne pas risquer de problème, il avait isolé la coupelle métallique avec une rondelle de carton et avait dessiné dessus un circuit imprimé très simple, relié au crochet pivot de la boucle de ceinture. De façon que l'accrochage réunisse les deux fils qui mettaient en route le chronomètre. Ensuite, il n'y avait plus qu'à attendre dix minutes, et les deux aiguilles se rencontrant fermaient le deuxième circuit déclenchant l'explosion. Tout le système ne mesurait pas plus de cinq centimètres de longueur. Abu Sayed l'avait doucement enfoncé dans le plastic et avait ensuite rapproché les deux coupelles. Le temps de ressouder avec précaution, il avait une boucle parfaite. Il s'était même donné le mal de la polir, pour qu'elle n'ait pas l'air d'avoir été trafiquée. Le numéro de Fifi Amer durait un quart d'heure environ. En lui donnant la ceinture juste avant, celle-ci exploserait vers la fin.

Heureusement la danseuse n'avait pas pu résister à l'attrait du cadeau! Leur dispute avait failli faire tout rater. Il se maudissait encore de sa légèreté. Si Fifi Amer n'avait pas accepté la ceinture et ne l'avait plus revu, plusieurs semaines d'efforts étaient perdus. Et la peau d'Abu Sayed n'aurait pas valu cher. Il regarda sa montre. Son commanditaire ne devrait pas tarder. Il allait enfin savoir si son attentat avait servi à quelque chose.

CHAPITRE IV

Mansour Karoun égrenait lentement son semainier d'ambre en récitant à chaque boule un des quatre-vingt-dix-neuf noms de Dieu. Le centième était censé être connu de Lui seul. Entre chaque série de trente-trois, l'ancien capitaine prenait le temps de s'arrêter afin de maudire longuement le nom d'Anouar Al-Sadate, impie allié au *Grand Shaïtan*[1], protecteur des athées. Aux yeux de Mansour Karoun, seule la République Islamique de l'Imam Khomeiny trouvait grâce. Il appelait de ses vœux les plus chers l'établissement d'un régime similaire en Egypte. Du temps de Nasser, il avait pu éviter d'être emprisonné et torturé, en pratiquant assidûment le *Katman*, la dissimulation de pensée de la Guerre Sainte. Partant du principe qu'un chien vivant est plus utile à une cause qu'un héros mort. Depuis la libéralisation de Sadate, il se sentait presque frustré et avait l'impression de trahir. Maintenant, il se remettait à agir. Le Moukhabarat faisait des sondages réguliers sur son téléphone et visitait son bureau, dont ils avaient les clefs, une fois par mois, afin de vérifier s'il ne se lançait pas dans des activités subversives. Il se contentait ostensiblement de tenir des réunions autour de la

[1] Satan.

mosquée Al Hussein avec quelques vieux amis pour
discuter de points litigieux de théologie.

Il appartenait en réalité, secrètement, au groupe
Takfiz Wa Hegra qui comptait parmi les plus
intransigeants des intégristes. Leur thèse était qu'il
fallait abandonner la civilisation moderne et aller
vivre dans le désert sous la tente. A leurs yeux,
même les Wahhabites étaient d'infects suppôts du
Grand Shaïtan. Une danseuse orientale dont les
contorsions étaient destinées à réveiller les instincts
les plus bas de l'homme était à ses yeux, une
abomination. Quant au *Sheraton*, construit par les
suppôts du Grand Shaïtan et lieu où on servait des
boissons alcoolisées, il devait, comme Carthage,
être détruit.

Mansour Karoun cessa d'égrener son chapelet
d'ambre pour contempler le ciel étoilé.

Il s'était installé dans un vieux fauteuil de rotin
sur la véranda de son petit bungalow bâti en plein
désert, face aux pyramides. Il y en avait une trentaine, construits de bric et de broc, appartenant à
des bourgeois cairotes, entre les pyramides et Sahara City, sur l'avancée de désert dominant la vallée du Nil, à l'est de la ville. On y venait passer le
jeudi et le vendredi, l'air y étant plus frais et le
silence absolu.

Celui de Mansour Karoun était à peine plus
qu'une cabane de bois avec deux pièces pour dormir et faire un peu de cuisine. Mais très bien placé,
à la pointe de l'éperon sablonneux, au bout d'une
piste en cul-de-sac dominant la vallée. Le bungalow
le plus proche se trouvait à cinq cents mètres et il
était vide ce mardi soir, comme tous les autres. A
part quelques troupeaux de chèvres, il n'y avait
personne dans le désert. Les trois pyramides se
découpaient sur le fond lumineux de la grande ville,
comme des signes ésotériques. Mansour Karoun
reprit son égrènement, l'âme en paix, mais tracassé.
Est-ce que son ami allait tenir sa promesse? Sans

lui, tout le plan des conjurés s'écroulait. C'était déjà la seconde tentative. Il n'y en aurait pas de troisième. Il consulta sa montre. Neuf heures et demie. Il avait déjà une heure de retard. Pourvu qu'il ne lui soit rien arrivé...

Mansour Karoun reprit quelques pistaches et les broya lentement entre ses dents. Il s'entraînait à manger très peu au cas où il serait jeté en prison... Si son attentat échouait, il avait juré d'aller s'engager en Iran pour combattre sous la bannière de Khomeiny. Il entendit un bruit de voiture sur la piste conduisant au bungalow, sursauta et descendit de la véranda. Deux phares approchaient lentement. Il ne fut pourtant rassuré qu'en reconnaissant la très vieille De Soto de son ami le général Mastabat.

Elle stoppa en grinçant à côté du bungalow, et le vieux militaire en sortit, accoutré comme à son habitude de deux chemises superposées. Avec ses cheveux très noirs, ses lunettes d'écaille et sa corpulence confortable, il faisait irrésistiblement penser aux « sitting-pachas » de la baie de Geziret qui refaisaient le monde en tirant sur leur narguilé tous les jours qu'Allah fait... Les deux hommes s'étreignirent avec la passion de deux amoureux. Mansour Karoun rompit le premier l'étreinte.

– Tu l'as, mon frère?

Le général Mastabat sourit.

– *Aïwa* [1]

Nouvelle étreinte. Les yeux de Mansour Karoun jetaient des éclairs comme s'il avait été possédé. Il s'approcha du coffre de la grosse voiture avec un air gourmand.

– Il est là?

Le général s'essuya le front.

– Oui, mais tu sais, ça n'a pas été facile! J'espère que personne ne s'en apercevra. Il fait partie d'un

[1] Oui.

stock de quatre cents. Heureusement je connais celui qui est responsable de la gestion. Ils ont droit à un petit pourcentage d'essais pour tester les batteries et certains usages particuliers. Il a fait passer celui-ci dans le lot. Mais il ne faudrait pas que...

Mansour Karoun écoutait à peine. Il lui tardait de voir l'engin qui allait changer le sort de l'Egypte. Le désert autour du bungalow était toujours aussi sombre et aussi calme. Mahomet avait dit que le salut viendrait du désert. La prophétie était en train de se réaliser.

Le général Mastabat ouvrit le coffre de la vieille voiture, Mansour Karoun aperçut une caisse de bois de un mètre soixante de longueur environ et cinquante centimètres de large.

– Aide-moi, dit le général qui jetait des regards inquiets autour de lui.

A deux, ils sortirent la caisse du coffre et la portèrent à l'intérieur du bungalow. Mansour Karoun fut surpris par sa légèreté relative : pas plus de vingt kilos. Le couvercle céda facilement, car il avait été ouvert récemment. L'intégriste se pencha avec ravissement sur son contenu. Pourtant le vent du désert soufflait entre les planches du bungalow avec un bruit sinistre, et la lampe à acétylène donnait une lueur blafarde assez déprimante.

La caisse contenait un cylindre verdâtre en fibre de verre renforcé de quatre anneaux métalliques d'environ un mètre cinquante de longueur sur huit centimètres de diamètre. Un appareillage bizarre était fixé sous le cylindre : un second cylindre d'un diamètre plus petit et d'une vingtaine de centimètres de long vissé sur un caisson rectangulaire d'où émergeait une grosse poignée revolver avec une détente. Une sangle fixée en deux points du gros cylindre permettait de le porter facilement comme un sac de golf. L'avant et l'arrière étaient fermés par des caches en plastique.

– Voilà, annonça le général. Il est complet.

Mansour Karoun se pencha et effleura du doigt la fibre de verre verdâtre. C'était la première fois de sa vie qu'il voyait un missile « Strella » soviétique plus connu sous le nom de Sam 7.

– C'est le missile? demanda-t-il.

– Non, expliqua le général, c'est le tube de lancement, qui sert également de container de stockage et de transport. Le missile est à l'intérieur. Il ne faut pas le sortir car ses ailettes sont repliées. En les dépliant, on l'arme.

Mansour Karoun souleva l'engin par la sangle :

– Ce n'est pas lourd.

– Neuf kilos deux cents pour le missile, deux neuf cents pour le lanceur et un sept cents pour la crosse, récita le général.

– Et ça porte loin?

– Trois kilomètres et demi. C'est l'ancien modèle.

– Mais il marche? demanda Mansour Karoun plein d'inquiétude.

– Oui, oui, il marche! assura le général en souriant. La batterie a été vérifiée.

– Comment ça marche? demanda Mansour avec avidité.

– Oh, c'est assez simple.

Le général ôta le cache avant et posa le doigt sur la calotte transparente qu'on apercevait à l'avant de la fusée.

– Voilà le système de guidage infrarouge. C'est ce qui amène la fusée sur l'objectif, attirée par la source de chaleur des réacteurs ou de moteurs.

– Il ne peut pas s'échapper? demanda Mansour, inquiet.

– Non, non, fit le général. Le Sam 7 se déplace à Mach 1,3 [1].

Mansour Karoun contemplait les cent quarante-deux centimètres de la fusée, fasciné.

[1] Environ 1 450 km/h.

La poignée du lanceur comportait une détente comme un bazooka. Le général montra le petit cylindre, devant la crosse.

– Voilà la partie la plus importante, dit-il, la batterie thermique. Une fois qu'elle est activée, vous mettez le lanceur sur l'épaule un peu comme un bazooka et vous visez dans la direction où vous pensez qu'il y a un objectif...

– Oui, fit Mansour. Et ensuite?

– Ensuite, vous appuyez sur la détente. Il y a deux bossettes. La première active le système de guidage de la fusée. Si l'objectif est dans le rayon d'action de la cellule infrarouge, un voyant rouge s'allume et un signal sonore se déclenche. Cela s'appelle l'acquisition d'objectif. Ensuite, quand on est sûr que celui-ci est à portée, on appuie un peu plus sur la détente pour déclencher la seconde bossette. Ce qui met le feu à la charge propulsive.. Celle-ci brûle entièrement à l'intérieur du tube-lanceur, ce qui permet de ne pas se protéger le visage. Un tiers de seconde. Elle s'interrompt, puis la charge de croisière prend la suite. Après, la fusée est « aspirée » par la chaleur des moteurs et explose.

– Il y a une grosse charge?

– Non, trois cents grammes, cela suffit.

Mansour Karoun leva les yeux au ciel, remerciant Allah.

– C'est fantastique, dit-il, je pourrais m'en servir moi-même.

Le général rit.

– Attention, il faut surveiller la batterie! Elle ne dure que cent quatre-vingts secondes. Après elle est morte. La fusée ne sert plus à rien. Il ne faut pas hésiter trop longtemps. Et je n'ai pu avoir qu'une batterie. Il vaudra mieux la laisser à un professionnel.

– Je comprends, fit l'intégriste, déçu.

Il se voyait déjà épaulant son Sam 7 et appuyant

sur la détente. Quelle seconde inoubliable... Le général troubla sa rêverie.

– Je ne reste pas longtemps, dit-il. Où vas-tu la mettre?

– Ici, mon frère, dit Mansour. Je vais la dissimuler sous le lit. Personne ne vient jamais, et c'est fermé avec un cadenas. Je la bougerai à la dernière seconde...

Le général hocha la tête :

– Fais attention, nous ne pourrons pas en avoir deux. Maintenant que nos amis sont partis, on ne peut plus en avoir. Et dans les régiments c'est impossible...

– Ne crains rien, affirma l'intégriste, je la garderai comme la vertu de ma fille aînée...

Dans sa bouche, ce n'était pas un vain mot. Son frère avait tué une de ses filles parce qu'il la soupçonnait de s'être donnée à un garçon. Hélas, à l'autopsie, on avait découvert qu'elle était encore vierge... Il avait fait six mois de prison...

Mansour Karoun accompagna le général jusqu'à sa voiture, et ils s'étreignirent de nouveau longuement. Puis, il regarda le véhicule cahoter dans les dunes et reprendre la direction du Caire. Le général Mastabat avait pris un risque qui pouvait le mener à la potence. Mais c'était un homme aigri et qui voulait se venger à tout prix. Il avait cru aux Soviétiques, il avait même fait des stages en URSS, invité par ses homologues. On le croyait promis, sous Nasser, à un brillant avenir. Lors de la guerre de 1967, il était parti à l'assaut, s'imaginant écraser Israël en deux jours. La débâcle égyptienne avait été la sienne. Nasser l'avait mis sur une voie de garage. Plus tard, Sadate avait achevé la tâche en le chassant de l'armée. Maintenant il travaillait dans un bureau minable du centre du Caire, à traiter des affaires qui n'aboutissaient jamais. Si le complot marchait, il retrouverait son uniforme et son prestige...

Mansour Karoun rentra dans son bungalow et

retourna près du lit. Il prit la longue fusée verte, la porta à son épaule et, sans sortir de la pièce, visa les étoiles à travers la porte ouverte. C'était incroyablement léger. Penser qu'avec un engin pareil, on pouvait changer le sort d'un pays...

Il mourait d'envie de l'emmener chez lui, mais c'était un risque trop grand. Il valait mieux le laisser où il était. Le Moukhabarat ne venait jamais visiter le bungalow ouvert à tous les vents. C'est encore là que le missile serait le mieux en attendant d'être utilisé. Mansour Karoun le fit glisser sous le lit et tassa de vieilles couvertures autour. Qui irait chercher là? Puis il referma la porte, se tourna dans la direction de La Mecque et se mit à prier pour le succès de son entreprise.

Cela avait commencé quelques semaines plus tôt, lors du pèlerinage annuel de La Mecque. Avant la rupture des relations diplomatiques, Mansour Karoun s'y était rendu comme chaque année. Un soir, à son hôtel, quelqu'un avait frappé à la porte. Un inconnu qui n'avait pas voulu dire son nom, mais lui avait remis un billet pour Beyrouth.

– Quelqu'un veut vous voir là-bas, avait-il dit. Un écrivain libyen, Ahmad Sharati... Je pense que vous devriez y aller. Discrètement, bien entendu...

Au nom d'Ahmad Sharati, Mansour Karoun avait tiqué. C'était un écrivain libyen connu, mais personne n'ignorait qu'il était aussi un des cerveaux de l'organisme chargé de monter des « coups » pour le colonel Kadhafi. Bien entendu, Mansour Karoun, en tant qu'intégriste et opposant au régime Sadate, était sur les listes du Moukhabarat libyen...

Il était allé à Beyrouth. L'entrevue s'était passée à la piscine jouxtant les restes de l'hôtel *Saint George*. Le Libyen avait été droit au but. Sachant que Mansour Karoun, intégriste farouche, était un homme en qui on pouvait avoir confiance.

– Frère, avait-il dit, il s'agit de la sauvegarde de l'Islam. Ce sont des hommes comme vous, qui n'avez peur ni de la mort, ni de la prison, qui peuvent nous aider. Il faut débarrasser l'Egypte de Sadate, afin que votre pays reprenne la lutte contre le sionisme et fasse triompher la foi. *Allah Akbar!*

– *Allah Akbar!* avait répété en écho Mansour Karoun. Qu'attendez-vous de moi?

Le Libyen l'avait regardé bien en face.

– Une chose très importante, frère. Vitale même. Nous avons essayé d'introduire en Egypte du matériel pour venir à bout de Sadate. Hélas, nos vaillants mudjahidin ont été pris dans une tempête de sable et ont péri dans le grand désert de l'ouest. Nous ne les avons même pas retrouvés. Aussi, il faut trouver ce dont nous avons besoin sur place. Nous connaissons vos contacts dans l'armée. Cela doit être possible.

Mansour Karoun avait réfléchi, faisant mentalement la liste de ses amis. Ce n'était pas facile, mais pas impossible non plus.

– Et ensuite?

– Nous prendrons le relais, avait promis le Libyen, c'est une grosse opération. Nous déploierons tous nos efforts pour que cela marche. Je ne peux vous en dire plus sans savoir si vous êtes d'accord.

Mansour Karoun avait plongé ses yeux de braise dans ceux du Libyen.

– Frère, je suis d'accord à une condition.

– Laquelle?

– Dans le passé, votre chef a beaucoup parlé et très peu agi. Des amis se sont dévoués à sa cause et ont trouvé la mort sans qu'il intervienne. C'est un tigre sans dents.

– Ce n'est pas vrai, mon frère, avait protesté le Libyen, nous sommes décidés à aller jusqu'au bout. Avec votre aide.

– Je vous la donnerai, promit Mansour Karoun,

dès que vous m'aurez prouvé que vous n'hésitez pas
à verser le sang impur des ennemis de l'Islam.

– Mais enfin, frère, que demandez-vous?

– Une chose très simple, avait dit l'intégriste. Il y
a dans cette ville un lieu de débauche et de stupre
où tous les faux croyants de Riad viennent pêcher
contre le nom d'Allah. Contempler des femmes
impures. Je veux leur donner une leçon éclatante.

– Mais comment? avait demandé le Libyen, aba-
sourdi.

L'autre y croyait vraiment, à sa croisade...

Mansour Karoun lui avait expliqué ce qu'il attendait de ses futurs alliés. Une bombe qui détruise à la
fois la danseuse impie et ceux qui la regardaient...
Rien n'avait pu le faire changer d'avis. Ni le danger,
ni la perte de vie humaine. Le Libyen avait fini par
céder à contrecœur. Mansour était le seul à pouvoir
lui procurer un Sam 7.

Maintenant, ses alliés avaient rempli leur condition préliminaire. Mansour Karoun, lui, venait de
tenir ses engagements. Il restait à le faire savoir à
celui qui était le coordinateur de toute l'opération
et qui avait risqué sa vie pour satisfaire le caprice
démoniaque de l'intégriste. Celui-ci jeta un dernier
coup d'œil en direction de la fusée, ferma la porte
avec le cadenas et se dirigea vers sa vieille Fiat. En
route vers la mosquée Al Hussein.

CHAPITRE V

— Ici, en Egypte, annonça d'entrée John Ward, le chef de station de la CIA, c'est le système « IBM ». Il faut s'y faire...

— IBM? interrogea Malko, contemplant la circulation démente de la shari El Corniche à travers laquelle ils se frayaient un passage à grands coups de klaxon. Qu'est-ce que cela signifie?

— « *Inch Allah. Boukhara. Maalesh*. Si Dieu le veut. Demain. Ça n'a aucune importance ». Il n'y a pas plus gentils que les Egyptiens, mais ils se foutent de tout.

— Je vois, fit Malko. C'est pour cela que la ville est en train de s'écrouler?

Il était arrivé la veille au soir par l'Airbus d'Air France directement de Paris. Il aurait pu venir de Lyon, de Nice ou de Marseille : deux fois par semaine, Air France dessert Le Caire à partir de Lyon, une fois à partir de Nice et une fois à partir de Marseille. L'aéroport du Caire était un incroyable caravansérail où campaient des centaines de familles qui s'étendaient même sur le terre-plein, gardé par des soldats en guenilles retranchés derrière des sacs de sable, vestiges du théorique état de guerre avec Israël.

Après cette vision d'apocalypse il avait été soulagé de retrouver le *Méridien*, quinze étages en arc de cercle dominant les eaux limoneuses du Nil, en plein centre du Caire à la pointe nord de la baie de Geziret. En venant de l'aéroport, il avait eu l'impression de traverser une ville bombardée. Les maisons tombaient littéralement en ruines, rapiécées, éventrées, lépreuses, d'une saleté repoussante, et, malgré tout, grouillantes d'une humanité misérable. Les vitres manquaient, les balcons pendaient dans le vide, à demi écroulés, les façades se lézardaient. Quant à la circulation, c'était le rêve impossible d'un pilote de stock-car. Des bus rouges qui semblaient avoir cent ans, et n'en avaient que deux, perdant leurs rivets à chaque cahot, des grappes de passagers accrochés jusque sur les pare-chocs, disputaient des chaussées défoncées à d'innombrables taxis noirs et blancs, à des charrettes à âne, à des chameaux et à de vieilles américaines rapiécées comme des chaussettes. Le tout dans un vacarme à rendre fou furieux un chanteur de rock.

— Non, expliqua l'Américain, la ville s'écroule à cause du système. Les loyers sont bloqués depuis un demi-siècle. Mais le locataire peut sous-louer. Un appartement qu'il loue huit livres égyptiennes par mois lui en rapporte six cents! En plus, les baux sont transmissibles par héritage! Le seul espoir pour un propriétaire est que l'immeuble s'écroule... De temps en temps, il y en a un, plus nerveux que les autres, qui donne un coup de pouce avec quelques sticks de dynamite. On ne peut pas vraiment le blâmer...

Ils longeaient le Nil depuis vingt minutes. Pour parcourir moins d'un kilomètre! Evitant un chameau, la Dodge se gara devant un petit immeuble jouxtant une tour lépreuse de trente étages où du linge pendait à chaque fenêtre, surmontée d'une publicité énorme pour les cigarettes Belmont, en bordure du canal séparant le Caire de la baie de Geziret où pourrissaient une dizaine de coches d'eau. Presque en face du *Méridien*.

– Voilà notre plus belle infrastructure, annonça John Ward, c'est plus discret que l'ambassade.

Une maison vieillotte et délabrée avec un perron amenant directement au premier étage, entourée d'un petit jardin. Sur la porte une plaque annonçait : *International Business Help. Second Floor.* L'ascenseur en panne se réservait pour le Musée d'Art Déco. Une douzaine d'Egyptiens attendaient dans une petite entrée près d'un standard. Dans une pièce attenante, cinq businessmen japonais, assistaient à la projection d'un documentaire sur l'Egypte, grâce à un grand écran et à un magnétoscope Akai alimenté en films locaux.

– On nous a attribué une ligne internationale, annonça John Ward, les gens viennent appeler d'ici, sinon ça peut prendre une semaine. Venez, je vais vous présenter Mel Smith, mon adjoint.

Ils pénétrèrent dans un bureau donnant sur la rue. Assourdi par les klaxons, Malko aperçut un homme corpulent, jovial et rougeaud, style homme d'affaires empâté, noir de cheveux, des dents jaunes, qui vint à lui la main tendue.

Le contraste avec le chef de station longiligne était saisissant. On aurait dit Laurel et Hardy.

– Mel Smith, annonça le nouveau venu.

– Mel est le patron officiel de la « structure », expliqua John Ward. Il traîne dans le coin depuis douze ans et parle arabe. Nous avons un service de travail temporaire et une aide aux businessmen de passage comme vous, ajouta-t-il avec un sourire. Ma couverture d'attaché commercial facilite les rapports « ouverts » avec Mel. On lui fait même gagner de l'argent...

– Les Egyptiens sont au courant? demanda Malko.

– Bien sûr! Nous avons des relations « totem » avec eux. En plus, l'associée égyptienne de Mel est mariée avec un type qui s'est longtemps occupé de la sécurité de Sadate. Inutile de vous dire qu'il a des contacts au Moukhabarat. Nous n'avons d'ailleurs rien à cacher à nos alliés égyptiens. Enfin, presque rien... Ils savent très bien que vous faites partie de la Company.

Malko était arrivé en Egypte sous sa véritable identité, accueilli à l'aéroport par un employé égyptien de la « structure », soi-disant représentant de Siemens pour une affaire de téléphone. Avec Elko Krisantem, son fidèle maître d'hôtel turc et une caisse de Moët et Chandon, introuvable en Egypte. Pour une fois qu'il venait dans un pays musulman... S'il fallait se prosterner dans une mosquée, Elko le ferait mieux que lui. Malko n'avait jamais très bien su la direction de La Mecque. Le Turc était resté au *Méridien* à repasser ses costumes. Il faisait un temps couvert et frais, mais le soleil commençait à percer. Seulement la température fraîchissait dès trois heures, et la nuit tombait brutalement à cinq. Malko avait quitté le château de Liezen, le cœur léger. Alexandra, après une nouvelle lune de miel, semblait s'être calmée et l'attendait sagement. Cette mission, en partie provoquée par lui, rapporterait tout juste de quoi payer le mazout de l'hiver, mais il ne déplaisait pas à Malko de visiter l'Egypte et ses souvenirs. Les pharaons et lui avaient quelque chose de commun : l'amour des pierres! Sa pyramide à lui, c'était son château de Liezen.

Les premiers flocons de neige sur l'Autriche l'avaient poussé à prendre l'avion. En plus, les Egyptiennes avaient la réputation d'être superbes, et presque aussi salopes que les Hongroises... [1].

– Qu'avez-vous dit de ma mission aux Egyptiens? demanda-t-il.

– Appréciation politique de la situation. Envoyé spécial du directeur général, expliqua John Ward. Il n'y a aucun problème avec eux. Tous les jours, ils

---

[1] SAS n° 58 : *Piège à Budapest.*

nous supplient de nous implanter un peu plus. On a déjà une mission militaire énorme...

Malko s'assit dans un fauteuil incrusté de nacre. Les quatre heures passées dans la cabine spacieuse et silencieuse de l'Airbus l'avaient détendu. Il en avait profité! En effet, il l'avait constaté entre Vienne et Paris, la Company se faisait de plus en plus tirer l'oreille pour payer la première classe sur les petits parcours européens. Elle n'acceptait le confort spacieux des *first* qu'à partir de quatre mille kilomètres.

– Pas de nouvelles des Allemands? demanda-t-il.

– Aucune, dit John Ward, mais ils ont pu passer avec de faux passeports. Il y a beaucoup de touristes en ce moment.

– Il y a du nouveau sur l'affaire du *Sheraton?*

Mel Smith s'assit en face de lui.

– Non. J'ai vu ce matin mon homologue du Moukhabarat. Ils continuent à chercher le terroriste. Sans résultat.

Maintenant qu'il se retrouvait au Caire, Malko était un peu paniqué, se demandant par quoi commencer. Ses spéculations intellectuelles ne débouchaient sur rien de concret. John Ward dut lire dans ses pensées car il dit en souriant :

– Je suis heureux que vous soyez ici. On m'a souvent parlé de votre « feeling ». S'il y a quelque chose de pourri dans l'air, vous allez le renifler.

– Il faudrait encore qu'il y ait quelque chose à renifler, remarqua Malko. Le coupable a disparu et la victime est au cimetière...

Mel Smith montra ses dents jaunes, penché en avant.

– On a quelque chose à vous faire renifler. La seconde danseuse orientale. Celle que le type a draguée.

Malko avait lu le dossier à l'ambassade et connaissait tout de l'attentat du *Sheraton*.

– Les Egyptiens l'ont interrogée, je suppose, dit-il. Je ne vois pas ce qu'elle peut dire de plus.

– Moi non plus, avoua l'Américain, mais on ne sait jamais. Vous lui poserez peut-être des questions auxquelles ils n'ont pas pensé...

– Mon arabe est très limité, avertit Malko. *Aïwa* et *la* [1].

– Nous avons un interprète, le rassura Mel Smith. Mon associée, Magda Boutros. Elle collaborera avec vous pour la partie « ouverte » de l'enquête. Farida, la danseuse, travaille maintenant dans une boîte près du Caire, à Sahara City. Les Egyptiens l'ont prévenue. Elle parlera. Elle a une frousse bleue.

– Et si elle ne me dit rien?

On frappa à la porte, et le battant s'ouvrit aussitôt. Mel Smith se leva vivement et annonça :

– Prince Malko, je vais vous présenter à Magda Boutros.

Malko eut un choc. Magda Boutros était une grande brune mince, dont les bas gris soulignaient les jambes fuselées, vêtue d'un strict tailleur noir. Il s'inclina sur une longue main blanche aux ongles très rouges, croisa le regard de feu de prunelles d'un noir liquide. L'Egyptienne détourna aussitôt les yeux comme une jeune fille timide. Magda Boutros portait les cheveux courts, si brillants qu'ils ressemblaient à une perruque, ses grands yeux étaient maquillés comme la Reine de Saba, son nez légèrement busqué donnait de la personnalité à son visage sensuel. Une femme superbe à qui il était difficile de donner un âge. Entre trente et quarante. Malko avait eu le temps de se dire qu'il la mettrait bien dans un lit. Elle s'assit, enroulant ses jambes dans un geste très pudique.

---

[1] Oui et non.

– Le prince Malko Linge travaille avec nous, expliqua Mel Smith. Il aura besoin de votre concours durant son séjour au Caire. D'abord pour l'entretien avec Farida. Pourriez-vous l'accompagner à Sahara City ce soir?

– Ce soir! (La voix de Magda Boutros marqua une hésitation perceptible.) Je devais dîner avec mon mari...

– Expliquez-lui, demanda rondement Mel Smith. C'est pour le boulot. Vous pourriez dîner avec le prince Malko et le briefer sur Le Caire... Cela lui sera utile.

– Bien, fit, visiblement à contrecœur, Magda Boutros. (Elle se tourna vers Malko.) Vous habitez au *Méridien,* je crois, voulez-vous que nous nous retrouvions au restaurant vers dix heures? Au *Pavillon Royal,* c'est le meilleur.

– Le meilleur du Caire, souligna Mel Smith avec enthousiasme. Je vous recommande le loup au gros sel...

– Très bien, dit Malko. Je serai là à dix heures.

Magda Boutros se leva, et sortit de la pièce avec un signe de tête, laissant derrière elle une traînée de parfum capiteux. Malko remarqua la finesse de sa taille, rare chez une Egyptienne. Elle dégageait une sensualité de bon aloi, sans aucune vulgarité.

– Votre associée est superbe, remarqua-t-il.

Mel Smith eut un rire gras.

– Attention, elle est farouche comme une pucelle! D'ailleurs, elle m'a avoué qu'elle était restée vierge jusqu'à vingt-sept ans! C'est peut-être pour ça qu'elle est follement jalouse de son mari. Lui ne pense qu'à la tromper. Elle ne sait jamais où il est, et ça la rend folle... Ce soir, s'il est libre, il va sauter sur l'occasion.

*
**

Le policier en haillons posté au milieu de shari El Corniche contemplait d'un air dégoûté les
voitures qui essayaient de l'écraser. Avec un geste
découragé, il renonça et alla se réfugier sous son
ombrelle, abandonnant Malko à l'attaque sauvage
d'un vieil autobus qui le rata de justesse. Pour
vingt livres par mois, le flic ne pouvait pas faire
plus...

Malko regarda le long ruban limoneux du Nil qui
coupait la ville du nord au sud. Douze millions de
crève-la-faim s'agglutinaient autour. Plus une aristo-
cratie cosmopolite. De tout temps, le Caire avait été
un nid d'espions. Les Soviétiques étaient partis
après être restés dix ans. Certainement pas sans
avoir laissé quelques agents dormeurs... Certes, le
président Anouar al-Sadate avait des ennemis dans
le monde arabe, mais ses vrais adversaires, c'étaient
les Soviétiques à qui il avait fait subir pas mal
d'avanies, couronnées par les négociations de
Camp David, leur ôtant tout espoir d'une nouvelle
guerre avec Israël.

Un garde fouillait les paquets à l'entrée du *Méridien.* Malko monta dans sa suite. Elko Krisantem
ne s'y trouvait pas, mais une chemise et un costume
l'attendaient, sur le lit, repassés, avec un holster et
le pistolet extra-plat de Malko, passé dans les baga-
ges, plus une bouteille de Moët et Chandon dans un
seau à glace. Pour une fois qu'on était dans un pays
ami! Il se réjouit d'avoir emmené le Turc, et regarda
la vue de la terrasse.

Quelques felouques à voile remontaient le Nil,
mêlées à des embarcations à moteur. Une tour
inachevée défigurait la baie de Geziret, juste devant
la tour massive du *Sheraton* qui semblait le narguer.

Sur sa gauche, il aperçut tout au bord du fleuve, à

quatre cents mètres à vol d'oiseau, une petite plate-
forme d'atterrissage pour hélicoptère, en face d'un
bâtiment tout en longueur. A côté, s'élevait une villa
blanche avec des colonnes doriques, dans un jardin.
C'est là que vivait en permanence la femme du
président Sadate. De part et d'autre du Nil, le Caire
s'étendait à perte de vue. Une circulation démente
s'étirait lentement sur le pont El Tahrir, au nord.
Vers l'ouest, des collines nues et ocres s'estom-
paient derrière les minarets orgueilleux de la mosquée de l'antique citadelle, dominant le vieux quartier. Vers le sud, les cheminées d'innombrables
briqueteries crachaient une fumée noire. Malko se
mit à penser à sa vie. Douze étages plus bas, une
barque remontait doucement le courant. Un
homme ramait sous le regard d'une jeune femme
assise à la proue. Cela aurait pu être Malko... Il revit
les parquets cirés de son château, de son donjon,
ses terres minuscules, ses portraits de famille, qui
représentaient tant pour lui. Un corridor abritait
deux ou trois siècles de la vie des Linge.

Maintenant, il était un soldat de fortune, un
samouraï moderne, toujours par monts et par vaux,
pour poursuivre un Graal inaccessible. Jusqu'à ce
que le cancer ou une balle ait raison de lui. Mais au
moins il vivait en accord avec lui-même et il poursuivait sa guerre personnelle contre un système
qu'il abominait. Il s'accouda au-dessus du Nil, pensant à sa dernière mission au Salvador [1]. Il avait
abattu un homme de sa main. Le chef de station de
la CIA locale. Parce que son éthique le lui commandait. Seul, David Wise, le directeur des Opérations,
le savait. Et le couvrait.

Là-bas, c'était la brutalité; ici, au Moyen-Orient, la
finesse. Des gens qui changeaient d'amis tout le
temps, qui haïssaient aujourd'hui ce qu'ils avaient
adoré la veille.

---

[1] SAS n° 60 : *Terreur à San Salvador.*

Quand on payait le prix du sang, l'offense était lavée... Mais quel prix faudrait-il payer pour le *Sheraton*? Qui était l'homme capable d'avoir fait l'amour à une femme, sachant qu'il l'envoyait à une mort horrible et certaine quelques minutes plus tard. Qu'est-ce qui le faisait courir? Qu'allait-il découvrir à travers la maîtresse d'un tueur?

*
*

– Vous voyez la tour de Geziret?

– Oui, dit Malko.

Magda Boutros s'était changée et arborait une robe de lainage très près du corps qui détaillait des formes pleines et un maquillage encore plus forcé; quelques bagues et une croix égyptienne complètaient l'ensemble. Ils achevaient de dîner au *Pavillon Royal*, le restaurant du *Méridien*, face au Nil.

– On dit que la CIA a voulu acheter Nasser, expliqua l'Egyptienne. Il a pris l'argent et il a juré d'en faire quelque chose de complètement inutile... Il a construit la tour...

Celle-ci était une sorte de gigantesque pointe ajourée comme un minaret défigurant la perspective de l'île de Geziret, terminée par un restaurant tournant qui ne tournait plus depuis longtemps. Ce qui n'avait qu'une importance relative, les ascenseurs y menant étant en panne, eux aussi. C'était l'Egypte... Malko regarda sa montre. Presque minuit.

– On y va?

– Si vous voulez.

Dans le hall, le concierge les suivit des yeux avec un regard admiratif. Magda Boutros ne passait pas inaperçue. Elle avait bu pas mal d'Omar Khayyam, le vin local, fort comme un Turc, et ses yeux étaient plus brillants, mais elle demeurait distante. Malko aimait son parfum lourd. La 504 qu'il avait louée n'était pas encore tombée en panne. Miracle! Il donna vingt-cinq piastres au pauvre bougre qui essuyait son pare-brise pour la seizième fois de la journée, et ils prirent la direction de Sahara City.

On circulait un peu mieux mais les cyclistes sans lumière jouaient les kamikazes partout. Il fut soulagé d'atteindre Pyramids Road, l'immense avenue des onze kilomètres de long menant aux trois pyramides, défigurée par de hideux bacs à fleurs en céramique. La chaussée était légèrement inclinée vers la droite. Magda Boutros remarqua :

– Cette avenue a une histoire. Le scheik qui l'a construite était fou amoureux de l'impératrice Eugénie. L'inclinaison de la chaussée lui a permis tout le temps du parcours de l'avoir serrée contre lui.

– C'était un homme qui savait faire la cour aux femmes! remarqua Malko en riant.

Décidément, l'Egypte était le pays de la démesure. En train de changer. L'avenue était bordée de tristes night-clubs pour touristes offrant une profusion de danseuses orientales au rabais.

Enfin, les pyramides apparurent sur la gauche, et Malko contourna la plus grande, qui se découpait sur le ciel clair.

– Continuez, dit Magda, c'est en plein désert.

Ils laissèrent les pyramides à leur gauche, filant droit vers le sud, à travers un désert moutonné hérissé de petits chalets. Malko se retourna : la vue était superbe, car on dominait toute la vallée du Nil sur la gauche. Les deux pyramides de Khéops et de Khephren se découpaient sur la nuit claire d'une façon impressionnante. L'air était plus frais, débarrassé de la poussière étouffante du Caire. Ils roulèrent quelques minutes puis il aperçut dans le lointain une immense inscription lumineuse : *Sahara City*.

Malko stoppa en plein désert, en face de ce qui ressemblait à la tente d'un cirque. Les sonorités aiguës des flûtes filtraient à travers la toile.

— C'est ici, annonça Magda.

Elle décroisa ses jambes, faisant crisser ses nylons, ce qui envoya au creux de l'estomac de Malko une petite décharge électrique agréable. Sa robe de lainage stricte n'avait pourtant rien de provocant, mais, très près du corps, elle soulignait les courbes harmonieuses de Magda Boutros. Qu'allait-il trouver dans ce beuglant?

CHAPITRE VI

Les billets pleuvaient sur la scène, au rythme rapide des tambourins. Les bras dressés vers le ciel, la danseuse en lamé or ondulait de plus en plus vite, faisait trembler ses seins comme de la gélatine, virevoltant, agitant ses castagnettes de cuivre, provocante et rieuse. Certains spectateurs entassés dans la grande tente s'étaient levés et rythmaient de claquements de mains endiablés sa performance. L'orchestre était au fond de la tente en face de la scène surélevée, entourée de tables, sous l'omniprésent portrait du président Sadate, accroché dans chaque demeure égyptienne. Soudain, une fille grassouillette, dont les jeans moulaient un fessier imposant, sauta sur la piste surélevée et se mit à se déhancher d'une façon grotesque pour la plus grande joie de l'assistance et à la fureur de la danseuse. Celle-ci s'agita encore un peu, puis quitta la scène, sous les applaudissements.

– C'est à nous, dit Malko.

Ils laissèrent intact l'infâme dîner qu'on leur avait servi d'office. Il n'y avait aucun Occidental à part eux. Sahara City était réservé aux touristes arabes désireux de s'encanailler. Un Saoudien en kouffieh suivit d'un regard brûlant la silhouette de Magda Boutros se faufilant entre les tables, précédée de Malko.

La loge des artistes, derrière l'orchestre, était minuscule. Farida venait de passer un pantalon de toile lorsqu'ils entrèrent. Elle se retourna, l'air affolé. Magda Boutros la calma d'une phrase en arabe. Malko l'observait et la trouva plus belle qu'en scène. Elle avait une poitrine très haute, aiguë, des traits fins, presque distingués, avec un nez retroussé, rare chez les Arabes.

– Allons dans la salle, nous serons mieux, suggéra Magda Boutros.

Ils se retrouvèrent : un serveur en vert les installa devant des J and B minuscules, loin de la scène où se produisait maintenant un prestidigitateur. Farida semblait intimidée et gênée. Les occupants de la table voisine la lorgnaient avec concupiscence.

– Que voulez-vous savoir? demanda Magda Boutros.

– Tout sur ce terroriste, dit Malko. Comment elle l'a connu, ce qu'il lui a appris de lui, son signalement, leurs rapports.

Magda Boutros traduisait. La danseuse répondit aussitôt, avec un sourire las.

– La police l'a déjà interrogée, elle leur a dit tout cela et elle ne sait rien de plus, traduisit Magda Boutros. Elle connaissait très mal cet homme, c'était l'amant de l'autre danseuse. Il lui a seulement un peu fait la cour. Il ne lui a jamais dit où il habitait, ni ce qu'il faisait. Ici, les femmes ne posent pas de questions!

– Elle était sa maîtresse?

Traduction, air embarrassé de Farida.

– Elle dit que non, qu'il a seulement essayé, traduisit Magda Boutros.

Cela puait le mensonge.

– C'est ce qu'elle a dit à la police?

– Oui.

– Ils l'ont crue?

– Non, ils l'ont même menacée.

– Pourquoi?

– Ils croyaient qu'elle savait où il se cachait. Ils l'ont gardée plusieurs jours et ils l'ont battue...

Malko observait la jeune danseuse. Elle croisait et décroisait nerveusement les jambes.

– Elle ne sait pas pourquoi il a commis cet attentat?

– Non.

– Qu'elle me décrive cet homme.

La danseuse s'exécuta, tant bien que mal, poussée par Malko qui notait soigneusement tout, grâce à la lenteur de la traduction. Banal. Moustache, cheveux noirs très longs, nez doit, visage carré, un mètre soixante-quinze, menton proéminent, belles dents, des mains soignées – cela l'avait frappée. La description convenait à quelques millions d'Arabes... Malko décida de brusquer les choses devant l'air buté de la danseuse.

– Je suis sûr qu'elle a fait l'amour avec lui, elle doit avoir d'autres détails plus intimes.

Magda Boutros traduisit. Aussitôt, Farida devint écarlate et muette. Elle balbutia enfin quelques mots.

– Elle dit qu'elle ne l'a pas fait.

– Dites-lui que je ne la crois pas, répliqua Malko. Que si elle ne me dit pas la vérité, je dirai aux policiers qu'elle leur a menti et qu'elle aura des ennuis.

Farida baissa la tête, et murmura quelque chose.

– Elle dit qu'elle ne l'a fait qu'une fois, traduisit Magda Boutros.

Malko se rua dans la brèche, décidé à faire craquer la danseuse.

– Son sexe, demanda-t-il. Comment était-il?

Magda Boutros hésita, puis traduisit d'une voix légèrement altérée, sembla-t-il à Malko. Silence. Les tambourins avaient recommencé, accompagnant un chanteur à la voix sucrée. Farida lâcha un mot.

– Fort, dit Magda Boutros. Très fort.

– Pas de particularité?

Traduction, réponse.

– Non, seulement exceptionnel.

– Où ont-ils fait l'amour?

Dialogue à voix basse. Farida lâchait les mots un à un, à regret.

– Dans la loge, une fois seulement.

– Il s'est déshabillé?

Question, réponse.

– Non. Juste ce qu'il fallait.

Farida transpirait à grosses gouttes, et Magda Boutros ne semblait guère plus à son aise. Malko essayait d'imaginer la scène.

– Il était habillé comment?

– Un pantalon, un T-shirt et une veste. Il a ôté sa veste.

– Elle a vu sa peau, elle n'a pas remarqué quelque chose, un signe distinctif, une verrue?

Question. Long silence. Cette fois, Farida réfléchissait. Magda Boutros gardait les yeux baissés. La danseuse releva la tête enfin et dit quelques mots.

– Il avait une grande cicatrice dans le dos, à la hauteur de la ceinture à droite. De la colonne vertébrale au flanc, un bourrelet qu'elle a senti sous ses doigts, traduisit Magda Boutros.

Malko nota mentalement. Enfin un indice! Mince.

Il n'y avait rien de plus à sortir de la danseuse qui se liquéfiait à vue d'œil. Elle dit quelques mots, d'une voix suppliante, traduits aussitôt par Magda

– Elle vous supplie de ne pas dire à la police qu'elle a eu des rapports avec lui. Ce serait très grave.

– C'est promis, dit Malko.

Farida esquissa un sourire timide et posa une question :

– Elle demande si on peut la raccompagner en ville?

– Bien sûr, dit Malko.

Ils sortirent de la tente. Il y avait encore beaucoup de voitures devant le Sahara City. Farida monta à l'arrière de la 504.

Pendant qu'ils filaient sur l'interminable Pyramides Road, Malko demanda :

– Où habite-t-elle?

– Dans le centre, rue Qasr El Nil, annonça Magda. Son père est bawa. Ils ont construit une cahute sur le toit. Ils sont très pauvres. Mais elle ne va pas là maintenant. Vous pouvez la déposer au *Sheraton*?

– Elle y travaille encore?

– Non, elle va voir quelqu'un.

A deux heures du matin... Malko curieux, demanda :

– Qui?

Dialogue à mi-voix entre les deux femmes. Enfin Magda annonça :

– Elle a un ami saoudien.

Malko, revenant à son souci, demanda :

– Elle reconnaîtrait Abu sur une photo?

Question. Puis réponse d'une voix effrayée.

– Elle pense que oui. Mais elle n'est pas sûre.

Magda Boutros regarda Farida entrer en courant dans le *Sheraton* et se tourna vers Malko.

– Vous lui avez fait très peur.

– Pourquoi le Moukhabarat ne l'a-t-il pas fait avouer?

Magda Boutros eut un sourire ironique.

– J'ai l'impression, d'après ce qu'elle m'a dit, que les policiers ne l'ont pas seulement battue. Comme elle n'était plus vierge, ils en ont profité. C'est une très jolie fille... Ils n'ont pas passé tellement de temps à l'interrogatoire. Ils voyaient bien qu'elle n'était pas complice. Ils ne sont pas habitués aux enquêtes compliquées.

Toujours le système IBM...

Malko consulta sa Seiko-quartz. 2 h10. Il n'avait pas sommeil.

– Vous avez été merveilleuse, dit-il, je vous invite à prendre un verre. Où pouvons-nous aller? Là où il n'y a pas de danseuse orientale. On a fait le plein pour ce soir.

– Il est très tard, dit Magda et il n'y a pas grand-chose au Caire. Mais je dois retrouver mon mari à une discothèque, le *Borsalino*. Nous pouvons y prendre un verre en l'attendant.

– Parfait, dit Malko, vous me guidez.

Ils suivirent Giza Road jusqu'au pont El Tahrir débouchant sur la place du même nom, centre du Caire. En la traversant, Magda Boutros désigna à Malko un gigantesque bâtiment gris, à la lourde architecture soviétique, qui occupait tout le sud de la place.

– Voilà le cimetière de tous les projets égyptiens, annonça-t-elle avec une ironie triste. Tous les services administratifs de l'Egypte sont regroupés ici. La Mecque des fonctionnaires. La seule force réelle de l'Egypte : celle de l'inertie.

Malko passa devant l'ambassade de Grande-Bretagne et stoppa dans un petit terrain vague où une enseigne lumineuse annonçait le *Borsalino*.

Farida essayait de s'endormir sur son grabat mais n'y parvenait pas. Elle n'était restée que quelques minutes au *Sheraton* : celui qu'elle cherchait n'était pas arrivé. L'évocation de l'unique fois où elle avait fait l'amour avec Abu l'avait troublée. Elle avait soigneusement caché aux policiers le cadeau qu'il lui avait fait. La tête de Nefertiti. Ils auraient pu en tirer des conclusions erronées. Comme la plupart des Cairotes, Farida était incurablement romantique. C'était la première fois qu'elle était amoureuse.

Elle avait caché aux policiers la chose la plus importante. Elle avait suivi Abu un jour. Après l'avoir guetté plusieurs fois de suite, quand il venait retrouver Fifi Amer. Simplement pour l'apercevoir. Elle l'avait vu entrer deux fois de suite dans une vieille maison de Khan El Khalili. C'était une information qu'elle avait enfouie au plus profond de sa mémoire. Parce qu'elle avait été horrifiée de l'attentat mais qu'elle ne pouvait pas livrer un homme dont elle était follement amoureuse. En plus, la disparition de cette grosse truie de Fifi Amer ne lui arrachait pas des larmes de sang. Elle poussa un cri pour faire fuir un rat qui guettait dans un coin. Sa cahute était pleine de vermine. Sa main glissa lentement vers son ventre, elle ferma les yeux et se mit à penser à son fugitif amant. Se disant qu'il fallait absolument le revoir, même si elle ne lui parlait pas.

Elle n'avait pas tellement de joies dans sa vie.

Une femme énorme, avec pourtant des jambes minces, ivre morte, dansait d'une façon provocante sur la petite piste, enlacée à un homme qui lui arrivait à l'épaule; un couple à la Dubout, se livrant à mille excentricités. Magda Boutros les regardait, choquée. Le *Borsalino* ressemblait à n'importe quelle boîte disco d'Europe. Derrière eux dînait le directeur de *Al-Ahram*, le plus grand quotidien d'Egypte. Il y avait toute la jeunesse dorée du Caire, y compris la fille aînée de l'ex-impératrice Farah, se déhanchant dans un jerk endiablé. Le J and B coulait à flots mais il n'y avait pas la queue d'une bouteille de Dom Pérignon ou de Moët et Chandon.

Malko se pencha vers Magda.

– Venez danser.

C'était enfin un slow. L'Egyptienne se laissa enla-

cer. De près, son parfum était encore plus prenant.
Mais Malko la sentait raide, distante. Elle ne cessait
de regarder en direction de l'entrée vers le bar. Ils
firent trois danses sans qu'elle s'assouplisse. Un peu
agacé, il demanda :

– Votre mari va venir?

Elle leva sur lui des yeux absolument sans expression.

– Je ne sais pas, je pense. Il a peut-être été se
coucher directement.

– C'est impardonnable d'abandonner une aussi
jolie femme que vous, remarqua traîtreusement
Malko.

Elle ne répondit pas, mais se détacha de lui
quelques instants plus tard, regagnant leur table en
bord de piste. Incontestablement furieuse. Pour
détendre l'atmosphère, Malko demanda :

– Existe-t-il des endroits au Caire où descendent
les jeunes, ceux qui n'ont pas les moyens d'aller
dans un palace...

– Oui, bien sûr, fit Magda Boutros, dans le centre,
il y a plusieurs petits hôtels assez minables où il y a
des hippies, des gens comme ça. Et puis, à l'hôtel
Menara, il y a le club Méditerranée...

– Vous pourrez me montrer ces hôtels? demanda
Malko.

– Si vous voulez. (Elle regarda ostensiblement sa
montre.) Maintenant, je voudrais rentrer. Ashraf ne
viendra plus. Et demain, je travaille à neuf heures.

Malko paya, et ils remontèrent à la surface. La
nuit était fraîche. Malko ouvrit la portière à l'Egyptienne qui exhiba fugitivement un bout de peau
blanche au-dessus du bas en s'installant dans la
voiture. Assez pour le faire fantasmer. Pourtant
Magda semblait très loin de la provocation.

– J'habite sur Corniche Road, dit-elle, là où est le
bureau.

Cinq minutes plus tard, il la déposait. Comme il

se penchait vers elle pour lui baiser la main, elle se
recula imperceptiblement et dit d'une voix posée :

– Si vous êtes seul au Caire, je pourrai vous
présenter une amie. Beaucoup d'Égyptiennes ado-
rent les étrangers.

– Merci, dit Malko, je fais toujours mon choix
moi-même.

Il la regarda monter le perron, se jurant de lui
faire payer sa froideur. Hélas, pour l'instant, il avait
autre chose à faire.

CHAPITRE VII

La grosse jeep russe stoppa devant un grand bâtiment dans le centre de Tripoli. Le Palais du Peuple. Un moustachu, court sur pattes, attendait devant une porte latérale au-dessus de laquelle une pancarte en arabe et en anglais indiquait : Bureau des Relations Extérieures. La main tendue, il s'avança vers le jeune couple qui venait de descendre de la jeep soviétique.

– Bienvenue à Tripoli. Votre entraînement est terminé. Mon nom est Ahmad Sharati. Je suis chargé de vous durant votre séjour ici.

Il parlait un allemand rocailleux qu'Hildegard Müller et Otto Mainz avaient du mal à comprendre. Cependant, après une semaine sous la tente, dans le désert, c'était agréable de retrouver un semblant de civilisation. Les deux Allemands suivirent leur guide à travers des couloirs sinistres puis dans une petite pièce où on leur servit du thé et des gâteaux secs. Ahmad Sharati tendit la main :

– Vos passeports.

C'étaient les faux passeports d'Allemagne de l'Est avec lesquels ils voyageaient depuis Zurich. Otto objecta timidement :

– Mais nous en avons besoin...

Le Libyen les rassura d'un sourire.

– Vous en aurez d'autres. Je vais vous présenter à

un homme très important. Le patron du Maktab Tafsir Athaoura. Il coordonne les opérations contre les ennemis de l'Islam.

La porte s'ouvrit sur un homme replet, au visage affable et mal rasé, qui leur tendit la main sans se présenter. D'entrée, il annonça :

– Je crois que nous vous avons rendu un grand service...

Otto et Hildegard ne répondirent pas. Depuis quatre mois, ils fuyaient, à travers l'Europe, la police anti-terroriste allemande. Le filet commençait à se resserrer, quand leurs amis les avaient mis en contact avec la filière libyenne. Tout s'était aussitôt arrangé comme par miracle. On leur avait trouvé une planque sûre et confortable, de l'argent et deux passeports de la République Démocratique Allemande. Puis les billets d'avion pour Tripoli. Ensuite le camp d'entraînement d'où ils arrivaient.

– Nous vous remercions, dit Otto Mainz.

– Ce n'est rien, dit l'Arabe. Maintenant nous avons un service à vous demander à notre tour. Une mission très importante.

– De quoi s'agit-il? demanda Otto Mainz.

Le patron du Maktab, Tafsir Athaoura, le fixa avec gravité.

– De l'Egypte, où le président Sadate mène une politique contraire aux intérêts arabes et palestiniens.

Il parla longtemps, multipliant les précisions et les détails, écouté, bouche bée par les deux jeunes Allemands à la fois flattés et effrayés. Comprenant enfin le sens de l'entraînement particulier qu'ils venaient de subir, voilà qu'ils se voyaient de nouveau confrontés au danger et à la vie clandestine. Seulement, ils n'avaient pas le choix. Sans leurs amis libyens, ils se retrouvaient dans une prison ouest-allemande pour quelques années.

– Qu'en pensez-vous? demanda enfin Sharati.

– C'est dangereux, dit Otto, et il faudrait être certain que nous ayons tout le soutien nécessaire...

– Vous l'aurez, dit l'Arabe. Je vais maintenant vous faire rencontrer un de nos amis qui vous sera très utile.

De nouveau ce furent les couloirs, puis la voiture. Ils échouèrent dans un grand bâtiment gris qui ressemblait à une caserne, gardé par des soldats. Sharati se tourna vers les deux Allemands pour annoncer :

– Vous pénétrez maintenant dans le siège de notre Moukhabarat.

Le Moukhabarat ressemblait à tous les organismes similaires. Otto et Hildegard se retrouvèrent dans un bureau, décoré d'une grande carte du Moyen-Orient, occupé par un Européen. Celui-ci, un homme aux cheveux gris et au visage sévère, se dérida en voyant les jeunes terroristes. Sharati le présenta :

– Voici le major Birkenau, de la République Démocratique Allemande. Il est un de nos meilleurs conseillers techniques en matière de sécurité. Nous l'avons mis au courant de notre projet qu'il trouve excellent.

– Absolument, approuva le major Birkenau en allemand. Je tenais à vous dire que je suis fier en tant qu'Allemand que deux compatriotes participent à cette action. Je tenais à vous assurer de notre soutien et à vous garantir que si les choses tournaient d'une façon imprévue, notre ambassade au Caire aura toutes les instructions pour vous venir en aide. De façon efficace, insista-t-il lourdement...

On apporta de nouveau du thé. Otto et Hildegard étaient très impressionnés. Le major, très affable, leur montra un certain nombre de choses sur la carte. Puis il regarda sa montre et les mit dehors. Dans le couloir, Sharati prit Otto par le bras.

– Vous êtes rassurés? Le major plus tard, sera

votre chef direct pour toutes les opérations menées à l'extérieur...

– C'est parfait, assura Otto.

– *Wunderbar*, renchérit Hildegard Müller, très impressionnée par la stature prussienne du major.

– Bien, fit Sharati. Puisque nous sommes d'accord pour tout, je vais maintenant vous mettre entre les mains d'un de mes bons amis, Béchir Soloum, le numéro deux du Bureau arabe de Liaison. Il va s'occuper de votre introduction dans le pays voisin. Bien entendu, vous repartirez avec des passeports différents. Via Malte où vous trouverez une partie de votre matériel.

Un hélicoptère couleur sable vrombit au ras des toits, se dirigeant vers le nord en suivant le Nil. Mel Smith leva la tête.

– Tiens, voilà Sadate qui s'en va.

Malko regarda par la fenêtre ouverte l'hélicoptère qui se trouvait déjà à la hauteur de la tour de télévision.

– Il est souvent au bord du Nil?

– Oui, fit l'Américain, mais il ne dort jamais deux fois de suite au même endroit. Il est très prudent. Surtout depuis Camp David. Il se partage entre cette résidence du Caire où vit sa femme, sa propriété du barrage sur le Nil où il est tranquille, sa maison près des pyramides, Assouan et Ismaïlia. Il a toujours des horaires irréguliers et utilise parfois deux hélicoptères. C'est facile de le repérer. Aucun hélicoptère civil n'a le droit de survoler Le Caire. Alors, qu'avez-vous trouvé, à part des puces, à Sahara City?

– Peut-être pas grand-chose, avoua Malko.

L'Américain écouta sa « description » du terroriste, puis hocha la tête.

– On peut demander aux Egyptiens, mais il vaut

mieux s'adresser aux Israéliens. Ils vont répondre très vite. Rien d'autre?

– Pour le moment, non, dit Malko. A propos, Magda Boutros est là?

– Elle va revenir dans une demi-heure. Pour-quoi?

– Je voudrais revoir cette danseuse.

– Magda est dans le centre à Air France. Elle doit me téléphoner. Si je me souviens bien, cette fille habite rue Qasr El Nil. C'est à côté. Je peux vous l'envoyer. Dans une heure, disons. OK?

– OK, approuva Malko. En attendant je vais m'oc-cuper.

Rien n'indiquait qu'il y ait eu un attentat au *Sheraton*. Malko parcourut le lobby vieillot sans rien voir d'intéressant. Il n'y avait que des hommes, et deux femmes outrageusement maquillées. Il mit près d'une heure en traversant l'île de Geziret pour rejoindre le centre, mais trouva une place en double file devant une voiture couverte d'une bâche dans Qasr El Nil. Une animation incroyable régnait dans ce quartier. Les Cairotes, en dépit de leur triste condition de vie, respiraient la joie. L'odeur des épices effaçait celle de la crasse. La surveillance policière n'était pas lourde, et ce n'étaient pas les quelques soldats casqués qui continuaient à garder les ponts, fusil au poing, qui donnaient une allure martiale à cette cité énorme. Il repensa à Magda Boutros : la collaboratrice de la CIA l'avait carré-ment rembarré. Pourtant, le léger balancement de sa démarche, certains éclairs de ses yeux noirs indiquaient une créature de feu. Il fallait trouver la clef de ce sphinx...

Le numéro 33 de la rue Qasr El Nil était un immeuble de quinze étages, délabré et sale. Il pénétra dans le hall sombre et malodorant. Magda n'était pas arrivée. Il ressortit et attendit sur le trottoir. Dix minutes s'écoulèrent et soudain émergea de l'immeuble un visage connu : Farida! La jeune danseuse s'éloigna d'un pas rapide. Automatiquement, Malko la suivit. Réflexe professionnel.

Elle héla un taxi collectif blanc et noir. Malko n'eut que le temps de courir jusqu'à la 504. Dieu merci, le feu était au rouge au croisement suivant, et il put se glisser, à grands coups de klaxon. Maintenant deux véhicules entre le taxi et lui, il fila à travers des rues populeuses, passant devant le palais gouvernemental, îlot de luxe dans la misère, remontant peu à peu vers l'est de la ville, une rue à deux voies séparées par une balustrade métallique, bordée d'immeubles noirâtres, lépreux et en ruine. Le bruit était dément, les charrettes à âne se mêlant aux vieux bus et aux voitures. On avançait au pas. Les minarets de la mosquée Al Azhar apparurent sur la droite, noirs, eux aussi, comme s'ils avaient été trempés dans la suie. La plus vieille université islamique du monde... Malko vit à temps le taxi se rabattre sur la droite. Miracle, il y avait une place juste devant lui! Un « bawa » surgi de nulle part l'aida à se garer et commença à nettoyer son pare-brise.

Farida avait disparu. Il la repéra sur la passerelle enjambant la rue Al Azhar. Malko plongea à sa poursuite, bousculant une femme enceinte, une cafetière en équilibre sur la tête. Un homme debout sur les marches de fer vendait des couleuvres vivantes, à la main, comme un bouquet de fleurs.

Ils redescendirent de l'autre côté, et la danseuse traversa la petite place parking en face de la mosquée Al Hussein. C'était le début du quartier Khan El Khalili le plus vieux du Caire. Des rues étroites où quelques voitures se faufilaient péniblement, des maisons en ruine, d'innombrables mosquées. Farida s'enfonça au cœur des souks. Soudain, arrivée au fond d'une ruelle, elle fit brusquement demi-tour. Malko eut juste le temps de plonger dans une mosquée qu'un guide, apparu instantanément, s'acharna à vouloir lui faire visiter sur-le-champ.

Malko lui fourra un billet d'une livre dans la main et repartit. Farida avait disparu! Il fila vers la gauche, se retrouva dans une voie étroite, à ciel ouvert, Shari El Nahassin. Des vitrines toutes semblables affichaient les mêmes bijoux : c'était la rue des orfèvres.

Il continua, regardant l'intérieur des boutiques, revint sur ses pas. En vain. Une multitude de petits passages s'ouvraient des deux côtés de la rue. Il ne retrouverait pas la danseuse dans ce grouillement. Il n'y avait plus qu'à retourner rue Qasr El Nil où Magda Boutros devait l'attendre.

Abu Sayed était parti faire quelques achats dans les souks et revenait en flânant, examinant les filles au passage. Depuis l'épisode du *Sheraton*, il ne sortait pratiquement pas et commençait à trouver le temps long.

Il allait arriver chez lui lorsqu'il aperçut une silhouette féminine blottie dans une encoignure. Toujours sur ses gardes, il lui jeta un regard rapide et crut que son cœur s'arrêtait.

Farida! Som éphémère maîtresse.

Une panique viscérale l'envahit. Comment savait-elle où il habitait? Tétanisé, il restait sur place à se faire bousculer. Farida tourna la tête. Elle aperçut les traits crispés d'Abu Sayed, un masque de terreur incroyable. Une fraction de seconde. Déjà Sayed faisait demi-tour et s'enfonçait en courant dans une ruelle.

En quelques secondes, il fut avalé par la foule.

Farida comprit aussitôt : Abu pensait qu'elle avait mené le Moukhabarat jusqu'à lui! C'était horrible! Elle plongea à sa suite, dans la rue des tanneurs, courut, le rattrapa en face de la mosquée de la

Lune, le prit par le bras et dit d'une voix suppliante :

– Abu, n'aie pas peur. J'avais une chose importante à te dire. Tu es en danger...

Abu Sayed s'arrêta. Il aurait pu se réfugier dans la mosquée, mais elle l'aurait attendu.

– Comment m'as-tu retrouvé ? demanda-t-il brutalement.

Elle baissa la tête.

– Je t'avais suivi, avant... Simplement pour te voir.

– Tu sais où j'habite ?

– Oui, mais n'aie pas peur, je ne le révèlerai à personne. La police m'a interrogée, je n'ai rien dit...

– Pourquoi es-tu venue aujourd'hui ?

– Il s'est passé quelque chose de nouveau, de dangereux pour toi...

Elle lui expliqua l'interrogatoire mené par l'agent des Américains, glissant sur son aveu. Abu Sayed écoutait, terrorisé et glacé. Cela signifiait un nouveau danger. Alors que la seconde étape de l'opération allait démarrer. Il sonda les yeux affolés de Farida.

– Je te remercie, va-t-en maintenant. Ne reviens plus. D'ailleurs, je vais quitter le Caire demain.

Farida n'osa répondre. Après un dernier regard, elle s'enfonça dans le passage des marchands de cuivre, sans se retourner, des larmes dans les yeux, morte de tristesse à l'idée de ne plus revoir Abu. Mais fière de lui avoir rendu service.

Ashraf Boutros pénétra dans la cour du *Sea-Horse*, inspectant les tables vides derrière ses lunettes noires, le cœur battant. Il ne s'attendait plus à recevoir l'appel qui était arrivé à son bureau le matin même. Son correspondant avait été laconique. Signe de prudence. Ashraf avait décommandé un déjeuner avec une ravissante secrétaire qu'il courtisait pour venir à ce rendez-vous.

Le *Sea-Horse*, sorte de guinguette rustique, était encore vide, il était trop tôt. Il choisit une table tout en bordure du Nil. Très loin, vers l'ouest, on apercevait les pyramides de Khéops et de Gizeh, qui ressemblaient à de gros terrils. Une felouque descendait paresseusement le fleuve. Le restaurant situé au sud de la ville était plein le jeudi et le vendredi, mais peu fréquenté en semaine, à cause de la circulation. Par précaution, Ashraf Boutros n'avait pas pris sa Mercedes avec téléphone, trop reconnaissable, mais un taxi. Les indicateurs du Moukhabarat étaient partout. Les ayant dirigés, il en savait quelque chose, mais connaissait aussi leurs lacunes.

– *Salam alekoum!* [1]

Il se retourna. Mansour Karoun venait d'arriver, les yeux toujours aussi brillants, pas rasé, mal vêtu. Seule cette lueur folle dans le regard indiquait une personnalité exceptionnelle. Il s'assit en face de Boutros et les deux hommes restèrent silencieux, tandis que le garçon prenait leur commande de crevettes grillées et de *mezzes*. [2] Afin de ne pas choquer Mansour Karoun, Ashraf Boutros ne commanda pas de bière.

– Quoi de neuf? demanda Boutros d'un ton faussement enjoué.

Les deux hommes s'étaient rencontrés quelques semaines plus tôt dans un « 707 » des Saoudi Airlines de Riad au Caire. Pas par hasard. Venu à Riad pour ses affaires, Ashraf Boutros y avait dîné un soir avec le numéro 2 des Services saoudiens, Mahmoud Chafik. Étant lui-même un ancien de la Sécurité en Égypte, il le voyait à chacun de ses passages. Le Saoudien l'avait averti :

[1] La paix soit avec vous.
[2] Aubergines.

– Nous avons une information intéressante. Un certain Mansour Karoun, intégriste, déjà inquiété chez vous, a eu des contacts avec les Libyens. Il a même fait un voyage à Beyrouth pour y rencontrer Sharati... Si vous voulez, nous pouvons nous arranger pour que vous ayez une place à côté de lui dans l'avion du Caire. Il repart demain.

Ashraf Boutros avait accepté. Dans l'avion, il s'était trouvé assis à côté de l'intégriste. Tout de suite, la conversation avait accroché. Certes, Mansour Karoun n'avait pas mentionné son voyage à Beyrouth, mais il n'avait pas fait mystère de ses opinions anti-Sadate. Il avait entendu parler de Boutros, lui aussi dans l'opposition. Publiquement, Boutros avait pris position contre les accords de Camp David. Les deux hommes s'étaient trouvés d'accord sur pas mal de points et avaient promis de se revoir. Sans que rien de précis ne soit discuté.

A tout hasard, Boutros n'avait parlé de cette information à personne. A la réflexion, il s'était demandé si les Saoudiens n'encourageait pas secrètement quelque chose contre Sadate. Un intégriste n'était pas fait pour déplaire aux farouches Wahhabites, gardiens des Lieux Saints de La Mecque. Si c'était le cas, Ashraf Boutros avait une carte importante à jouer. Il regrettait le temps où il avait ses bureaux au coin du Palais présidentiel. Il détestait Sadate pour l'avoir éliminé... C'était peut-être l'occasion de prendre sa revanche...

– Il s'est passé beaucoup de choses depuis notre rencontre, dit lentement Mansour Karoun.

Ses yeux semblaient plonger au fond du cerveau d'Ashraf Boutros. Quelques tables étaient maintenant occupées autour d'eux. On leur avait apporté un assortiment d'aubergines, de tarama, de crevettes, de fromage de chèvre.

– Que voulez-vous dire? demanda Boutros.

– Que le moment est venu de faire quelque chose.

– Quoi?

Mansour Karoun ne répondit pas directement.

– Etes-vous de notre côté ou non? demanda-t-il brutalement. Je connais votre valeur, mais je sais aussi que vous n'avez rien fait depuis que le Chien des Américains vous a écarté du pouvoir.

– Personne n'a rien fait, remarqua Boutros.

– C'est vrai, admit Mansour Karoun. Mais maintenant, les choses sont différentes. J'ai ramené beaucoup d'encouragements de mon dernier voyage.

Quelque chose fit tilt dans la tête d'Ashraf Boutros. Ainsi, les Saoudiens étaient bien dans le coup. Cette méthode discrète leur ressemblait. Il sourit largement.

– Dans ce cas, vous aurez aussi les miens. Que voulez-vous?

De nouveau, Mansour Karoun répondit à côté.

– Je sais que vous avez gardé beaucoup de relations dans l'entourage du président, dit-il. Pourriez-vous, un jour donné, connaître son emploi du temps avec exactitude?

Quelque chose de froid se glissa dans la colonne vertébrale d'Ashraf Boutros. Il savait ce que cela voulait dire.

– Je pense, dit-il pourtant.

– Bien, fit l'intégriste. Pourriez-vous aussi savoir quand il se rend dans sa résidence de l'île de Géziret?

Ashraf Boutros hésita.

– Peut-être, dit-il, mais pas longtemps à l'avance. Bien entendu, il faut être extrêmement prudent en posant ce genre de question...

– Je sais, dit l'intégriste. Mais un homme comme vous est insoupçonnable.

Ashraf Boutros se rengorgea. Il avait à peine touché ses crevettes.

– Que voulez-vous faire?

Mansour Karoun montra ses dents blanches dans un sourire éblouissant.

– Je n'ai pas le droit de vous le dire. Moins vous en saurez, mieux cela vaudra. Mais tout sera parfaitement organisé. Nous avons de gros moyens...

Ashraf Boutros attrapa la balle au bond.

– Pourquoi avoir fait appel à moi, dans ce cas...

Mansour Karoun le fixa de son regard brûlant :

– Parce que nous savons qui vous êtes, Ashraf Boutros. Vous représentez encore beaucoup dans notre pays. Votre caution nous sera précieuse, ainsi qu'à nos amis. Plus tard, nous saurons vous montrer notre reconnaissance.

Ashraf Boutros dissimula sa joie. Mansour Karoun s'essuya la bouche avec une serviette de papier. On ne servait pas de café au *Sea-Horse*.

– Nous allons nous revoir, dit-il. Venez tous les jours à partir d'aujourd'hui, à cinq heures, à la mosquée Al Hussein.

CHAPITRE VIII

Epuisé par cinquante minutes d'embouteillages, Malko abandonna sa voiture devant le *Méridien* et repartit à pied. Il avait trouvé un message dans sa case, lui demandant de joindre d'urgence Mel Smith. La « structure » de la CIA se trouvant à deux cents mètres, c'était plus facile d'y aller à pied. En plus, il pourrait s'excuser auprès de Magda Boutros, pour lui avoir posé un lapin.

Dès qu'il poussa la porte du bureau, l'Américain le happa exultant visiblement.

– *Splendid!* dit-il en brandissant un télex. Vous avez mis dans le mille, et les Israéliens sont sacrément bien renseignés.

– Ils ont identifié le terroriste?

– Il semble bien, dit Mel Smith. Les Israéliens possédaient une photo de lui. Ils l'envoient par belino. Tenez, lisez.

Malko prit le télex.

« Abu Sayed, véritable nom Mohamed ben Sidar. Né à Jaffa, le 16 décembre 1945. Palestinien, a commencé ses études de médecine à l'Université de Beyrouth. Entré dans la résistance palestinienne en 1968, après la guerre de 1967. Devenu très vite un membre éminent du Service Action de l'OLP, sous la direction du docteur Habbache. Soupçonné d'avoir participé au massacre de Munich.

« Localisé pour la dernière fois à Beyrouth, dans l'entourage du FPLP. Est supposé avoir des contacts avec les Libyens. Voyage avec plusieurs passeports, irakiens, libyens et koweiti. »

Le reste était en majuscules : « INDIVIDU PARTICULIÈ-REMENT DANGEREUX. A PERDU UN REIN À LA SUITE D'UNE BLES-SURE PAR BALLES, LORS D'UN RÈGLEMENT DE COMPTES INTER-PALESTINIEN, À BEYROUTH, EN 1976. SPÉCIALISTE DES EXPLOSIFS. SOUPÇONNÉ D'AVOIR PARTICIPÉ À L'ATTENTAT CONTRE LE CORO-NADO DE LA SWISSAIR EN 1971.

« A VOYAGÉ EN EUROPE UN CERTAIN TEMPS POUR L'ACHAT DE MATÉRIEL MILITAIRE SOPHISTIQUÉ, POUR LE COMPTE DE L'OLP.

« DISPARU DEPUIS PLUSIEURS MOIS, IL EST SUPPOSÉ SE TROU-VER EN LIBYE OU AVOIR ÉTÉ ABATTU PAR UNE FACTION RIVALE. SE TROUVE EN DÉSACCORD AVEC LES CHEFS DE L'OLP ET YASSER ARAFAT.

Il y avait une note supplémentaire, adressée au chef de station. « Le signalement semble correspondre à l'individu recherché par les Egyptiens. Transmettre au Moukhabarat. »

— C'est incroyable que les Egyptiens ne l'aient pas repéré, dit Mel Smith, Le Caire est quadrillé par les indicateurs du Mabâes et du Moukhabarat. Les étrangers sont repérés très vite. Où a-t-il pu se cacher? Sûrement pas dans un hôtel... Il doit posséder un appartement quelque part...

— En tout cas, remarqua Malko, il y a peu de chances qu'il y soit encore. Il a dû filer après l'attentat, avec de faux papiers. Comme il est entré.

— Ce n'est pas absolument certain. S'il a pu se cacher des semaines au Caire pour préparer son attentat, il a pu continuer.

— C'est vrai, dit Malko. Cela va donner aux Egyptiens quelque chose à faire. Dès que vous aurez la photo, donnez le tout au Moukhabarat...

— Je vais attendre un peu, dit Mel Smith, l'air mystérieux.

Malko le fixa avec surprise.

– Pourquoi? Vous n'allez quand même pas le protéger?

– Bien sûr que non, fit l'Américain. Mais je préfèrerais que ce soit nous qui le trouvions. Cela nous donnerait du muscle par rapport à Sadate. Langley m'a envoyé un télex ultra-secret à ce sujet. Pour l'instant, nous continuons tout seuls. Remettez la fille sur le gril, jusqu'à ce qu'elle en dise plus.

– J'ai besoin de Magda Boutros, remarqua Malko.

– Ne la perturbez pas trop, recommanda Mel Smith en souriant. En ce moment son mari la trompe comme un fou : elle est malade de rage, mais n'arrive pas à le prendre en flagrant délit.

– Quand aurez-vous la photo de Abu Sayed?

– Si tout se passe bien, demain, répondit Mel Smith.

– Ce serait mieux d'aller revoir Farida avec ce document, proposa Malko. Cela peut attendre vingt-quatre heures.

– Si vous voulez, approuva l'Américain. Je vais relancer les Israéliens.

Malko tira de l'enveloppe marron la photo qu'Elko Krisantem avait été chercher chez Mel Smith, une demi-heure plus tôt, et la contempla. Un Arabe d'une trentaine d'années, au visage énergique, osseux, au regard net. Un retoucheur avait rajouté une moustache et des cheveux longs, cachant les oreilles. C'était le document communiqué par les Israéliens. La photo de Abu Sayed, soupçonné de l'attentat du *Sheraton*. Maintenant il avait une bonne raison d'aller revoir Farida la danseuse.

Il était presque six heures. Elko Krisantem regardait le Nil en nettoyant son vieil Astra [1] avec nostal-

---

[1] Pistolet automatique.

gie. L'action lui manquait, et depuis qu'il se trouvait au Caire, il avait surtout fait du repassage et servi à boire à Malko dans la suite. Lorsqu'il vit ce dernier se préparer à partir, il demanda aussitôt, l'œil brillant :

– Je vais avec vous, Altesse?

Malko sourit.

– Non, pas encore, Elko. Je sors avec une jolie femme pour aller en voir une autre.

Il laissa le Turc muet de désolation.

Son cœur battait un peu lorsqu'il appuya sur la sonnette de Magda Boutros. Une bonne ouvrit aussitôt et le fit pénétrer dans une grande pièce pleine de plantes vertes, avec de lourds meubles sombres incrustés de nacre, mal éclairée par de vieilles lampes. La télévision et le magnétoscope Akaï flambant neufs détonnaient dans ce cadre vieillot. Magda Boutros surgit de l'ombre, portant sa robe de lainage vert. Ils échangèrent une poignée de main molle et rapide. Malko lui expliqua qu'il avait peut-être identifié le terroriste, et elle ne dissimula pas sa surprise.

– Vous avez prévenu le Moukhabarat? demanda-t-elle aussitôt.

– Non, dit Malko. Quand nous en saurons plus.

Les ascenseurs d'une saleté repoussante auraient donné des cauchemars à la personne la moins douée pour la claustrophobie. Malko fut soulagé d'en sortir. L'escalier ne valait guère mieux. Quant au toit, on aurait dit qu'il venait de subir un bombardement. Une petite vieille les guida jusqu'à un bâtiment de torchis éclairé par une lampe à carbure. Un vieux bonhomme y faisait réchauffer son frichti. Il sursauta en voyant entrer Malko et Magda Boutros. Le dialogue s'engagea en arabe. Très vite, Magda se tourna vers Malko.

– Elle est là, mais il dit qu'elle est très malade, qu'elle ne peut voir personne.

– Insistez, dit Malko, je veux juste lui montrer la photo.

Nouveau dialogue. Le vieux secouait la tête énergiquement. Jusqu'au moment où Magda Boutros lui fourra un billet de cinq livres dans la main. Une semaine de salaire... A regret, il ouvrit une porte et les fit pénétrer dans une pièce minuscule où régnait une odeur atroce. Dans un coin, il y avait un grabat et une lampe à huile qui éclairait une forme allongée : Farida. Méconnaissable. Les yeux enflés, un gros hématome sur le côté droit, la bouche énorme. Magda Boutros s'accroupit près d'elle.

– Que lui est-il arrivé? demanda Malko, soupçonnant immédiatement le Moukhabarat.

Magda Boutros interrogea la danseuse avec douceur. Celle-ci mit plusieurs minutes à parler vraiment. Puis ce fut un flot de mots entrecoupés de sanglots, que Magda Boutros se mit à traduire au fur et à mesure.

« Elle a un amant saoudien, très agé, qui descend au *Sheraton*. Une fois par mois. Il lui donne chaque fois cent livres... Elle devait le voir hier soir. Or, hier matin, elle s'est aperçu qu'elle avait ses règles! Elle n'a pas osé se décommander.

« Elle y a été. Il lui a raconté qu'il avait fait venir un médecin d'Europe et qu'il avait subi un traitement pour retrouver sa virilité.

– Quel âge a-t-il? demanda Malko.

– Soixante-seize ans, d'après elle. Il s'est aperçu qu'elle était indisposée. Farida a cru qu'il allait mourir sur-le-champ. Pour un Wahhabite, il n'y a rien de plus impur qu'une femme qui a ses règles. Il est devenu comme fou! Son excitation est tombée d'un coup, il s'est mis à l'injurier. Elle a eu peur et elle a voulu fuir. Il l'a rattrapée et a appelé son secrétaire, un Yéménite.

« Ce dernier a commencé à la battre tandis que

le vieux Saoudien hurlait : « J'ai payé cent mille dollars pour retrouver ma force et maintenant, je ne peux rien faire. »

– Elle ne pouvait pas appeler au secours?

– Non, personne ne serait venu... Quand elle a été presque morte, le Saoudien a ordonné au Yéménite de la violer par-derrière avec une bouteille de Coca-cola... Pour la punir. Elle a ressenti une douleur terrible, puis elle s'est évanouie. On l'a retrouvée dans le couloir avec les reliefs du dîner.

– Quel est le numéro de la chambre de ce Saoudien? demanda Malko.

– 864 et 866, répondit Magda Boutros après avoir interrogé Farida. Pourquoi?

– Ce sera une surprise, dit Malko, maintenant, montrez-lui la photo.

Magda Boutros s'exécuta, et Farida regarda longuement le document, puis le rendit en murmurant un seul mot :

– *Lá.*

– Elle ne le reconnaît pas?

– Non.

Malko tira de sa poche une liasse de billets de dix livres les posa à côté du grabat et sortit, écœuré et déçu. Ainsi, tout son échafaudage s'effondrait. Il en était au même point que les Egyptiens. Il lui restait la piste super-mince des deux terroristes allemands. Magda le rejoignit, bouleversée. Ils redescendirent ensemble du toit en silence.

– Pouvez-vous me montrer ces hôtels de hippies? demanda Malko.

C'est tout ce qui lui restait.

Abu Sayed était partagé entre une rage aveugle et une panique viscérale.

Depuis sa rencontre avec Farida, il ne vivait plus.

La danseuse représentait un risque mortel. Si elle était venue une fois, elle pouvait recommencer. Parler. Sans compter cet agent étranger qui était une nouvelle menace.

Abu Sayed tirait sur sa pipe à eau, le front plissé. Ce qu'il avait à faire représentait un nouveau risque. Seulement, il n'avait pas le choix. Entre deux maux, il fallait choisir le moindre.

Il paya et se perdit dans la foule du parking en face de la mosquée Al Hussein. Un taxi collectif passait, et il s'engouffra dedans à la volée.

Il descendit place Al Tahrir, assez loin de la rue Qasr El Nil et continua à pied jusqu'à l'immeuble de la danseuse. La rue était assez animée pour que personne ne le remarque. Il se plongea dans la contemplation d'une vitrine de chaussures, surveillant l'entrée de l'immeuble et ne bougea que lorsqu'il fut certain qu'il n'était pas surveillé.

Le hall sombre était désert. Plutôt que de prendre l'ascenseur où on risquait de le reconnaître, Abu Sayed se lança dans l'escalier crasseux. S'arrêtant tous les quatre étages pour reprendre son souffle.

Lorsqu'il émergea sur le toit plat, il était parfaitement calme. Farida lui avait décrit l'endroit où elle vivait, et il repéra facilement la cabane. Juste au moment où il s'avançait dans la lumière, la porte s'ouvrit sur un vieil homme qui devait être le père de la danseuse. Abu Sayed se rejeta dans l'obscurité et le laissa passer. Il disparut dans la trappe menant aux ascenseurs. Aussitôt, le Palestinien se précipita. La porte n'était pas fermée à clef. Il se retrouva dans ce qui servait de chambre à Farida. La danseuse ouvrit les yeux, entendant du bruit. Une lueur ravie passa dans son regard lorsqu'elle reconnut Abu Sayed.

– Habibi!

Elle n'en revenait pas. Le Palestinien s'avança les mains dans les poches. Il se laissa tomber près d'elle, comme pour s'allonger à ses côtés. Le bras gauche de la danseuse s'enroula autour de sa nuque au moment où il sortait la main de sa poche. Le cran d'arrêt du couteau fit un bruit sec et, de toutes ses forces, Abu Sayed enfonça la lame verticalement dans le ventre de la danseuse.

Les yeux noirs de Farida s'ouvrirent tout grands sous le choc. Elle n'avait pas encore mal. Abu Sayed retira la lame et, avec la même force, la replongea plus haut. Déchirant le péritoine avec haine.

Cette fois, Farida hurla, essayant faiblement de repousser son meurtrier.

– *Lá, lá!*

Les mâchoires crispées, Abu Sayed noua sa main gauche autour de la gorge de sa victime, tandis que, de la droite, il continuait à frapper comme un fou, trouant le ventre comme un ballon, aveuglément, sauvagement. Son bras se levait et s'abaissait telle une mécanique bien huilée. Il vit enfin les yeux vitreux de la danseuse et réalisa qu'il perdait son temps.

Il se redressa, essuya la lame de son couteau et sortit en courant. Le sang battant à ses tempes, il dévala les quinze étages sans lever la tête, ne ralentissant qu'en arrivant dans le hall d'entrée, et se perdit dans la foule de la rue Qasr El Nil.

Malko et Magda Boutros allaient traverser le carrefour de Shari Sherif et de Qasr El Nil, lorsqu'ils virent un homme gesticulant se précipiter en criant vers un policier de garde au carrefour. Très vite, il y eut un petit attroupement. L'homme tirait le policier qui se décida à traverser et à le suivre dans un grand immeuble. Celui du numéro 33.

– Allons voir, dit Malko, toujours curieux.

Ils avaient été repérer un petit hôtel non loin de là et revenaient prendre la 504. Lorsqu'ils entrèrent dans le hall du 33, l'homme hurlait au milieu d'un groupe de badauds. Magda s'approcha, écouta et revint vers Malko livide.

– Quelqu'un a assassiné la danseuse!

Ils s'engouffrèrent dans un des ascenseurs, en compagnie du père de Farida qui continuait à se lamenter, du policier et d'un groupe de curieux. Le policier tira son pistolet avant de s'aventurer sur le toit. Mais il n'y avait plus que le cadavre de Farida. Malko vit, près du lit, les billets où il les avait posés. Le vol n'était pas le mobile. Le père racontait ce qu'il savait avec des mots hachés de sanglots. Magda prêta l'oreille et traduisit pour Malko.

– Il était allé téléphoner dans un bureau du douzième. Quand il est revenu, il a croisé un homme dans l'ombre, il n'a pas pu voir son visage. Puis, il a trouvé sa fille couverte de sang.

– Venez, dit Malko.

Il n'y avait plus rien à découvrir. Ils redescendirent à pied, retrouvèrent la voiture. Malko était profondément troublé.

– C'est peut-être le Saoudien, suggéra-t-il.

– Cela m'étonnerait, dit Magda Boutros, bouleversée. Il risquait trop. Dans un hôtel, maltraiter une prostituée, ce n'est pas la même chose.

– Donc, il ne reste qu'une possibilité, dit Malko. Abu Sayed.

Sortis de la place Al Tahrir, ils roulaient mieux sur la Corniche et atteignirent rapidement l'appartement de Magda Boutros. Automatiquement, Malko la suivit. Une bonne apporta un plateau avec des bouteilles et des verres, puis se retira. L'Egyptienne se versa un cognac Gaston de Lagrange et Malko prit une Stolichnaya. Magda vida son verre d'un coup :

– Pourquoi Abu Sayed aurait-il tué cette danseuse? demanda-t-elle. L'attentat du *Sheraton* a eu lieu il y a longtemps.

Malko réfléchissait à se faire péter les méninges. Il régnait une pénombre douce dans l'appartement et le bruit de la circulation avait notablement diminué. Magda Boutros vida son second Gaston de Lagrange et remplit son verre d'un geste automatique. Complètement perturbée.

– Cela voudrait dire qu'il y a eu un fait nouveau, dit Malko. Admettons que Farida ait menti à tout le monde. Qu'elle soit restée en contact avec Abu Sayed. Qu'elle sache où il se cache. Notre visite l'a peut-être affolée, et elle a voulu prévenir son amant. Celui-ci a eu peur qu'elle finisse par le trahir et l'a liquidée. Ou alors c'est une histoire qui n'a rien à voir avec Sayed. Nous ne connaissons pas la vie de cette fille.

– Elle n'a pas reconnu Sayed sur la photo, objecta Magda.

– Si elle le revoyait, cela s'explique, dit Malko. Elle le protégeait.

– Il faudrait prévenir le Moukhabarat, proposa Magda Boutros. Dire ce que nous savons...

– Nous n'avons rien de précis, objecta Malko. Simplement des soupçons. Laissons faire Mel Smith.

– Si vous voulez, dit Magda Boutros.

Sa voix était altérée. Lorsqu'elle se leva, elle tituba, et Malko crut qu'elle allait s'effondrer sur le tapis bleu.

– Ça ne va pas?

Magda Boutros sourit.

– Excusez-moi, c'est ce sang, il y a longtemps que...

Elle fit un faux pas, semblant prête à s'évanouir. Malko la rattrapa dans ses bras. Glissant plus bas que les hanches, les doigts de Malko sentirent la petite bosse des jarretelles sous la robe de lainage collant. L'Egyptienne se laissait aller dans ses bras. Le visage de Malko s'abaissa, et sa bouche effleura celle de Magda entrouverte et chaude. Leur baiser ne dura qu'une fraction de seconde. Magda Boutros, d'une torsion de tout son corps, s'était reprise. Elle échappa à Malko, les yeux flamboyants.

– Laissez-moi! fit-elle d'une voix sèche. Je ne suis pas une putain.

Malko vit rouge. Le contact de cette femme désirable, la vue de la mort, l'ambiance feutrée de cet appartement, tout le poussait à suivre ses instincts. Furieux, il passa un bras autour de la taille de Magda et l'attira vers lui. Elle se débattit et tomba en arrière sur le bras du canapé. Sa robe remonta sur ses cuisses, découvrant le haut de ses bas. Elle glissa à terre et se releva avec la vitesse d'un cobra.

– Partez! Vous devriez avoir honte! Mon mari va arriver.

– Je n'ai encore jamais eu honte de désirer une femme, répliqua Malko.

– Je ne suis pas un objet, fit froidement Magda Boutros. Partez!

Elle le poussa jusqu'à la porte, décoiffée, les yeux brillants. La rage de Malko était tombée. Il se remit au volant de la 504 et continua tout droit pour retrouver le *Méridien*, par le pont El Manyal. La vision du corps tassé sur le grabat le poursuivait.

Il décrocha son téléphone, dès qu'il fut dans sa suite et appela Mel Smith. Celui-ci habitait Maadi, véritable colonie américaine, loin du centre. Miracle, le téléphone marchait! Il mit l'Américain au courant du meurtre et de ses hypothèses.

– Il faudait communiquer la photo d'Abu Sayed au Moukhabarat, suggéra-t-il. Si Farida a menti en ne le reconnaissant pas, cela sera une indication précieuse. Il est venu assez souvent au *Sheraton* pour qu'un bawa quelconque le reconnaisse.

– Certainement, approuva Mel Smith. Nous serons fixés dès demain.

Malko raccrocha au moment où Elko Krisantem entrait dans la pièce. Cela lui rappela quelque chose.

– Elko, dit-il, je crois que votre inaction va se

terminer. En attendant, servez-moi une vodka avec beaucoup de glace.

Il s'installa dans un fauteuil face au Nil. Son instinct lui disait que c'était Abu Sayed qui avait tué Farida. Il restait une question primordiale. Pourquoi le Palestinien était-il toujours au Caire où il courait un danger mortel? Que préparait-il d'autre?

C'était la seule question vraiment importante.

CHAPITRE IX

Dix-sept coups de couteau. Presque tous mortels. *The Egyptian Times* qui n'avait pas l'habitude de parler des faits divers avait mis le meurtre de Farida à la une. Avec une photo. Malko parcourut l'article. Pas un mot d'Abu Sayed. La police croyait à un crime de sadique ou à une histoire passionnelle. Courante en Égypte. Un amoureux éconduit. Le père de la danseuse, interrogé, avait déclaré ne rien savoir...

Le téléphone sonna. C'était Mel Smith.

— Vous avez des nouvelles des Égyptiens? demanda Malko.

— Ils sortent d'ici, fit l'Américain. Bien entendu le père leur a parlé de vous. Ils étaient boudeurs de ne pas avoir eu la photo les premiers. Enfin... Maintenant, ils sont à la recherche de témoins au *Sheraton*. On en saura plus ce soir.

— Farida n'a laissé aucun papier?

— Non. Ils ont tout fouillé chez le vieux. De toute façon elle était analphabète. Cela limitait les risques.

— Je vais traîner en ville, dit Malko. En attendant que nous soyons fixés pour Abu Sayed.

Elko Krisantem était parti au *Sheraton*, investi d'une mission privée pour le compte de Malko. Celui-ci reprit sa voiture pour se lancer vers Khan

El Khalili. Depuis l'assassinat de la danseuse, il avait réfléchi. Le jour où il l'avait suivie et perdue, n'allait-elle pas retrouver Abu Sayed ? Il n'avait que son intuition, certes, mais cela valait la peine de creuser cette idée. De nouveau il gara sa voiture en face de la mosquée, à côté des impressionnantes pyramides de fruits et s'enfonça dans le dédale des souks.

Le grouillement des vieilles ruelles était incroyable. Les maisons semblaient prêtes à s'écrouler, et les habitants vivaient exactement comme il y a deux mille ans, avec les écrivains publics, les marchands d'eau et les petits artisans penchés sur leurs établis. Les ruelles montaient et descendaient, se coupaient, semées de mosquées, d'échoppes innombrables. Malko ne savait pas exactement ce qu'il cherchait. Mentalement, il essayait de deviner où un homme comme Abu Sayed aurait pu se cacher dans ce grouillement où tout le monde se connaissait. Les indicateurs du Moukhabarat devaient fourmiller. Un étranger serait signalé tout de suite. Donc, Abu Sayed devait être ailleurs. Après avoir parcouru des kilomètres, Malko se laissa tomber à la terrasse d'un café, en face de la mosquée Al Hussein et se fit servir un thé à la menthe – et aux amibes.

Découragé.

Si le Moukhabarat, avec son réseau d'informateurs, n'avait pas pu trouver le Palestinien, lui avait peu de chances.

Son thé bu, il replongea dans la rue Al Azhar descendant vers le centre. Sous le soleil, Le Caire était insoutenable. Il lui fallut presque une heure pour se retrouver place El Tahrir. De nouveau, il repartit à pied, remontant la rue Qasr El Nil, jusqu'à la place Taluat Harb, nœud du quartier. C'est là que se trouvait un des hôtels signalés par Magda Boutros. Le *Tulip*. Malko fit le tour de la place, redescendit vers El Tahrir, inspecter le second hôtel, en face des Libyan Airlines. C'était vraiment chercher une aiguille dans une botte de foin. Le quartier était plein de petits bars où on vendait de l'alcool et du haschich, où à la rigueur on pouvait trouver des filles, et de cafés à l'européenne, vestiges de l'occupation britannique.

En remontant vers sa voiture, il passa devant le *Riche*, un des plus vieux cafés du Caire. Quelque chose attira son œil : une chevelure blonde. Il ralentit et aperçut une Européenne seule, en jeans et T-shirt, devant un café, lisant un magazine. Il y avait des couples et des hommes seuls dans le café et à la terrasse, mais personne ne l'importunait. Elle tourna légèrement la tête, et Malko aperçut un superbe profil et un œil bleu. Il se sentait si fatigué qu'il n'avait plus qu'une idée : prendre une douche. Sinon, il aurait essayé de se faire une amie...

Tandis qu'il l'observait, la blonde se leva, paya et s'engagea dans une ruelle étroite, qui partait le long de la terrasse du *Riche*.

La voix de Mel Smith résonnait dans l'écouteur tant il était excité. Le téléphone était en train de sonner quand Malko était entré dans sa suite. Même pas le temps de se dépoussiérer.

– Ils l'ont identifié! jubila l'Américain. Le barman du *Sheraton*, la fille du vestiaire et un bawa. C'est bien Abu Sayed.

– Ils doivent vous bénir, dit Malko.

– Oh, ils prétendent qu'ils étaient sur le point de l'identifier. En réalité, le dossier dormait dans un coin... Maintenant, ils ont la frousse et ont recommencé à passer Le Caire au peigne fin.

– Ils ont une idée de la raison pour laquelle Abu Sayed est toujours au Caire?

– Aucune, fit Mel Smith, et ça les rend nerveux.

– De notre côté, l'enquête est terminée, dit Malko.

– Attendez! Vous pouvez encore trouver quelque chose. Il y a le problème des deux terroristes allemands. Rien de nouveau?

– Rien encore, dit Malko. J'ai bien vu une fille aujourd'hui dans un café, mais il doit y en avoir des centaines. Il faudrait demander au Moukhabarat de nous communiquer la liste des étrangers séjournant au Caire. Pour avoir un début d'enquête...

– Vous plaisantez, fit Mel Smith. Cela leur prend des semaines pour tout cribler. Les types auront eu le temps de repartir après avoir mis le pays à feu et à sang, surtout s'ils ont de bons faux passeports. La saison touristique commence et ils sont des centaines. Rien qu'au Club Méditerranée, il en arrive deux cents toutes les semaines. Servez-vous de Magda Boutros autant que vous le pouvez pour fouiller du côté de ces hôtels. Si vous n'avez rien dans une semaine, je vous rends votre liberté. Vous pourrez emmener la belle Mme Boutros à Louksor.

– Cela m'étonnerait qu'elle me suive, remarqua Malko. Elle semble follement amoureuse de son mari.

– Il ne le mérite pas, laissa tomber Mel Smith. A part ses cinquante millions de dollars, je ne vois pas ce qu'elle lui trouve. Les femmes sont vraiment connes.

Sur ces paroles définitives, l'Américain raccrocha, laissant Malko perplexe. Il n'avait que des indices squelettiques à se mettre sous la dent. Sauf le meurtre brutal de Farida.

Un seul élément troublant : la danseuse avait menti. Donc elle protégeait le Palestinien. Il n'était pas impossible que ce dernier soit au courant de l'existence de Malko.

*

Ashraf Boutros fumait un cigare en écoutant sa femme lui raconter sa journée, étendus sur leur grand lit à baldaquin. Ils venaient de faire l'amour, ce qui avait évité à Boutros des explications oiseuses. Magda ronronnait, enfin satisfaite par un homme qui la négligeait de plus en plus. Boutros avait d'autres préoccupations en tête pour le moment, et en négligeait même ses maîtresses habituelles. Magda venait de lui raconter que l'agent de la CIA lui faisait une cour assidue, et il avait fait semblant de s'en offusquer. Trop sûr de la fidélité de Magda pour être inquiet. Bien qu'il ait confiance en elle et qu'il connaisse ses sentiments anti-Sadate, il ne lui avait parlé de rien.

Ce n'étaient pas des affaires de femmes. Son entrevue avec Mansour Karoun lui avait laissé une impression de malaise. L'intégriste lui faisait peur avec son fanatisme. Il brûlait d'être un martyr, alors que Ashraf Boutros rêvait de prendre le pouvoir. Ce ne pouvait être qu'une alliance de circonstances. En plus, Mansour Karoun dansait sur une musique qu'il n'avait pas écrite. D'autres que lui tiraient les ficelles. Ashraf Boutros aurait bien voulu avoir des certitudes de ce côté-là.

Afin de se changer les idées, il demanda :

– Qu'est-ce qu'il cherche au Caire, ton agent américain, à part te sauter ?

Furieuse, Magda lui donna une tape sur le sexe.

– Tais-toi, c'est très sérieux. Les Américains croient qu'il y a un attentat en préparation contre le président.

Ashraf Boutros crut que son cœur allait s'arrêter. Heureusement qu'ils étaient dans la pénombre.

Magda ne s'aperçut de rien. Il réussit à prendre un ton détaché pour demander :

– Ils savent quelque chose de précis ?

– Non, dit-elle. Sinon qu'il y a un terroriste palestinien au Caire. Il a assassiné une danseuse hier, et c'est lui qui a commis l'attentat du *Sheraton*.

Elle lui raconta son enquête auprès de la danseuse et ce qui avait suivi. Boutros ne comprenait

pas. A aucun moment, Mansour Karoun n'avait lié
le *Sheraton* au plan contre Sadate.

— C'est tout? demanda-t-il.

— Les Américains pensent qu'il y a peut-être des
terroristes allemands infiltrés au Caire, dit-elle.

De nouveau elle résuma la situation. Ashraf Boutros se détendit. Aucune allusion à Karoun. Mais il
marchait sur un volcan.

— J'espère que le Moukhabarat arrêtera ces types,
fit-il avec toute la sincérité dont il était capable.

— Oh! Ils travaillent en liaison avec les Américains, dit Magda. Assez parlé de tout ça maintenant.
Que fais-tu demain vers cinq heures?

— Pourquoi?

— Il y a une Iranienne qui vend des bijoux, je
voudrais que tu viennes avec moi.

— J'ai un rendez-vous, fit Boutros.

Magda sortit aussitôt ses griffes.

— Avec qui?

— Je ne peux pas te dire. C'est confidentiel.

— Menteur! explosa-t-elle, toute sa tendresse évanouie. Tu vas encore voir une pute. Fais attention,
un jour je te suivrai et je la tuerai!

Ashraf Boutros ne la contredit pas, elle en était
parfaitement capable! Seulement il ne pouvait pas
lui révéler que le lendemain, il avait rendez-vous
avec l'homme qui projetait d'assassiner le président
Sadate.

Malko contemplait le Nil en prenant son petit
déjeuner de la terrasse de sa suite. La plate-forme
de ciment qui émergeait au milieu du Nil comme
une fleur de pierre déparait le paysage. C'était un
jet d'eau comme à Genève, qui n'avait marché que
trois fois. Depuis, il servait d'ancre flottante aux
pêcheurs et aux amoureux.

Elko Krisantem était parti essayer de trouver du

vin. Les droits étaient de 2000 %, et on n'en trouvait pas, sauf le local.

Si la théorie de Malko était juste, pourquoi un
terroriste venu assassiner Sadate s'était-il fait
remarquer par un attentat spectaculaire? Cela ne
tenait pas debout. Repensant à la fille blonde du
café *Riche*, il alla prendre dans son attaché-case la
photo du BND et l'examina à nouveau. Cela pouvait
être elle. D'après la fiche, la taille correspondait. Le
palmarès était éloquent. Hildegard Müller était une
fanatique dangereuse, mêlée au meurtre de Hans
Schleyer.

S'il se fiait aux Egyptiens pour la retrouver, cela
pouvait prendre des semaines, d'autant qu'il ignorait sous quel nom elle se trouvait. Il devait tenter
sa chance lui-même. Finalement Le Caire était un
gros village de douze millions d'habitants. Les
étrangers restaient dans le centre. Malko n'avait
plus qu'à ratisser les alentours de la place El
Tahrir.

Les derniers touristes sortant du musée remontaient dans leurs voitures sous une chaleur encore
accablante, essayant d'échapper aux mains tendues
des guides. Ayant parcouru en vain tout le quartier,
Malko était venu traîner dans le petit parking en
face du musée. Sans résultat. A moitié asphyxié par
les échappements des gros bus rouges qui abor-
daient la place El Tahrir à tombeau ouvert, transpi-
rant, il décida de repartir vers Air France pour
s'occuper de son billet de retour. Il n'allait pas
arpenter le Caire jusqu'à la fin de ses jours.

En passant devant le café *Riche*, il jeta un coup
d'œil machinal à l'intérieur et faillit s'arrêter net.

L'inconnue blonde de la veille se trouvait à la
même table, les yeux dissimulés derrière des lunettes noires, devant un café, en train de lire un

magazine. Du coup, Malko se laissa tomber à la terrasse. Un garçon s'approcha et il commanda un café.

— *Masbout?*[1]

— Masbout.

Il essaya de s'absorber dans le spectacle de la rue, pour ne pas être tenté de regarder l'inconnue. Avec les lunettes noires, impossible de l'identifier avec certitude. Le magazine qu'elle lisait était anglais. Ce n'était pas une coïncidence qu'elle vienne deux jours de suite au même endroit. Qui attendait-elle?

La rue était animée, le café aussi, des couples, des filles seules. La plupart des hommes regardaient la blonde, mais personne ne l'abordait. Malko s'offrit trois masbout coup sur coup. Il était arrivé un peu après quatre heures et demie, presque une heure avait passé. Toujours rien. Evidemment, c'était tentant de trouver un téléphone qui marche et d'alerter le Moukhabarat via Mel Smith. Mais d'abord, il n'était pas sûr que ce soit Hildegard Müller. Ensuite, s'ils l'arrêtaient, ils tuaient le complot dans l'œuf et on ne connaîtrait jamais ceux qui tiraient les ficelles.

La blonde se leva et sortit si rapidement que Malko manqua la rater. Il attendit un peu pour se précipiter sur ses traces. Elle marchait lentement, d'une démarche balancée et sûre d'elle, un sac accroché à l'épaule. Rien ne la distinguait des centaines de jeunes qui hantaient Le Caire. Sinon sa beauté. Ses jambes n'en finissaient pas. Elle fendait la foule, indifférente aux regards admirateurs.

Arrivée sur la place Talaat Harb, elle traversa et entra dans l'immeuble de l'hôtel *Tulip*.

Malko attendit quelques minutes, se réfugiant dans une librairie voisine, puis il y pénétra à son tour. L'ascenseur n'avait pas dû marcher depuis le

[1] Sucré?

déluge, il n'y avait pas de lumières dans le couloir, et l'odeur évoquait plus un abattoir qu'un palace. Il s'engagea dans l'escalier vermoulu. Au second, un gynécologue. Il passa devant le troisième et redescendit lentement. Un employé occupait une minuscule réception face à la porte. A droite se trouvait une mini salle à manger. A travers la vitre, il aperçut de dos la blonde en grande conversation avec un jeune homme brun aux cheveux longs.

Impossible de rester là. Il redescendit. Sur le trottoir stationnait une grosse moto, une Kawasaki, immatriculée en Allemagne de l'Ouest. Il releva mentalement le numéro et regagna sa voiture.

Abu Sayed essaya de ne pas courir. Marchant droit devant lui, il se perdit dans la foule de la place Talaat Harb. A un cheveu près, il tombait dans un piège! Il avait tout de suite repéré l'étranger blond en passant devant le café *Riche*, avant d'aller retrouver Hildegard Müller. Il n'avait pas le style des clients et ressemblait furieusement au portrait de l'agent américain tracé par Farida. Abu Sayed était un professionnel. Il ne se fiait pas aux coïncidences. Surtout lors d'un rendez-vous important.

Tout s'était organisé à Tripoli. Leur entraînement terminé, Otto et Hildegard avaient été munis de faux papiers ouest-allemands et d'une moto, devenant deux étudiants en vacances parcourant l'Afrique. Officiellement venant de Tunisie. Une fois au Caire, leur seule contrainte était de se rendre tous les jours au café *Riche* entre quatre et cinq heures. Abu Sayed devait les y contacter.

Leur rôle étant limité dans le temps, il fallait simplement que le Palestinien les ait sous la main, prêt à les utiliser avec un préavis de quelques heures. Il sauta en voltige dans un bus rugissant qui montait vers l'est.

Sa tête bouillonnait d'inquiétude. Il fallait prévenir l'autre échelon de l'opération. Il se mordait les
doigts d'être venu au Caire. Seulement, lui non plus,
n'avait pas le choix. Les gens de l'OLP avaient mis
sa tête à prix. A cause de certaines opérations. Il
avait livré aux Saoudiens – qui l'avaient immédiatement décapité – un ami de Abou Ayad, numéro
deux de l'OLP. C'étaient des bavures qu'on ne
pardonnait pas. En restant à Beyrouth, il aurait fini
tôt ou tard transformé en chaleur et en lumière.
Seulement, les Libyens ne faisaient pas cadeau de
leur protection. Son séjour en Egypte n'était pas
une sinécure. Surtout avec un fou comme Mansour
Karoun qui ne pensait qu'à sa croisade. L'histoire
du *Sheraton* était une imprudence folle. Mais impossible d'y échapper. Sans Mansour, il n'y avait pas de
Sam 7, et sans Sam 7, pas d'opération.

Maintenant il fallait résoudre le problème créé
par l'homme blond ou tout lâcher. Abu Sayed
n'avait pas envie de finir au bout d'une corde.

Ashraf Boutros gara sa voiture sur le trottoir de
la rue Al Azhar et partit à pied vers l'intérieur
brillamment illuminé de la mosquée Al Hussein.
Une foule dense s'y pressait et la nuit tombait.
Heureusement, il y avait toujours beaucoup de
fidèles à cette heure-là, pour la cinquième sourate
du Coran.

Le muezzin commença à psalmodier de sa voix
traînante. Ashraf Boutros se faufila à travers ceux
qui priaient, chercha Mansour Karoun. Il trouva
l'intégriste prosterné dans un coin de la mosquée et
dut attendre qu'il ait terminé sa prière pour lui
adresser la parole, après s'être agenouillé lui aussi.
Mansour Karoun semblait paisible, bien que ses
yeux continuent à jeter des éclairs.

– J'ai des nouvelles pour vous, annonça Boutros.

– Lesquelles? demanda Karoun.

L'éclat de ses yeux semblait encore avoir augmenté.

– Le président Sadate couchera dans huit jours au bord du Nil, pour l'anniversaire de son épouse. Il partira ensuite jeudi en fin de matinée.

– C'est très bien, approuva Karoun. Allah est avec nous.

– Attendez, corrigea Ashraf Boutros, il y a autre chose de moins agréable. Nous sommes surveillés par les Américains.

– Les Américains!

Boutros relata rapidement la présence d'un agent de la CIA au Caire, ses soupçons à cause de l'explosion du *Sheraton* et ses sources d'informations.

Mansour Karoun semblait ailleurs. Pourtant, lorsque Boutros eut terminé, il dit calmement :

– Il faut éliminer le représentant du Grand Shaïtan. Vous allez vous en charger!

– Mais comment? protesta Boutros. Je ne...

Mansour Karoun écarta les mains comme s'il priait.

– Allah t'inspirera, ô mon Frère. Va en paix.

Déjà il s'agenouillait et se prosternait, face à La Mecque comme si Ashraf Boutros n'était pas là. Celui-ci sortit de la mosquée, rassuré et troublé. La confiance de l'intégriste déteignait sur lui, mais il se demandait jusqu'à quel point elle était justifiée. Il aurait bien voulu faire marche arrière, mais c'était trop tard. Il avait déjà révélé à Mansour une information capitale, que lui-même avait recueillie par hasard, en téléphonant à son ami Mohammed Riah, le numéro trois du Moukhabarat.

Magda Boutros rentra vivement dans le magasin d'où elle avait émergé pour que son mari ne risque pas de l'apercevoir. Elle n'en revenait pas! Depuis qu'elle connaissait Ashraf, c'était la première fois qu'elle le voyait pénétrer dans une mosquée. Et encore traverser toute la ville pour ça! Elle n'avait pu suivre son activité à l'intérieur de la mosquée, les femmes étant bannies de la partie réservée aux hommes, mais cela ne l'intéressait que médiocrement. Il n'avait pas rendez-vous avec une de ses putes. Elle reprit sa voiture, perplexe. Décidément son époux lui réserverait toujours des surprises.

Abu Sayed arriva essoufflé à son rendez-vous. Il détestait Mansour Karoun qu'il considérait comme un fanatique dangereux. Autant manier de la nitroglycérine pure. Mais il était obligé de se tenir aux ordres. C'est lui qui effectuait la liaison entre Karoun et les Allemands. L'intégriste ne parlant qu'arabe, il n'y avait guère moyen de faire autrement...

Celui-ci, en train de tirer sur un narguilé dans son café habituel à côté de la mosquée, lui fit signe de s'asseoir. Là, ils étaient tranquilles. Seuls les intégristes s'y réunissaient, et les mouchards du Moukhabarat en étaient impitoyablement chassés.

– *Salam Alekoum*, mon frère, dit Mansour Karoun d'une voix calme.

– La paix soit avec toi, mon frère, répliqua le Palestinien en grinçant des dents. J'ai de mauvaises nouvelles.

Il relata la rencontre avec l'homme blond, expliquant que, du coup, il avait dû remettre le contact avec la terroriste allemande. Mansour Karoun l'écouta sans se troubler, puis hocha la tête silencieusement.

– Je suis au courant, laissa-t-il tomber. Le Grand Shaïtan veut se mettre en travers de nos projets, mais nous ne le laisserons pas faire. Je sais qui est l'homme dont tu parles, et comment nous allons nous en débarrasser. Il n'aura pas le temps de nous nuire, si Allah le veut.

Abu Sayed en avait ras le bol d'Allah. Il se sentait en danger mortel. Les yeux de Mansour lancèrent un éclair de triomphe.

— Nous frapperons dans huit jours.

CHAPITRE X

Elko Krisantem donna un coup léger à la porte du 866. Aucune réponse. Il refrappa, plus fort, cette fois. Et continua, jusqu'à ébranler le battant. Enfin, une voix furieuse demanda en arabe :

– Qu'est-ce que c'est? Le scheik se repose!

– Il y a le feu, répliqua Krisantem à travers le battant. Il faut sortir tout de suite.

– Le feu!

La clef tourna dans la serrure, et la porte s'ouvrit sur un géant, le crâne rasé, en dichdacha blanche. Il toisa Krisantem d'un air méfiant.

– Où est le feu?

– Ici, fit le Turc.

Son pied droit se détendit avec la force d'un footballeur professionnel, frappant son vis-à-vis en plein dans le bas-ventre avec une admirable précision. Commencée sous de tels auspices, la conversation ne pouvait que tourner court. Le Yéménite se plia en deux, brusquement verdâtre. Elko Krisantem, qui aimait le travail bien fait, recula, prit son élan et shoota cette fois dans la tempe. Le choc repoussa l'autre à l'intérieur de la suite où il tomba comme une masse. Le Turc l'y suivit, repoussa la porte, attendit que son adversaire se mette à quatre pattes pour lui écraser le larynx avec un shoot qui aurait soulevé un stade d'enthousiasme.

La neutralisation du garde n'avait pas duré plus d'une minute. Un faible ronflement, venait de la pièce voisine. Une odeur aigre-douce régnait dans la suite, et une carcasse de poulet gisait sur la moquette, jetée sur une pile de films pornos arabes à côté d'un magnétoscope Akai et d'une mini vidéo-caméra Akai que le scheik amenait partout afin de fixer ses états amoureux.

Elko Krisantem pénétra à pas de loup dans la chambre où dormait le vieux scheik. Celui-ci se dressa en sursaut au moment précis où le Turc lui passait son lacet autour du cou. Ce qui arrêta net le cri qu'il se préparait à pousser. Elko donna un petit coup de poignet, ce qui raréfia considérablement l'oxygène parvenant au cerveau du vieillard. Ce dernier se pencha avec un gargouillis pathétique, plongea la main dans un sac et la retira pleine de billets de cent dollars qu'il tendit à Krisantem avec une mimique expressive. Ce dernier les lui fit tomber des mains, et ils se répandirent par terre.

Elko Krisantem regarda autour de lui. Il était venu avec une mission bien précise. Plusieurs bouteilles se trouvaient sur un guéridon, du J and B, du Moët et Chandon ainsi que du Coca-cola en grande quantité. C'était exactement ce qu'il lui fallait... Tirant le scheik par le lacet comme par une laisse, il récupéra une bouteille de Coca, puis ramena le Saoudien sur le lit. Ce fut facile de le retourner sur le ventre et de mettre à nu ses fesses maigres et noirâtres.

Lorsqu'il comprit ce que voulait faire le Turc, le vieux scheik réussit à émettre un gargouillement désespéré.

Krisantem était en train de s'installer confortablement. Un râle rauque parvenait de l'entrée. Le Yéménite parvint à se traîner dans le living et s'arrêta là : le larynx écrasé, il n'était pas bien dangereux. Le Turc se mit à califourchon sur le dos du Saoudien, enroulant l'extrémité de son lacet autour de son poignet gauche.

Il ne restait plus qu'à procéder à l'opération principale. Son maître n'avait pas précisé le type de bouteille à utiliser, aussi pensait-il que le Coca, bien qu'un peu ventru, ferait parfaitement l'affaire.

Dès que le goulot de la petite bouteille solidement tenue par Elko Krisantem effleura l'anus du scheik, celui-ci eut une contorsion sauvage, vite calmé par le lacet. Pesant de tout son poids, le Turc parvint à enfoncer une partie du goulot. Malgré le lacet, le scheik hurla, ce qui n'avait aucune importance puisque le personnel du *Sheraton* ne dérangeait jamais les Saoudiens. Heureusement, car ce fut beaucoup plus difficile que ce que Krisantem avait imaginé. Pas du tout une partie de plaisir. De temps en temps, le vieux scheik avait un sursaut furieux, puis retombait, inerte, tandis que Krisantem continuait son viol par Coca interposé.

En sueur, le Turc appuya brutalement de toutes ses forces sur le culot de la bouteille. Il y eut un hurlement, un claquement sec, et un flot de sang lui inonda les mains. La bouteille avait presque disparu, le sphincter ayant cédé. Le Saoudien ne bougeait plus, évanoui ou mort.

Elko desserra en hâte son lacet et prit le pouls du vieux scheik. Il battait encore, mais irrégulièrement. Suivant toujours les consignes de son maître, le Turc décrocha le téléphone, appelant le concierge.

– Le scheik est très malade, dit-il, il faut envoyer un médecin au 866.

Il raccrocha, traversa la pièce, laissant les billets par terre. Le garde yéménite râlait, les bras en croix. Elko Krisantem l'enjamba sans même lui donner un coup de pied et sortit. Il avait déjà descendu cinq étages quand le médecin de l'hôtel pénétra dans la suite dont le Turc avait laissé la porte ouverte.

⁂

Mel Smith semblait d'excellente humeur. Pas autant que Malko qui jubilait intérieurement de l'expédition punitive du Turc. Un coup de fil au *Sheraton* lui avait appris que le scheik Abdul Al Mugattam avait été transporté d'urgence à l'hôpital El Qasr El Aini, à la suite d'un malaise cardiaque. Etant donné la qualité des hôpitaux égyptiens, il avait peu de chance de revoir La Mecque. La malheureuse Farida avait été vengée.

Il restait à déterminer la suite de son enquête.

– Vous êtes certain que vous ne voulez pas mettre le Moukhabarat sur le coup maintenant? demanda-t-il.

L'Américain pointa un index joufflu vers Malko.

– J'ai confiance en vous. Vous avez la baraka. Imaginez notre position si on leur amène un beau petit complot sur un plateau d'argent. Chez eux! Ils nous mangeront dans la main...

Malko eut un sourire froid.

– Je voudrais voir votre tête si vous apprenez par la presse que Sadate a été assassiné.

La joie de Mel Smith tomba un peu, mais il se reprit.

– Essayez d'en savoir plus sur ces deux Allemands. De les identifier avec certitude. Continuez la planque, avec votre adjoint. Je préfère ne pas trop mêler Magda Boutros à ce stade. Son mari a trop de liens avec le Moukhabarat. Ils seraient capables de nous griller.

Malko s'abstint de lui dire qu'il aurait préféré la compagnie de la belle Egyptienne à celle de Krisantem. Le travail d'abord.

– Je vais peut-être essayer de lier connaissance avec elle, suggéra Malko. Elle est assez spectaculaire pour que je lui fasse la cour sans éveiller ses soupçons.

– Faites attention, recommanda Mel Smith, nous avons affaire à des gens dangereux. Regardez ce qui est arrivé à Farida.

– Ils n'ont rien trouvé?

– Rien. A croire que ce Palestinien a le pouvoir de se rendre invisible.

Malko eut du mal à repérer Elko Krisantem. Le Turc disparaissait derrière les pyramides de fruits d'un marchand ambulant de la rue Mohammed Bassiuni. La grosse moto était toujours garée en face du *Tulip*, sur le trottoir. Où les Allemands allaient-ils les emmener aujourd'hui? Derrière eux, ils avaient déjà visité le musée de la place El Tahrir, les pyramides, le musée d'art oriental et les souks. Ils ne se quittaient pas et, depuis deux jours que Malko et Krisantem ne les lâchaient pas d'une semelle, la fille n'était pas retournée au café *Riche*. Malko, à force de les avoir observés, était à 95 % certain qu'il s'agissait des deux terroristes ouest-allemands.

– Ils ne sont pas encore sortis, annonça Krisantem.

– Je vais prendre un café, dit Malko.

Il n'avait pas fait vingt mètres lorsque Krisantem le rejoignit, affolé.

– Ils viennent de descendre!

Les deux Allemands s'affairaient autour de la moto. La jeune femme portait une combinaison de toile cirée noire qui lui seyait particulièrement.

– Allez vite chercher la voiture, dit Malko à Krisantem.

Avec la circulation, ça n'allait pas être une sinécure... Elko s'esquiva en courant. Le jeune couple poussa la moto hors du trottoir, s'installa sur l'engin qui s'éloigna à petite vitesse vers la place El Tahrir. Krisantem, en bousculant quelques piétons, parvint à récupérer Malko alors qu'ils étaient encore en

vue. Heureusement les Allemands furent bloqués
par une véritable muraille de bus à l'entrée de la
place. D'ailleurs, ils semblaient avoir tout leur
temps.

L'un suivant l'autre, ils prirent le pont Al Tahrir,
passant devant le *Sheraton* pour rejoindre Pyramids
Road à la sortie de El Giza Road.

« Ils vont encore aux pyramides! » se dit Malko.

Ils n'allaient pas aux pyramides. Ils tournèrent à
gauche, avant le Mena House, dans une petite route
longeant un canal. Une douzaine de kilomètres plus
loin, Malko aperçut un écriteau : « Saqqara ».
Autre site historique bourré de pyramides et de
tombes. Après avoir payé l'accès à ces merveilles, ils
s'enfoncèrent dans le désert, vers le sud. La route
serpentait entre des dunes de sable, des pyramides,
des tombeaux à demi enfouis dans l'ocre du paysage. Les Allemands s'arrêtèrent en face d'une pyramide à demi effondrée et en firent le tour à pied, la
main dans la main. Dieu merci, à cause de la
température clémente, il y avait pas mal de touristes et leurs suiveurs passaient inaperçus.

— Nous perdons notre temps, se dit Malko.

Même des terroristes pouvaient avoir envie de
faire du tourisme.

Ils remontèrent sur leur engin, empruntant une
piste qui filait en plein désert. Trois kilomètres plus
loin, ils prirent à gauche.

Malko et Krisantem durent continuer tout droit
et stopper un peu plus loin. Montant sur une dune,
Malko observa la scène : les deux Allemands
avaient mis pied à terre et se dirigeaient vers une
ruine à demi enfouie sous le sable en contrebas de
la piste. Une des innombrables tombes éparpillées
autour de Saqqara Sud. Mais cette fois, le couple
semblait sur ses gardes. La fille se retourna plusieurs fois comme si elle craignait d'être surveillée.
Il n'y avait aucun touriste dans cette partie de la

nécropole. Le coin idéal pour un rendez-vous discret.

Malko hésita.

Que pouvaient-ils venir chercher ici? Sûrement pas un paquet abandonné. Il y avait trop de pilleurs de tombes pour laisser traîner un objet précieux. Si c'était une rencontre, il fallait y assister. Après tout, il pouvait jouer les touristes sans aucun problème. Les deux Allemands avaient disparu à l'intérieur de la tombe.

— Revenons, dit-il à Elko.

Il arrêta sa voiture juste à côté de la moto et dit à Krisantem.

— Attendez-moi ici. Au cas où ils sortiraient pendant que je suis à l'intérieur.

Il s'engagea vers l'entrée en contrebas. A peine avait-il pénétré d'un mètre qu'un gros Arabe portant une lampe à acétylène apparut avec un sourire commercial, tendant la main.

— *This is the tomb of the queen Oudjebten* [1], dit-il, *please follow me.*

Contrairement aux autres tombes importantes, l'électricité n'avait pas été installée dans celle-ci, et la seule source de lumière semblait être la lampe du guide. Il régnait une fraîcheur agréable dans le dédale des corridors étroits, de galeries taillées dans la pierre. Le sol était inégal et il n'y avait aucune trace des deux jeunes Allemands. Il devait y avoir un second guide. Le premier avançait, la lampe levée. Il s'arrêta devant un panneau enluminé.

— *Three thousand years!* [2]

C'était extraordinaire. On aurait cru que les fresques avaient été peintes la veille. Des animaux, représentant la richesse de la reine ensevelie, des hiéroglyphes, des personnages et surtout deux scènes curieuses. Des chiens et des chèvres en train de

[1] C'est la tombe de la reine Oudjebten. Suivez-moi, s'il vous plaît.
[2] Trois mille ans!

copuler, dessinés avec beaucoup de réalisme... La
lanterne s'y attarda longuement. Cet accouplement
vieux de trois mille ans avait de quoi surprendre. La
lanterne continuait à éclairer des pans de murs, au
fur et à mesure qu'ils s'enfonçaient dans les entrail-
les de la tombe. Un incroyable dédale des salles
reliées par d'étroits couloirs où il fallait progresser
en se baissant, de chicanes, de culs-de-sac. Il y
régnait une vague odeur de moisi, bien que l'air y
soit très sec.

Toujours aucune trace des deux Allemands.

Malko ignorait où il se trouvait, entièrement livré
à son guide. Il avait perdu la notion de l'espace et
de l'orientation. Suivant seulement la lanterne brandie à bout de bras.

– *Come! Come!* fit le guide, en lui montrant
l'entrée d'une nouvelle pièce.

L'Egyptien s'effaça pour le laisser passer. A peine
était-il entré que la lueur de la lanterne s'éteignit
brutalement. Malko s'immobilisa dans l'obscurité
minérale. Ses oreilles sifflaient. Son cœur s'était mis
à battre plus vite. Il laissa passer quelques secondes, puis appela :

– *Are you there?* [1]

Pas de réponse. Pourtant un léger déplacement
d'air lui apprit que le guide ne s'était pas éloigné.
Instinctivement, il se laissa tomber à quatre pattes,
se maudissant de ne pas avoir de briquet, et se
déplaça de quelques mètres. Bien lui en prit. il y eut
un piétinement, juste à l'endroit qu'il venait de
quitter, qui s'arrêta aussitôt. Puis un conciliabule à
voix très basse en arabe. Deux voix d'hommes.

C'était un piège! Les Allemands l'avaient volontai-
rement entraîné dans cette tombe qui risquait de
devenir la sienne... Malko se déplaça légèrement,
s'éloignant de la porte par laquelle il était entré.
Malheureusement, il n'avait pas eu le temps d'apercevoir à quoi ressemblait la pièce. Certainement

[1] Vous êtes là?

une salle vide comme les autres. Peut-être il y avait-il une autre sortie.

De nouveau, le piétinement. Puis une main qui crocha dans son épaule. Il chercha à se dégager, mais deux bras le saisirent par-derrière, l'immobilisant. Il cria, espérant attirer l'attention de Krisantem. Mais quelle épaisseur de terre le séparait du Turc?

Celui qui le tenait le souleva de terre en pivotant. Pour quoi faire? De nouveau, les deux voix échangèrent quelques mots. C'était hallucinant, ce noir absolu. Malko essayait de réfléchir tout en luttant pour se dégager. L'homme qui le tenait, d'après sa corpulence, devait être le « guide ». Mais que voulaient-ils? Si c'était pour le poignarder, c'eût été fait depuis longtemps.

Il donna un violent coup de pied en arrière, et son « guide » le lâcha avec un cri aigu, touché dans ses parties vitales.

A quatre pattes, Malko tenta aussitôt de s'éloigner. Brusquement, sa main droite ne trouva plus rien devant elle. Son bras plongea dans le vide, et, déséquilibré, tout son corps partit en avant. Le bras gauche ne trouva rien devant lui non plus. Sa poitrine heurta le sol violemment, lui coupant le souffle. Il réalisa qu'il avait tout le torse dans le vide au-dessus d'une fosse ou d'un puits. Il avait crié.

Soudain, une lueur brilla brièvement. Une lampe de poche qui l'éclaira avant de s'éteindre. Il avait eu le temps de voir qu'il se trouvait dans une pièce en longueur coupée d'une fosse sur toute sa largeur. Impossible d'en apercevoir le fond.

Au moment où il se redressait, un violent coup de pied le rejeta en arrière, et il faillit basculer dans le vide. Une grêle de coups s'abattit sur lui. Il parvint à saisir une cheville et s'y accrocha de toutes ses forces, décidé à vendre chèrement sa vie. Les deux hommes tournaient autour de lui dans le noir en ahanant. Maintenant que l'effet de surprise était passé, c'était moins facile. Visiblement, aucun des deux ne tenait à être entraîné dans la chute de Malko. Il se souvint d'un puits qu'il avait vu près des pyramides.

Trente mètres de profondeur. De quoi se rompre le cou.

Inexorablement, les deux inconnus le poussaient vers le bord de la fosse, à coups de pieds, restant maintenant hors de portée. Avec désespoir il se sentait glisser, s'accrochant à toutes les aspérités comme un lézard. Le tiers de son corps se trouvait dans le vide. En sueur, il sentait ses forces diminuer. Pour une raison qu'il ignorait, ses adversaires ne voulaient pas utiliser d'armes, à feu ou blanches. Sinon, il aurait été mort depuis longtemps...

La tête en bas, il chercha des aspérités où s'accrocher, mais ses mains ne trouvèrent que des trous insignifiants.

Nouveau dialogue en arabe. Ils devaient décider d'en finir. Effectivement, une lente poussée s'effectua sur sa hanche : le gros guide s'était assis par terre et le repoussait vers la fosse avec ses deux pieds. Impossible de résister sans point d'appui. Malko sentit qu'il allait basculer. Utilisant une vieille technique du judo, il pivota brusquement, et les pieds de son adversaire se détendirent dans le vide avec un juron.

Malko en profita pour inverser sa position. S'il devait tomber autant que ce soit les pieds les premiers... Au moment où il achevait son mouvement rampant et tournant, une chaussure lui écrasa la main gauche et il la retira avec un cri de douleur.

– *Help! Help!* [1]

Seul l'écho lui répondit. Il devait se trouver à plusieurs dizaines de mètres de la sortie.

Son adversaire revint à la charge, poussant cette

---

[1] Au secours! Au secours!

fois sur ses épaules. Malko n'allait pas pouvoir tenir longtemps.

Ses pieds raclaient la paroi de la fosse. Soudain, le gauche rencontra une fissure dans la roche friable et s'y accrocha. Enfin un point d'appui. A son tour le pied droit, trouva une anfractuosité pour se loger. Il avait deux points d'appui. Mais ses mains, accrochées au sol, étaient toujours aussi vulnérables. Un pied lui écrasa le poignet, et il manqua basculer dans le vide. Il avait l'impression que sa poitrine avait des ventouses, tant il s'accrochait au sol...

Il n'en avait plus pour longtemps, des lumières rouges passaient devant ses yeux, il sentait sa résistance faiblir.

– Prince Malko!

Le cri semblait venir de très loin, mais il galvanisa Malko. C'était la voix de Elko Krisantem! Malko hurla :

– Elko, je suis là, attention!

Brusque conciliabule énervé entre ses adversaires. Il comprit qu'ils allaient tenter un ultime essai. S'accrochant des deux pieds, il retira ses mains du sol et se mit en équilibre, les bras écartés se tenant aux parois verticales de la fosse. Il ne pourrait pas tenir longtemps ainsi, mais c'était toujours ça de gagné!

Des semelles piétinèrent autour de la fosse, cherchant à écraser ses mains. Cette fois, ses adversaires ne voulaient pas allumer à cause d'Elko. Celui-ci appela de nouveau. Il s'était rapproché. Les deux voix se concertèrent, puis Malko entendit des pas qui s'éloignaient.

Il attendit tant qu'il le put, puis parvint à se hisser sur le sol. La voix du Turc toute proche appela, et il aperçut la lueur d'une lampe.

– Altesse, vous êtes là?

– Oui, dit Malko, mais attention, il y a des trous.

Malko reprenait son souffle. Ses adversaires ne

cherchaient pas l'affrontement. Etrange agression...

Krisantem surgit, brandissant une lampe à acétylène!

– Je l'ai trouvée près de l'entrée, dit-il.

Malko se releva. Son souffle était encore court. Le
Turc leva la lampe.

– Vous êtes tout sale! dit-il. Que s'est-il passé?

– On m'a attaqué, dit Malko. Vous n'avez vu
personne?

– Non, seulement les deux Allemands qui s'enfuyaient, il y a un moment déjà. Ils sortaient de
derrière la tombe. Ils ont pris leur moto et ont filé.
Alors, je suis venu, car je me doutais que quelque
chose n'allait pas.

Ses adversaires avaient dû ignorer jusqu'à la
dernière seconde la présence de Krisantem, qui
avait dérangé leurs plans. Sinon, ils achevaient
tranquillement Malko dans le noir. Celui-ci prit la
lampe des mains du Turc et éclaira la fosse. C'était
un puits carré, d'une dizaine de mètres de profondeur, qui commençait au ras des parois latérales,
coupant toute la galerie. Probablement pour décourager les pilleurs de tombes. Il allait rendre la
lampe au Turc, quand il remarqua quelque chose au
fond du trou. Comme des traînées noires.

Se mettant à plat ventre, il plongea la lampe dans
la fosse, à bras tendu. Déclenchant aussitôt un
chuintement violent. Instinctivement, Malko retira
la lampe. Il avait eu le temps d'apercevoir une sorte
de long fouet noir qui jaillissait du fond de la
fosse.

Un cobra!

Il resta immobile, glacé d'horreur. Maintenant,
ses yeux habitués à la pénombre distinguaient plusieurs serpents rampant sur le fond de la fosse,
prêts à attaquer. S'il était tombé dedans, rien n'aurait pu le sauver. On n'a pas encore trouvé d'antidote au venin de cobra qui paralyse le système

nerveux en quelques minutes. Voilà pourquoi ses adversaires ne voulaient pas utiliser d'armes! De cette façon sa mort serait apparue comme un accident.

Toutes les sépultures des pharaons étaient ornées d'effigies en pierre de ces cobras royaux, gardiens des tombeaux qui pullulaient dans le désert...

– Venez, dit-il au Turc, il y a peut-être d'autres serpents dans ces recoins. Inutile de tenter le diable.

Ils eurent un mal fou à retrouver la sortie à travers le dédale des couloirs. Malko reçut le choc du soleil avec une joie indicible. Un peu plus loin, un car déversait une cargaison de touristes au pied d'une pyramide écroulée, datant de la seconde dynastie.

Qui avait monté ce guet-apens destiné à l'éliminer?

CHAPITRE XI

– C'est une tombe abandonnée qui n'est pas visitée par les touristes, expliqua Magda Boutros. Tous les guides connaissent l'existence de la fosse à cobras. Elle a servi pour tourner un film et depuis on a laissé les cobras. Par négligence, comme personne ne vient jamais. Mais normalement, la grille est toujours fermée.

Malko avait tenu à revenir sur les lieux en compagnie de l'Egyptienne. Mel Smith et elle avaient été bouleversés en apprenant ce qui s'était passé.

La grille, cette fois, était fermée avec un énorme cadenas. Comme si rien ne s'était passé. Malko se tourna vers l'Egyptienne.

– Les Allemands n'ont certainement pas trouvé cette tombe tout seuls. Quelqu'un la leur a indiquée. D'ailleurs ceux qui m'ont attaqué étaient arabes. J'en ai vu un gros, avec une moustache... J'ignore tout de l'autre.

Magda hocha la tête.

– C'est un signalement qui convient à beaucoup d'Egyptiens qui se bourrent de *foul*.[1]

– Rentrons, dit Malko.

Il faisait le point mentalement. Abu Sayed, le Palestinien, responsable de la tuerie du *Sheraton*

[1] Plat de fèves.

était toujours au Caire. Normalement, il ne connaissait pas Malko.

Les deux Allemands ne le connaissaient pas non plus. Mais ils avaient sciemment mené Malko dans un piège d'où il ne devait pas ressortir vivant. Vraisemblablement pour se débarrasser de sa surveillance. Quelqu'un d'autre tirait les ficelles. Il grillait d'envie de se rendre à l'hôtel *Tulip* et de poser quelques questions aux deux Allemands. Mais que leur reprocher ? Il ne les avait même pas vus dans la tombe abandonnée.

– Voulez-vous prévenir le Moukhabarat ? interrogea Magda Boutros.

– Pas encore, dit Malko. Ils vont embarquer les Allemands, et nous ne saurons plus rien. Je préfère continuer à les surveiller. Ils vont s'énerver en voyant que je ne suis pas mort. Cela déclenchera peut-être autre chose.

– C'est vrai, fit l'Egyptienne, mais je ne comprends rien à cette histoire. Que veulent-ils ?

– Je n'en sais rien, avoua Malko. Pour changer de sujet, voulez-vous dîner avec moi ce soir ?

L'Egyptienne refusa avec un sourire.

– Non, mon mari est très sage en ce moment.

– Comment le savez-vous ? demanda Malko en s'engageant dans le tunnel de Pyramids Road.

– Je l'ai suivi, avoua Magda Boutros avec un sourire. Je croyais qu'il avait rendez-vous avec une femme. Eh bien, il est allé prier à la mosquée Al Hussein !

– C'est merveilleux, dit Malko. Bientôt, il va distribuer ses biens aux pauvres...

Seulement, avec la foi toute fraîche d'Ashraf Boutros, il se retrouvait seul pour dîner.

Avec, en prime, des assassins inconnus sur ses traces.

**
*

Ashraf Boutros n'arrivait pas à s'endormir, à côté de Magda qui dormait déjà d'un sommeil de plomb. Fou de rage et d'angoisse. Il ne comprenait pas comment l'attentat contre Malko avait pu échouer. Voilà ce que c'était de faire confiance à des non-professionnels...

C'est Khaled, son gorille, homme de confiance, qui avait monté l'opération. Il était branché depuis longtemps avec des pilleurs de tombes habitant le village de Saqqara. Eux connaissaient le coin comme leur poche et avaient suggéré la tombe abandonnée avec les cobras. On ne retrouverait pas l'étranger avant des semaines, peut-être des mois... Ils ne demandaient que deux cents livres, à condition qu'on leur amène leur victime. Le fait d'utiliser Khaled pour la tractation mettait Ashraf Boutros relativement à l'abri.

Seulement, les deux voyous n'avaient pas prévu que leur victime ne serait pas seule... Ils avaient pris peur, et tout laissé tomber. Maintenant, l'agent de la CIA savait qu'on avait tenté de le tuer et que les jeunes Allemands étaient mêlés à l'histoire. Par contre eux étaient persuadés qu'on les avait débarrassés de cet adversaire imprévu. Comme Mansour Karoun... Ashraf Boutros était plus que jamais impliqué dans le complot. Le compte à rebours était commencé, et il fallait coûte que coûte réparer l'erreur de Saqqara.

**
*

Hildegard Müller et Otto Mainz étaient en train de se partager un jarret de veau à l'*Arabesque*, un petit restaurant avec un superbe bar isolé par des moucharabiehs, rue Champollion. D'humeur morose tous les deux. La jeune Allemande jouait distraitement avec sa fourchette, attendant une bière.

— Je n'aime pas ce qui s'est passé aujourd'hui, dit-elle.

— Moi non plus, avoua Otto, mais il n'y a rien à faire.

— Et si on partait avec la moto? suggéra-t-elle. On peut passer au Soudan, et, de là, en Éthiopie. Ils ne sont pas près de nous retrouver... Ensuite, on la vend. Avec l'argent on peut tenir un certain temps...

Otto Mainz secoua la tête.

— Les Libyens nous retrouveront et nous le feront payer. Ils n'aiment pas qu'on les trahisse. On ne peut pas vivre en Afrique toute notre vie. Tu veux te retrouver dans une prison en Allemagne?

— Non, avoua Hildegard, mais j'ai peur. Qu'est-il arrivé au type qui nous suivait?

— Ils l'ont balancé dans une fosse pleine de cobras, dit Otto. Un accident stupide, ajouta-t-il cyniquement. Un touriste perdu.

Il se resservit de l'Omar Kayyam, épais vin rouge de qualité inégale et posa la main sur celle de Hildegard.

— Courage. Dans quelques jours, tout sera fini. Si ça tourne mal; nous pourrons toujours nous réfugier dans l'ambassade de nos amis de l'Est.

Abu Sayed faillit passer devant le café sans s'arrêter. Comme tous les soirs vers la même heure, Mansour Karoun s'y trouvait, mais il n'était pas seul. Un homme au crâne rasé, les yeux protégés par des lunettes noires, était assis avec lui. L'intégriste lui fit pourtant signe pour qu'il les rejoigne. Ce qu'il fit, sans enthousiasme. C'est en transgressant toutes les règles de sécurité que les pépins arrivaient. Mansour Karoun lui laissa à peine le temps de s'asseoir.

– Frère, dit-il. Ashraf, notre frère, travaille à la même cause que nous. Il désirait te rencontrer.

– C'est une imprudence, fit le Palestinien. Nous devons observer des règles de sécurité. Pourquoi voulais-tu me voir?

Il contenait sa rage. Seul, Mansour et les Allemands devaient connaître sa présence au Caire.

– L'action contre l'agent du Grand Shaïtan a échoué, avoua Mansour.

Abu Sayed faillit se lever et partir. Il ne manquait plus que cela! L'intégriste ne semblait même pas vraiment bouleversé. A croire qu'il était sur une autre planète...

– C'est très grave! explosa le Palestinien. Il va continuer son enquête. Maintenant il est certain que nos amis allemands sont ici pour une raison précise. C'est terriblement imprudent de se retrouver ici.

– Je suis sûr qu'on ne m'a pas suivi, affirma Ashraf Boutros. Frère, il faut nous venir en aide. Nous avons une nouvelle idée pour réparer cette erreur. Nous avons besoin des Allemands. Quand dois-tu les voir?

Abu Sayed sentait déjà la corde se resserrer autour de son cou. Il secoua la tête :

– Demain. Mais je n'irai pas. C'est trop dangereux. Je ne les verrai plus que pour l'action finale.

– Nous avons absolument besoin d'eux, frère, insista Boutros. J'ai un moyen de surveiller cet agent américain et de lui tendre un piège...

– Comme l'autre, fit amèrement le Palestinien. Frère, si tu veux les voir, vas-y à ma place. Si tu te fais prendre par le Moukhabarat, ne parle pas. Demande à Allah la force de résister à la torture.

Il expliqua où et quand il devait rencontrer leurs complices, puis se leva, avec un regard noir de

reproches pour l'intégriste en train d'égrener paisiblement son chapelet d'ambre. Il s'éloigna à grands
pas dans la ruelle le long de la mosquée et tourna
une demi-heure dans Khan El Khalili avant de
rentrer, essayant de déjouer une éventuelle filature.
Le nouvel allié ne lui disait rien qui vaille avec son
visage mou et ses mains moites.

Malko s'était installé sur le toit-terrasse de l'immeuble du Club Soleiman Pacha, au coin de Talaat
Harb, ce qui lui permettait de surveiller l'entrée de
l'hôtel *Tulip*. Depuis le matin, les deux Allemands
ne s'étaient pas montrés, mais leur moto était
attachée sur le trottoir... Pour les musulmans, une
nouvelle semaine commençait.

Elko Krisantem, lui, faisait les cent pas dans les
ruelles avoisinantes, veillant sur la 504.

Quatre heures et demie. Le soleil baissait et les
gens se ruaient hors des bureaux. C'est le moment
que choisit Hildegard pour sortir de l'hôtel avec son
compagnon. Malko se rua aussitôt dans l'escalier.
Le temps de défaire la chaîne attachant la moto, de
la descendre du trottoir et de la mettre en route,
cela lui laissait quelques minutes.

Il arriva en bas au moment où Hildegard Müller
s'installait derrière son compagnon. Elko Krisantem
était au coin, au volant de la 504. La moto fit le tour
de la place et s'engouffra dans la rue Talaat Harb,
en sens interdit, filant vers la place El Tahrir!

Malko tenta de suivre, mais se heurta tout de
suite à un flot de voitures et dut reculer au milieu
d'un concert de klaxons indignés, tandis que la
moto zigzaguait en sens interdit. Heureusement que
les Cairotes étaient gentils. Ailleurs, il se serait fait
lyncher.

Hildegard regarda autour d'elle. Otto Mainz venait de repartir, la laissant en face d'un petit antiquaire, tout à côté de l'ambassade du Danemark, dans la baie de Geziret. Elle avait rendez-vous avec Abu Sayed, rencontré déjà une fois afin de mettre au point les derniers détails. Elle vit une R. 16 arrêtée en face, avec un homme seul au volant, les yeux protégés par des lunettes noires, le crâne rasé, avec de lourdes bajoues. Il lui adressa un signe de la main et un sourire. Comme elle ne bougeait pas, il sortit de la voiture et vint vers elle.

— Abu n'a pas pu venir, dit-il. Je le remplace. Montez.

La jeune Allemande n'hésita pas. Seul, un membre du complot pouvait connaître le nom d'Abu.

La voiture démarra, longeant la baie de Geziret. Hildegard était nerveuse. Elle n'aimait pas cet inconnu au visage mou. D'ailleurs elle n'aimait pas les Arabes.

— Quand allons-nous agir? demanda-t-elle. Plus nous attendons, plus c'est dangereux.

Ashraf Boutros eut un sourire onctueux.

— Tout est arrangé, c'est pour dans trois jours.

— Et l'agent des Américains? demanda l'Allemande.

Ashraf Boutros faillit dire la vérité. Puis se dit que cela pouvait attendre un peu.

— Je crois que tout s'est très bien passé, affirmat-il avec un sourire un peu fat. Rassurez-vous, si vous étiez en danger, je ne serais pas avec vous. Je suis un homme en vue dans ce pays.

Il avait arrêté la voiture en face de la baie déserte. Le soleil tapait encore fort. Hildegard essuya ses mains, humides de transpiration, sur son jeans.

— Otto veut voir l'engin, dit-elle. Pour vérifier qu'il est en état de marche. Sinon, nous risquons un pépin au dernier moment.

— Je vous emmènerai demain, promit Boutros. A

la même heure, qu'il me retrouve ici. Maintenant, je vais vous expliquer et vous montrer un certain nombre de choses.

Il démarra, filant vers le nord le long du Sporting Club, observant l'Allemande du coin de l'œil. Elle bougeait bien, avec un déhanchement sensuel, en contraste avec son visage aux traits durs et à ses yeux comme des pierres. Sa poitrine sans soutien-gorge déformait son chemisier d'une façon provocante. Ils franchirent le pont El Gala'a, passant sur Giza, puis remontèrent le long du Nil tandis que Ashraf Boutros commençait à expliquer ce qui allait se passer, montrant les itinéraires, les lieux, les distances. L'Allemande avait tiré un petit calepin de sa poche et prenait des notes.

Ensuite l'Egyptien prit le chemin des pyramides. A la sortie de Pyramids Road, ils laissèrent les pyramides à leur gauche. Un petit cottage moderne gardé par des soldats s'élevait sur un petit promontoire, à gauche de la route.

Ashraf Boutros ralentit.

– Nous serons certainement obligés de frapper ici, expliqua-t-il. C'est la maison de week-end du président, annonça-t-il. Je voulais que vous connaissiez les lieux...

Ils continuèrent tout droit dans le désert. Ashraf Boutros était troublé par la présence de cette grande fille blonde, si différente de celles qu'il connaissait. Il n'y avait aucune chance que ce cottage de Sadate serve à l'attentat, mais il avait eu envie de se promener hors du Caire avec Hildegard. Espérant quelque chose, sans trop savoir quoi. Un peu plus loin, il arrêta la voiture et descendit la glace. Un vent frais soufflait de l'est, changeant de la puanteur du Caire.

– Vous avez des questions à me poser? demanda-t-il.

Hildegard arrêta sur lui son regard bleu et froid.

— Après, que faisons-nous?

— Si tout se passe bien, dit Boutros, vous serez sous la protection des nouvelles autorités et vous vous reposerez. Dans un bon hôtel...

— Et si cela foire? demanda brutalement la jeune Allemande.

— Nous vous ferons sortir du pays, affirma Boutros. Tout est préparé. Au pire, vous vous réfugieriez à l'ambassade d'Allemagne de l'Est.

— J'en ai ma claque de tous ces pays de bougnoules, soupira Hildegard. Je voudrais retourner en Allemagne.

Elle s'étira, ce qui fit saillir les pointes de ses seins sous le chemisier. Ashraf Boutros la contemplait, torturé. Avec une autre femme, il aurait déjà agi. Celle-ci le paralysait, bien qu'elle l'excitât prodigieusement. Il posa la main sur la cuisse charnue, moulée par le jeans et dit d'une voix mal timbrée :

— Ce n'est pas gentil ce que vous dites de mon pays.

Hildegard baissa les yeux et réalisa son état. Un sourire pâle éclaira ses traits durs.

— Partons, dit-elle, je n'ai pas envie de baiser avec vous.

Ashraf Boutros n'en revenait pas de ce langage brutal. Rougissant, il mit le contact et fit demi-tour. Hildegard éclata de rire, se pencha et lui massa l'entrejambe d'un geste presque tendre.

— Allons! fit-elle. Il y a plein de filles. Moi, j'ai des goûts spéciaux. Mais dites donc, vous êtes drôlement bien foutu...

Cela mit un peu de baume sur la blessure d'Ashraf Boutros. Décidément, ces étrangères étaient impossibles... Il s'arrêta place El Tahrir, en face du musée et annonça :

— Je viens vous prendre demain. A la même heure, pour aller voir l'engin.

— OK, fit Hildegard.

Elle sortit de la voiture et claqua la portière. L'Egyptien regarda la silhouette dansante aux hanches souples s'éloigner, suivie par les regards envieux de tous les mâles. Son ventre le brûlait. Il ne regrettait pas d'être allé à ce rendez-vous à la place d'Abu Sayed, bien que cela représentât un risque considérable pour lui. Maintenant, il fallait convaincre Mansour de montrer son précieux Sam 7 aux deux Allemands. Et achever de préparer le second piège contre l'agent de la CIA. Grâce à Magda, il savait que les Américains n'avaient pas tout de suite l'intention de prévenir le Moukhabarat. Cela lui donnait un sursis.

La vue de Magda Boutros était brouillée par la rage et elle faillit écraser un piéton en train de traverser. Une heure plus tôt, si elle avait eu une arme sur elle, elle aurait vidé un chargeur sur son mari. Une fois de plus, elle l'avait suivi à la sortie de son bureau. Le coup de la mosquée l'avait intriguée et, finalement, persuadée que ce jour-là, Ashraf s'étant aperçu de sa filature, avait voulu lui donner le change et se moquer d'elle...

Cette fois, elle avait été servie! D'abord, en voyant la grande fille blonde avec une superbe chute de reins – tout ce qu'elle aurait voulu avoir – monter dans la voiture de son mari et partir avec lui. Ensuite, en les voyant prendre la route du désert. Torturée, elle se demandait où il avait été lui faire l'amour. Peut-être dans sa voiture. Il faudrait qu'elle renifle les sièges. Mais cela importait peu... Comme une folle, elle appuya sur l'accélérateur de sa petite Fiat, le cerveau en feu. Il fallait qu'elle se venge. Tout de suite. Sinon, elle le tuait. Elle ne vit même pas le chemin jusqu'à El Corniche, entra en trombe dans le bureau de Mel Smith. L'Américain leva la tête, surpris.

– Hé! Qu'est-ce qui se passe? Vous avez écrasé quelqu'un?

– Rien, dit Magda. Malko Linge n'est pas là?

– Non. Il revient tout à l'heure, j'ai des messages pour lui.

Magda Boutros eut un sourire gourmand.

– Très bien, dites-lui que je peux dîner avec lui ce soir.

CHAPITRE XII

Ashraf Boutros, les poings serrés au fond de ses poches contemplait sa femme, blanc de rage. Celle-ci prit une robe dans son dressing et la posa sur elle, demandant avec un sourire ambigu :

– Comment trouves-tu cette robe?

– Indécente!

La voix d'Ashraf Boutros claqua comme un coup de fouet. Magda reposa avec soin la robe de dentelle noire avec un haut pratiquement transparent, fendue sur les deux côtés, et eut une moue amusée.

– Je vais la mettre quand même...

– Où vas-tu?

Elle lui adressa un sourire angélique.

– Et toi, où étais-tu cet après-midi? D'abord, tu n'as pas à me poser de questions. Je t'ai dit que j'avais un dîner d'affaires avec Mr. Smith et son ami.

Ce soir, Ashraf Boutros trouvait sa femme particulièrement désirable avec son maquillage sophistiqué, sa coiffure faussement stricte et des escarpins très hauts qui la grandissaient. Sans parler du parfum dont elle s'était arrosé... Il s'approcha et posa la main sur la robe de chambre en soie noire. Pour l'instant, Hildegard était oubliée. Magda fit un saut en arrière.

– Ne me touche pas!

Tranquillement elle défit la cordelière de la robe de chambre et apparut en soutien-gorge noir avec de longs bas qui montaient presque jusqu'à l'aine, tenus par de fins porte-jarretelles rouges. Ashraf Boutros faillit en avoir un infarctus.

– Tu as mis des bas!

– Oui, pourquoi, tu n'aimes pas ça?

Il ravala une injure, la prit par les épaules et cracha :

– Où vas-tu?

– Je te l'ai dit. J'ai un dîner d'affaires.

– Et tu t'habilles comme une putain pour dîner avec eux?

Elle enfila la robe sans se presser, faisant bien attention de ne pas accrocher la dentelle et remarqua suavement.

– Mais, mon chéri, c'est toi qui m'as acheté mes vêtements de putain. Pour t'exciter. Il faut bien que les autres en profitent aussi.

Elle attacha la fermeture de sa robe dans le dos, se recoiffa, tira son bas gauche et prit son sac. Ses faux cils lui donnaient un regard encore plus profond que d'habitude. Elle fixa ostensiblement sa petite Seiko incrustée de brillants : neuf heures et quart.

– Je suis en retard.

Ashraf Boutros ne comprenait plus. C'était la première fois que Magda s'amusait à une telle provocation.

Il lui barra le chemin.

– Qu'est-ce qui te prend?

– Je te le dirai demain, répliqua Magda avec un sourire. Et toi, que fais-tu ce soir?...

– J'ai rendez-vous. Avec un homme, ajouta-t-il d'une voix exaspérée.

– Comme cet après-midi, fit Magda.

Elle claqua la porte et courut vers sa Fiat. Ashraf Boutros la regarda partir, l'estomac tordu de jalousie. Ainsi, elle l'avait suivi et avait assisté à la rencontre avec Hildegard. Ce soir, il avait rendez-vous avec Mansour Karoun... Une idée lui vint brusquement, calmant un peu sa rage. Magda venait de lui fournir un excellent prétexte pour se débarrasser de son adversaire.

Un homme comme Boutros abattant un étranger qui courtisait sa femme n'aurait qu'une peine de principe. On le laisserait en liberté provisoire. Il ferait ainsi d'une pierre deux coups.

– Nous dansons?

Malko examina Magda Boutros. Il ne la reconnaissait pas. Enfoncée dans le siège très bas, elle avait croisé ses jambes, ce qui écartait les pans de sa robe sur ses cuisses gainées de nylon noir. La tête rouge et coquine d'une jarretelle apparaissait à la lisière du bas. La poitrine était aux trois quarts découverte par la dentelle noire. Ses yeux brillaient d'un éclat inhabituel, sa voix était un peu trop forte, et elle se comportait comme une femme décidée à se donner.

– Avec plaisir, dit Malko.

Ils avaient dîné au restaurant du *Méridien*. Loup au sel, foie gras et dessert. A elle seule, Magda avait descendu une bouteille d'Omar Khayyam. Ses yeux ne quittaient pas Malko. Ensuite, c'est encore elle qui avait insisté pour monter au 23e étage, au night-club. Elle ondula jusqu'à la piste de danse, attendant Malko.

Dès qu'il la sentit se coller contre lui, ses derniers doutes se levèrent. Magda Boutros se frottait comme une chatte en chaleur, sans aucune retenue, le bassin ondulant contre le sien, le mont de Vénus agressif, la tête enfouie dans son cou. Lorsqu'il posa une main sur sa hanche gainée de dentelles, elle se rapprocha encore. Ils dansèrent ainsi trois slows successifs, sans échanger un mot, ce qui eût été bien inutile. Magda coulait littéralement autour de Malko, les bras noués autour de sa nuque. Son ventre tendu lui faisait mal, et l'alcool accélérait le débit de son sang. Quand l'orchestre changea de rythme, la jeune femme s'écarta de lui, regarda sa montre et dit :

– Rentrons.

Ashraf Boutros attendait seul dans la Mercedes, toutes lumières éteintes, stoppée dans la petite rue menant au consulat d'Italie. Près de lui, il avait posé un gros automatique noir, une balle dans le canon.

Une heure et demie du matin. Il était tordu de rage. Il avait beau se persuader qu'on dînait tard et que Magda adorait danser, il la voyait dans les bras de l'homme blond. Sa rage s'en trouvait renforcée. Il avait été brutal avec Mansour qui tergiversait et le rendez-vous était pris pour le lendemain. Quand il revoyait Magda en train de le narguer, il avait envie de la tuer elle aussi. Pour passer le temps, il alluma sa pipe et l'odeur du tabac blond lui fit du bien. Il se retenait pour ne pas aller se poster en face du *Méridien*.

D'un doigt décidé, Magda Boutros appuya sur le bouton du dixième étage. Il y avait d'autres personnes dans l'ascenseur, et Malko ne fit aucun commentaire. Les hommes louchaient sur sa cavalière et il en était secrètement ravi. Quand la cabine s'arrêta, Magda sortit d'un pas sûr, sans même s'assurer que Malko la suivait et tourna à droite vers sa suite.

Il la fit entrer, elle alla droit au lit et s'y assit.

– Donnez-moi à boire, dit-elle. Un cognac.

Malko prit dans le bar une bouteille de Gaston de Lagrange et remplit à moitié un verre ballon.

Elle but son verre, d'un coup, le posa par terre et se laissa aller en arrière, la jambe gauche repliée, la droite un peu hors du lit. Sa tête se tourna vers Malko dans une invite non déguisée. Lorsque leurs lèvres se touchèrent, la main de l'Egyptienne se crispa sur sa nuque, l'attirant contre elle. Leur premier baiser. Magda se servait de sa langue comme d'un lasso avec une passion naïve. Elle sentait l'alcool et ce n'était pas désagréable. La main de Malko entoura le genou relevé, tourna autour et descendit le long de la cuisse. Magda frémit, et son baiser devint encore plus passionné.

Quand il atteignit la peau nue au-dessus du bas, elle lui mordit la lèvre. Il continua, et l'extrémité de ses doigts effleura son ventre. Il n'eut pas le temps de la caresser. Magda l'avait fait basculer sur elle.

Ils demeurèrent enlacés un moment sur le lit, la jeune femme poussant son mont de Vénus contre lui, sa langue fouillant sa bouche, les jambes ouvertes, offerte. Il se défit hâtivement, écarta la robe et s'enfonça en elle d'une lente poussée contenue. Magda eut un frémissement de tout son corps, feulant tandis qu'il prenait possession d'elle. Il glissa une main sous ses reins pour la soulever vers lui, et l'autre se referma sur sa nuque.

Aussitôt, comme si elle n'avait attendu que cela, Magda commença une lente houle, une sorte de tangage sensuel qui s'accéléra peu à peu. Malko sentait tous les muscles de la jeune femme raidis, voyait sa bouche entrouverte, ses yeux troubles et fixes, elle ne pensait même plus à l'embrasser, toute à la montée de son plaisir. Elle avait perdu une chaussure. Brusquement, elle s'immobilisa, son bassin secoué de tressaillements et poussa un cri bref qui se prolongea en une suite de petits gémisse-

ments de plaisir. C'était si délicieux que Malko
explosa à son tour, en lui broyant la nuque.

Ils demeurèrent imbriqués l'un dans l'autre plusieurs minutes sans rien dire. Malko n'arrivait pas à
se retirer de ce ventre si accueillant. Le maquillage
de Magda Boutros avait coulé mais ses yeux gar-
daient leur éclat. Il bougea un peu et son ventre
vint à sa rencontre.

– Je n'étais pas sûre de faire l'amour avec vous en
venant ici, dit-elle pensivement. Je voulais seulement donner une leçon à mon mari...

– Pourtant, remarqua Malko, ce soir, vous avez
été plutôt provocante...

Magda le fixa, une expression trouble dans ses
prunelles sombres.

– Je sais, je me suis conduite comme une salope.
Mais quand vous m'avez touchée, je n'ai plus eu
envie de jouer. Je savais que vous alliez me prendre.
J'en avais très envie.

Avec sa robe remontée jusqu'au ventre, ses dentelles froissées, ses bas noirs tranchant sur la peau
blanche, et le triangle d'astrakan agressivement
noir, Magda représentait le rêve impossible de
n'importe quel scheik. Elle regarda sa montre.

– Il faut que je m'en aille...

Malko la retint par les poignets.

– Pas tout de suite.

Elle se débattit en riant, se retournant sur le
ventre comme il essayait de la reprendre. Il en
profita pour descendre d'un coup la fermeture
éclair du dos, et passer ses mains de part et d'autre
de la colonne vertébrale. Magda cessa de se débat-
tre.

– Vous avez les mains douces! soupira-t-elle.
Continuez à me caresser.

Malko obéit. Défaisant le soutien-gorge au passage. Elle sembla ne pas le remarquer. Doucement,
il fit glisser la dentelle de la robe et le soutien-
gorge. Ses seins étaient lourds, blancs et fermes.

Elle ferma les yeux quand les doigts de Malko se posèrent sur eux.

– Vous allez froisser votre robe, dit-il doucement.

Elle aida elle-même à faire glisser la dentelle pour se retrouver avec ses bas et les fines jarretelles. Malko s'allongea sur elle, glissant les mains sous son torse pour jouer avec les pointes des seins. Au contact de la chair tiède, son excitation revenait. Il n'eut qu'à peser un peu sur ses cuisses pour la prendre de nouveau, toujours arqué sur son dos. Aussitôt elle se déchaîna, les reins creusés comme une chatte couverte, le visage dans les draps, grognant à chaque coup de reins de Malko.

Il se retenait, ne sachant quand il aurait encore la chance de profiter de cette superbe femelle.

Après tout, pourquoi ne pas s'en emparer complètement...

Quand Magda Boutros réalisa ce qu'il était en train de faire, elle poussa un cri et tenta de lui échapper en rampant sous lui. Elle s'effondra avant d'atteindre le mur, et Malko en profita pour la clouer au lit d'une poussée sans brutalité, mais efficace. La jeune femme cria mais se contracta à peine, et il put s'enfouir jusqu'au fond dans l'étroit conduit. Magda cria, mais ce n'était pas de douleur...

Malko se mit à la labourer longuement. Magda Boutros se laissait faire, allongée sous lui, comme une morte. Il fantasmait en secret : quelle joie de prendre ainsi la femme d'un autre. Surtout d'un adversaire...

Peu à peu, il sentit les reins qu'il violait se mettre en mouvement. Magda ondulait imperceptiblement, sous ses coups de boutoir. Il fit mine de se retirer, et ce furent ses reins qui vinrent à sa rencontre. Il continua à la sodomiser, régulièrement, tandis que la croupe de Magda s'élevait de plus en plus vers lui, comme poussée par un ressort. Ce fut plus que n'en pouvait supporter Malko. De tout son poids, il s'enfonça en elle au moment où il explosait; elle cria, et il eut l'impression qu'elle venait de jouir pour la seconde fois.

Ils demeurèrent immobiles très longtemps. Beaucoup plus longtemps pour la première fois. Mélangé à la sueur, le parfum de Magda Boutros avait une senteur âcre. Elle se retourna avec une grimace de douleur. Son visage était ravagé par le plaisir, les yeux cernés de noir, la bouche gonflée. Un de ses bas s'était décroché et la jarretelle rouge était recroquevillée comme un serpentin.

– Vous m'avez fait mal, dit-elle, mais c'était extraordinaire.

Elle alluma une cigarette, sans plus songer à partir. Malko la fixa pensivement. Quelle transformation! Elle baissa ses yeux ombrés de longs cils.

– Vous me croirez peut-être pas, dit-elle, mais c'est la première fois que je trompe Ashraf.

– Je suis flatté, dit Malko.

– Peut-être que je ne referai jamais l'amour avec vous, dit Magda.

– Pourquoi l'avez-vous fait ce soir?

– Parce que j'ai vu Ashraf avec une femme, dit-elle. Je l'ai vu partir, la baiser et la ramener.

– Vous croyez que cela arrangera les choses? demanda-t-il.

– Non, mais je me sens mieux, et je ne suis plus ridicule.

Il se sentait un peu honteux d'avoir profité de cette situation. Magda se releva, remit sa chaussure. Malgré sa fatigue, Malko avait encore envie d'elle. Pourtant, ils avaient fait l'amour avec une violence inouïe. Elle lui jeta un regard étrange.

– J'ai l'impression que vous m'avez fait un enfant, dit-elle. Jamais je n'ai joui de cette façon.

C'était peut-être aussi les circonstances. Elle remit sa robe, et il l'aida à la fermer. Avec un Kleenex, elle se refit une beauté sommaire.

— Raccompagnez-moi, dit-elle, je me sens incapable de conduire.

Avec ce qu'elle avait bu, en plus...

Malko aurait voulu la garder près de lui, la trouver au réveil et lui refaire l'amour, mais il s'inclina. Ils descendirent, traversèrent le hall désert et sortirent.

Magda Boutros s'arrêta net et poussa un cri.

— Mon Dieu, Ashraf est là!

Malko aperçut une Mercedes sur la gauche, tous phares éteints, avec une antenne de téléphone. Magda se tourna vers lui, les traits tirés.

— Il ne faut pas qu'il nous voie.

C'était déjà fait. Malko se maudit de ne pas avoir pris son pistolet. Un peu tard. Il tira Magda par le bras.

— Remontons. Restez jusqu'à demain.

— Non, dit-elle, je ne veux pas sortir d'ici en robe du soir je ne suis pas une putain. Où est votre voiture?

— En bas, dit Malko.

Elle traversa en courant et s'engagea dans le petit escalier extérieur qui reliait l'entrée du *Méridien* au parking inférieur. Du bas, il fallait traverser toute l'île jusqu'au Sayala Bridge pour rattraper la Corniche, alors que la rampe du parking supérieur s'y jetait. Malko se retourna. La Mercedes avait allumé ses phares. Malko rejoignit Magda en bas de l'escalier et lui ouvrit la portière de la 504.

— Vite, dit-elle. Vite!

Il fonça le long du Cairo University Hospital. Le pont suivant était en sens unique. Magda ne disait pas un mot. Enfin, après un détour considérable, il rejoignit la Corniche du Nil et stoppa devant l'immeuble de Magda Boutros. Elle se tourna vers lui, les yeux pleins de peur.

— Venez, j'ai peur qu'il m'attende dans la maison.

C'était difficile de refuser. Il coupa le moteur et

descendit. Magda partit en courant vers le perron. Elle s'arrêta net. Une silhouette émergeait du jardinet entourant la maison. La lueur du réverbère éclaira un crâne lisse. Ashraf Boutros avançait droit vers Malko, un gros pistolet automatique au poing.

CHAPITRE XIII

Magda Boutros poussa un cri sauvage et se jeta entre le pistolet braqué et Malko. Ashraf Boutros tendit le bras, le doigt crispé sur la détente, hurlant :

– *Wishka!*[1] Enlève-toi !

Malko balaya la situation d'un coup d'œil. Sa vie dépendait de Magda. Si elle obéissait à son époux, ce dernier lui vidait son chargeur dans le ventre. Il n'aurait pas dû laisser son pistolet extra-plat au *Méridien*... Un peu tard. Soudain, Magda fonça droit sur l'arme braquée, et réussit à saisir le poignet de son mari. Sa tête s'abaissa avec la vitesse d'un cobra, ses dents s'enfoncèrent dans le poignet. Ashraf Boutros lâcha son arme avec un cri de douleur.

D'un coup de pied, Malko l'expédia sous une voiture en stationnement. Le combat devenait plus égal...

Ashraf Boutros, se tenant le poignet, se mit à quatre pattes afin de récupérer son pistolet. Magda se retourna vers Malko et dit d'une voix presque calme :

– Partez. Sinon, il risque de s'énerver à nouveau.

[1] Salope.

Bel *understatement*. Il remonta dans la 504, à temps pour entendre Boutros crier :

— Putain! Tu es une putain!

— Ça ne te change pas, répliqua Magda.

Malko démarra la voiture. Dans le rétroviseur, il vit Magda monter le perron, suivie de son mari.

Magda Boutros jeta son sac dans un coin et fit face à son mari. Ce dernier, le visage crispé de haine, la contemplait, une lueur de meurtre dans les yeux.

— Salope! Tu as été baiser avec ce type!

— Qu'est-ce qui te fait croire ça? demanda-t-elle calmement.

Ashraf Boutros la prit par le bras et la traîna devant la glace.

— Non, mais tu t'es vue! Regarde tes yeux.

C'est vrai qu'elle n'avait pas l'air d'une honnête femme. Elle se retourna et dit simplement :

— J'ai beaucoup bu ce soir, je suis fatiguée. Laisse-moi maintenant, je veux dormir. De toute façon, tu m'as trompée aujourd'hui avec une putain blonde, je t'ai vu.

Ashraf Boutros retrouva instantanément son sang-froid. Après avoir balancé quelques secondes, il dit :

— Ce n'était pas une putain. Je l'ai vue pour autre chose.

— Quoi?

Il hésita :

— Je ne sais pas si je peux te le dire...

Magda haussa les épaules.

— Tu me racontes encore des histoires. Tu mens toujours.

Ashraf Boutros se rapprocha.

— Non. Il y a un complot pour se débarrasser de Sadate. Cette fille est une terroriste allemande, venue accomplir un attentat. Je suis chargé par le Mabâes de la surveiller.

Magda Boutros regarda son mari. Soudain elle avait l'impression qu'il disait la vérité.

– Qu'est-ce que c'est que cette histoire? demanda-t-elle d'une voix moins furieuse en se laissant tomber sur le canapé.

Ashraf Boutros l'y rejoignit et commença à lui expliquer comment son ami Mohammed Riah, N° 3 du Moukhabarat, lui avait demandé de se faire passer pour un opposant auprès d'un couple de terroristes soupçonnés de préparer un attentat. Chaque fois qu'il regardait ses jambes gainées de noir, découvertes jusqu'en haut des cuisses, il en avait la bouche sèche.

– On devrait les laisser faire, soupira Magda Boutros.

Connaissant ses sentiments anti-Sadate, Ashraf Boutros ne fut pas surpris de cette réaction. Il sentit que son explication la troublait, qu'elle était prête à le croire. Un silence tendu se prolongea. Puis, doucement, il posa la main sur le genou gainé de noir.

– Laisse-moi, dit Magda, sans bouger.

Ashraf Boutros, sans répondre, la prit dans ses bras, puis s'allongea sur elle et l'embrassa furieusement. D'abord, Magda lui refusa sa bouche. Alors, il descendit, mordant et léchant à travers la dentelle. Lorsqu'il revint au visage, Magda lui offrit docilement sa langue. Sans un mot pour ne pas rompre le charme, il sortit le membre dont il était si fier et l'enfonça d'un coup dans le ventre de sa femme. Celle-ci eut un sursaut et se laissa aller en arrière. Ashraf la besognait furieusement. Si fort qu'il déclencha son orgasme en quelques secondes. Lui aussi se laissa aller. C'était délicieux. Puis, elle le repoussa.

– Je n'en peux plus! soupira-t-elle.

– Tu as trop baisé ce soir, ricana Ashraf Boutros,

toute son agressivité revenue. Tu étais à l'hôtel avec lui. Tu es allée dans sa chambre, je le sais, j'ai demandé...

Elle fixa ses yeux fous quelques secondes, puis dit d'une voix où perçait une certaine tendresse.

— Ecoute, tu veux que je te dise la vérité?

— Dis-moi, fit Boutros, tendu.

— C'est vrai, je voulais te tromper. Je suis allée chez lui. Je me suis allongée sur son lit. Nous avons flirté.

— Et il t'a baisée.

— Non, dit Magda, je n'ai pas pu. J'avais beaucoup bu, mais je n'ai pas pu. Je suis repartie. Maintenant, je ne veux plus jamais parler de ça. Si tu ne vas plus voir tes putains, je ne te tromperai pas. Sinon, je finirai par le faire. Dormons. J'ai sommeil.

Ashraf Boutros s'allongea, les sens apaisés. Il préférait croire sa femme. Magda, rompue, la tête en feu, s'endormit sans même se déshabiller et se démaquiller. Cela avait été une dure soirée... Elle se dit avec lucidité qu'elle s'était conduite comme une horrible salope.

Mansour Karoun toisa d'un œil dégoûté Hildegard Müller dont les seins semblaient le narguer à travers le chemisier transparent. Elle était arrivée au rendez-vous de Boutros en compagnie de Otto. Après avoir déjoué tout risque de filature, en remontant Champollion Street en sens unique. Pour moins se faire remarquer, ils avaient laissé la moto devant la baie de Geziret, le long du terrain de golf. Otto Mainz était à l'intérieur du bungalow en train d'examiner le Sam 7. L'intégriste dit en arabe à Ashraf Boutros :

— C'est avec cette putain que tu comptes agir...

— Ce n'est pas elle, c'est lui, corrigea Boutros. Ils

sont ensemble. Elle tire très bien au pistolet, tu sais, elle a tué deux hommes en Allemagne...

Cela n'impressionna pas Mansour. Les autres bungalows étaient déserts, et la nuit était tombée depuis une demi-heure. Mansour Karoun préférait ça. Les voisins se seraient sûrement étonnés de voir une fille comme Hildegard chez lui. Ashraf Boutros dit en riant à Hildegard :

– J'ai eu une scène de jalousie de ma femme à cause de vous.

– Ah oui, fit-elle, pourquoi?

– Elle nous a vus.

La jeune Allemande se raidit.

– Quand, hier?

Il sentit sa tension et corrigea aussitôt.

– Non, c'était par hasard, elle passait par là mais ce n'est pas juste, je n'ai rien fait avec vous...

– La vie est injuste, dit l'Allemande.

Elle n'eut pas le temps de continuer. Le jeune Allemand ressortait du bungalow.

– Cela peut aller, annonça Otto. Il est en bon état de marche, et la batterie fonctionne. Evidemment, avec ces engins, on ne sait qu'il y a un pépin qu'au dernier moment. Quand c'est trop tard. Il aurait fallu une batterie de rechange. Enfin... (il eut un geste fataliste.) On verra bien.

– Vous avez tiré souvent avec? demanda Boutros.

– Une douzaine de fois, dit l'Allemand. C'est facile. Surtout quand la cible est tout près.

– Je viendrai vous chercher à l'hôtel vers neuf heures du matin, dit Boutros. Nous viendrons ici prendre le Sam 7 et nous irons sur l'objectif.

Mansour Karoun écoutait sans comprendre. Boutros traduisit pour lui et il approuva :

– Maintenant, partez, je veux prier sans ce *roumi* [1] et cette putain.

[1] Infidèle.

Hildegard Müller allait descendre de la voiture d'Ashraf Boutros stoppée rue Qasr El Nil lorsqu'elle arrêta son geste. La moto n'avait pas voulu redémarrer, et Boutros avait été obligé de les raccompagner. Un homme venait de monter dans une 504 claire garée en face d'Air France. La lueur d'un réverbère avait brièvement éclairé ses traits. La jeune Allemande explosa :

– *Gott im Himmel*!

Otto se retourna brusquement.

– Qu'est-ce qu'il y a?

– Le type là-bas, fit Hildegard, c'est le blond de la tombe. Je croyais qu'il était mort.

Ashraf Boutros se figea. C'était la tuile! Les deux Allemands regardaient la 504 s'éloigner, l'air furibond. Ils échangèrent plusieurs phrases dans leur langue, puis Otto se tourna vers Boutros et lâcha d'une voix glacée par la rage :

– On laisse tomber! Vous nous prenez pour des cons! Ce type nous surveille depuis le début. On n'a pas envie de se retrouver une corde autour du cou... Vous deviez l'éliminer... On vous avait cru. Demain matin, on se barre. Nous n'avons rien à nous reprocher dans ce pays. On a même du pognon. Allez, tchao!

Ils s'engouffrèrent dans la voûte sombre où Ashraf Boutros les suivit, catastrophé. Il réussit à les bloquer avant qu'ils n'atteignent le hall du *Tulip*.

– Cet homme n'est pas dangereux, affirma-t-il. Nous le contrôlons. De toute façon, nous allons l'éliminer. Vos passeports sont faux et il suffirait d'un coup de téléphone à l'ambassade d'Allemagne de l'Ouest pour que la police égyptienne vous coffre...

Otto le toisa sans se démonter, avec un méchant sourire.

– OK. Mais il suffirait, une fois bouclés, qu'on raconte ce qu'on est venus faire en Egypte pour

qu'on nous félicite. Vous croyez que le Moukhabarat ne serait pas heureux de mettre la main sur
votre copain au Sam 7? Et de remonter la filière?
Vous aussi, vous les intéresseriez; vous avez dit à
Hildegard que vous étiez un type connu. Ils doivent
vous connaître eux aussi...

Ashraf Boutros sentit le sang se retirer de son
visage.

— Ecoutez, dit-il, si vous laissez tomber, nous
serons tous dans la merde. Même si les Egyptiens
utilisent vos renseignements, ils ne vous donneront
pas des passeports, ils risquent plutôt de vous
remettre à l'Allemagne de l'Ouest. Ce n'est pas ce
que vous recherchez, n'est-ce pas? Terminez ce que
vous avez à faire et tout se passera bien...

Nouveau conciliabule en allemand, puis Otto se
tourna vers lui :

— OK. A une condition. Nous voulons voir le
cadavre du type blond. Sinon, risque ou pas risque,
nous nous tirons. Et vous serez plus emmerdé que
nous...

CHAPITRE XIV

Abu Sayed était en train de manger d'infâmes brochettes de chameau à même le sol de la pièce qui lui servait de laboratoire lorsqu'il entendit des pas dans l'escalier. Automatiquement, il tendit la main vers le pistolet-mitrailleur Scorpio qui ne le quittait jamais. Ce n'était que son logeur.

– Un ami vous demande, fit ce dernier.

Le Palestinien sentit son estomac se rétrécir. Personne ne connaissait cette « planque », sauf Mansour Karoun, Il dégringola l'escalier vermoulu ventre à terre pour se trouver en face des bajoues blafardes d'Ashraf Boutros! La rage l'étouffait, mais l'Egyptien prit les devants.

– J'ai vu Mansour à la mosquée, dit-il. Il y a un grave problème. Il a pensé que c'était moins dangereux que je vienne ici.

– Et si on vous a suivi? fit Abu Sayed, hérissé de fureur.

– On ne m'a pas suivi, affirma Boutros. Je connais ce métier. Je sais rompre une filature.

Il regardait avec curiosité une rangée de paquets de la taille d'un gros cigare alignés par terre. Le Palestinien ne lui laissa pas le temps de s'y intéresser.

– Vous avez raté pour la seconde fois votre agent américain, dit-il amèrement.

– Nous avons encore essayé, avoua piteusement Ashraf Boutros. Les Allemands l'ont vu par hasard et ne veulent plus opérer...

Le Palestinien secoua la tête avec une mimique découragée. Voilà ce que c'était de ne pas travailler avec des professionnels.

– Ils ont raison, fit aigrement remarquer Abu Sayed. C'est de la folie.

– Non, affirma Ashraf Boutros, parce que je le contrôle d'un autre côté. Il ne parlera pas au Moukhabarat. Mais il faut s'en débarrasser. C'est la condition qu'ils exigent pour redevenir opérationnels... Vous êtes un spécialiste... Avec vos explosifs, c'est facile...

Abu Sayed le regarda comme s'il avait proféré une énormité. Visiblement, Ashraf Boutros ne connaissait rien à certains problèmes. Il eut un sourire entendu et ironique.

– Si vous me donnez quinze jours pour faire une enquête d'environnement, d'accord. Vous tenez à ce que le Moukhabarat s'énerve vraiment? L'histoire de *Sheraton* commence à s'effacer des esprits, ce n'est pas le moment de déconner. Vous êtes dans votre pays, c'est à vous de trouver une idée. Moi, j'ai été engagé pour une tâche précise, le reste ne me regarde pas. J'ai déjà couru un risque énorme pour faire plaisir à votre cinglé de Mansour.

Devant l'air effondré d'Ashraf Boutros, il ajouta :

– Retournez voir Mansour, c'est son boulot. Et surtout, ne venez plus ici. Nous sommes dans un quartier populaire où tout se sait.

Ashraf Boutros savait que le Palestinien avait raison. En venant dans cette maison refuge, il transgressait toutes les règles de sécurité. Seulement, il se sentait pris dans un engrenage qui le dépassait. Depuis le dîner avec le Saoudien, à Riad, ça s'était fait par petites touches.

Abu Sayed le raccompagna, et il fila dans la ruelle

sombre et animée. Mais lorsqu'il retourna au café
des intégristes, Mansour Karoun avait disparu. Il
pénétra même dans la mosquée déserte et illumi-
née. Impossible de téléphoner à Karoun, il n'avait
pas le téléphone, et aller chez lui représentait un
risque trop grand... Ashraf Boutros regagna sa
Renault plus discrète que la Mercedes et descendit
la rue Al Azhar. La circulation au ralenti lui permit
de réfléchir. L'élimination de l'agent de la CIA
devait se faire dans les vingt-quatre heures.

Malko refit pour la vingtième fois le numéro de
Mel Smith. Pas de réponse, ce qui ne voulait stric-
tement rien dire avec les téléphones cairotes. Tandis que Krisantem planquait en face de l'hôtel *Tulip*,
il avait fait le point, confortablement installé sur le
balcon de sa suite du *Méridien*. Il allait à la catastrophe. Les deux terroristes allemands – il était
pratiquement certain qu'il s'agissait de Otto Mainz
et Hildegard Müller – jouaient à cache-cache avec
lui, grâce à leur moto, tramant tranquillement leur
complot sous son nez.

Il ne possédait ni l'infrastructure, ni les capteurs
pour mener une affaire dans un pays étranger dont
il ne parlait même pas la langue. En plus, Magda
Boutros avait disparu depuis l'incident qui l'avait
opposé à son mari, deux jours plus tôt.

Impossible de continuer ainsi.

Il passa une veste et descendit, se rendant à pied
à l'infrastructure de la CIA. Bien entendu, Mel
Smith était dans son bureau. Malko ferma la porte
et s'assit en face de l'Américain.

– Mel, dit-il, nous ne pouvons pas continuer à
jouer avec le feu.

– Que voulez-vous dire? demanda Mel Smith
aussitôt rembruni.

– Qu'il faut prévenir le Moukhabarat pour les

deux Allemands. Nous risquons une catastrophe. S'ils ne préparaient pas quelque chose de grave ils n'auraient pas tenté de m'assassiner. Du moment qu'on me laisse en paix maintenant, c'est que je ne les gêne plus... Ça ne vous inquiète pas?

Mel Smith soupira.

– Je voudrais apporter aux Egyptiens la solution de leur problème. C'est ce que les Israéliens ont fait, il y a trois ans...

– Je comprends, admit Malko, mais vous jouez avec une bombe à retardement, sans savoir quand elle va exploser. Si dans quarante-huit heures je n'ai rien découvert, il faudra repasser l'affaire au Moukhabarat.

– Après l'attentat du *Sheraton*, précisa Mel Smith, Sadate lui-même a donné des instructions précises pour qu'on mette tout en œuvre pour retrouver Abu Sayed... ne les surestimez pas. Quand leurs mouchards ne leur apportent pas les coupables sur un plateau d'argent, ils ne valent pas grand-chose. Ils ont éliminé tous les réseaux d'opposition du pays, au lieu de les mettre sous surveillance : moralité, si quelque chose de nouveau se monte, ils vont mettre un moment avant d'être au courant. De toute façon, je vous couvre vis-à-vis de la Company. J'ai des instructions précises de Washington pour cela.

– J'aurais besoin de Magda Boutros, dit Malko. Mais j'ai l'impression que son mari l'a reprise en main sérieusement. Il n'y a rien de tel qu'une femme infidèle pour redevenir soumise...

Mel Smith eut un sourire entendu.

– Je suis sûr que votre charme continental va jouer de nouveau. Si j'ai pris Magda Boutros dans notre infrastructure, c'est parce que c'est une femme exceptionnelle... Bonne chance.

Malko se retrouva dans la fumée des échappements, face au petit canal où pourrissaient une douzaine de vieux coches d'eau. Il était temps de relever Krisantem.

***

Magda Boutros regardait la haute tour inachevée du nouveau *Sheraton,* de l'autre côté du Nil, à travers les glaces du restaurant du *Méridien.* Elle avait été un peu gênée d'y pénétrer en compagnie de son mari, alors que deux jours plus tôt elle s'y trouvait avec Malko. Ashraf Boutros avait insisté. Pas seulement à cause de l'excellente nourriture, soupçonnait-elle. Il s'était montré très tendre, trop presque, la regardant avec un regard brûlant, lui faisant du pied sous la table. Elle était ravie et troublée. Il suffisait donc de tromper un homme pour qu'il devienne doux comme un mouton... Pourtant, il semblait préoccupé tout à coup, roulant des boulettes de mie pain entre ses doigts.

– Qu'est-ce que tu as? demanda-t-elle.

– Je pense à ton amant, dit-il brutalement, je regrette de ne pas l'avoir tué.

Elle sourit, attendrie.

– Ne sois pas bête, tu aurais eu des ennuis. Ne me parle plus de cet homme. Ce n'est pas mon amant et je t'ai dit que je ne le reverrai pas... Du moins sur le plan privé.

– Tu sais ce qu'il est venu faire en Egypte? demanda Boutros.

– Bien sûr, il travaille pour la CIA. Il est à la recherche d'un complot contre Sádate. Pourquoi?

– Tu ne te souviens pas de ce que je t'ai dit hier soir? Au sujet de mon rendez-vous avec cette fille blonde? demanda Ashraf Boutros à voix basse.

– Si, dit Magda. En somme, vous travaillez tous les deux sur le même problème.

Ashraf Boutros la fixa avec un sourire bizarre. Si curieux qu'elle demanda :

– Pourquoi me regardes-tu comme ça?

– Je t'ai menti, dit Ashraf Boutros à voix basse.

Magda secoua ses cheveux noirs avec un sourire triste.

– J'en étais sûre. Dire que j'ai failli te croire.

Il vit des larmes dans ses yeux et aussitôt lui prit la main.

– Non, ce n'est pas ce que tu crois, dit-il. J'ai bien rencontré cette fille pour une raison politique. Seulement je ne travaille pas pour le Moukhabarat dans cette histoire, mais contre lui.

– Contre lui! fit Magda. Qu'est-ce que tu veux dire?

– Je ne cherche pas à infiltrer ce complot. J'en fais partie.

Elle demeura silencieuse plusieurs secondes, digérant ce qu'il venait de lui apprendre, puis fit d'une voix changée :

– Tu es fou!

– Je croyais que tu n'aimais pas Sadate? remarqua-t-il.

– Non, bien sûr, mais...

Elle laissa sa phrase en suspens. Puis murmura :

– C'est très dangereux.

– Je sais que c'est très dangereux, dit son mari. Il y a un homme sur ma piste. Dès qu'il sera certain, il me dénoncera au Moukhabarat. C'est celui avec qui tu étais hier soir.

– Quoi...!

Elle se tut. Le chef en toque blanche venait demander leur avis sur le repas. Ils attendirent qu'il ait replongé vers ses fourneaux pour reprendre leur conversation. Magda avait la gorge serrée. Elle se pencha à travers la table. Depuis qu'elle connaissait Ashraf, elle s'était toujours dit que l'ambition de son mari le pousserait un jour à faire des bêtises. Elle y était. Pourtant il avait plus de cinquante millions de dollars, une femme superbe et amoureuse, des gadgets et l'amitié des Saoudiens. Que voulait-il de plus?

– Pourquoi fais-tu cela? demanda-t-elle.

– Je veux être le maître de l'Egypte, dit-il d'une voix grave. Mes amis saoudiens m'ont fait comprendre que nous devions faire quelque chose, ramener notre pays dans le camp arabe... C'est moi qui serai l'artisan de ce rapprochement. Mais pour le moment, je suis en position de faiblesse.

Magda ferma les yeux, elle en avait le vertige. Elle qui travaillait pour les Américains, les plus fidèles alliés du président!

– Laisse tomber, dit-elle. C'est de la folie.

– Je ne peux plus, avoua Boutros, j'ai des contacts avec ceux-là même qui vont commettre l'acte final. Si j'abandonnais maintenant, ils risqueraient de me dénoncer... De toute façon, l'agent de la CIA est sur ma piste. Si je ne l'élimine pas très vite, je suis perdu. Nous sommes perdus, corrigea-t-il.

– Pourquoi me dis-tu tout cela? demanda-t-elle d'une voix plaintive. C'est horrible, j'ai de la sympathie pour cet homme.

– *Wishka*, cracha Boutros l'air méchant c'est parce qu'il t'a...

– Je t'ai dit que rien ne s'était passé.

– Alors, peu t'importe ce qui lui arrive.

Elle eut un geste si brusque qu'elle renversa son verre.

– Je ne veux pas entendre parler de tes histoires! fit-elle avec violence. Je te dis seulement que tu dois laisser tout tomber. Je te protègerai, si je le peux.

– Tu le peux, dit froidement Boutros, en m'aidant à liquider cet homme. Puisque tu n'as pas couché avec lui, cela t'est égal.

Le silence retomba, troublé seulement par les conversations des tables voisines. Magda Boutros était bouleversée. Elle n'avait jamais été mêlée à un meurtre. Le geste violent de son mari, l'avait secrètement flattée. Maintenant, il lui demandait de se faire complice d'un assassinat. Elle leva la tête et croisa son regard.

– Alors?

– Alors, quoi?

– Tu acceptes de m'aider, ou non? Ne te défile pas. Je suis ton mari, tu vas me mettre en balance avec un étranger, qui, en plus, m'a ridiculisé?

Magda demeura silencieuse, déchirée. Elle était profondément amoureuse de son mari, et le souvenir de Malko enfoui en elle lui brûlait encore l'âme et le corps.

Elle se sentait affreusement et bêtement coupable.

– Que veux-tu de moi? demanda-t-elle d'une voix mal assurée.

Ashraf Boutros ne montra aucune satisfaction. Il dit seulement d'une voix neutre, comme s'il s'agissait d'une chose sans importance.

– Je dois éliminer cet homme sans que cela ressemble à un meurtre. J'aurais besoin que tu lui dises de faire certaines choses. Il a confiance en toi, il ne se méfiera pas.

Tout cela faisait horreur à Magda, mais elle ne pouvait plus revenir en arrière.

Il paya l'addition, et ils s'arrêtèrent devant l'ascenseur.

– Tu veux aller danser?

Elle secoua la tête négativement, et ils reprirent l'escalier vers le lobby. Plus un mot ne fut échangé jusqu'à ce qu'ils rentrent. Ashraf Boutros se déshabilla et se glissa dans le lit à côté de sa femme. A voix basse il lui expliqua alors ce qu'il attendait d'elle.

Beaucoup plus tard, alors que l'aube se levait à peine, Magda entendit son mari se lever et s'habiller. Sur le qui-vive, elle alluma.

– Où vas-tu?

– J'ai rendez-vous, dit Ashraf Boutros. Ne t'inquiète pas.

Il sortit sur la pointe des pieds. Le soleil découpait les minarets de la vieille citadelle, à l'est de la

ville et les rues étaient encore désertes. Il prit la
direction de la mosquée Al Hussein. Là où Mansour
Karoun allait dire sa première prière.

L'intégriste écoutait le plan de Boutros sans mot
dire, égrenant son éternel chapelet d'ambre. Il
y avait peu de gens dans la mosquée, ce qui rendait leur contact plus dangereux, mais l'intégriste
semblait s'en moquer complètement.... Il finit par
demander.

– Qui conduira?

Silence d'Ashraf Boutros. Mansour eut un sourire
éclatant et froid.

– Très bien, je le ferai.

Ashraf Boutros hésita.

– C'est dangereux... Vous pouvez être blessé.

Mansour Karoun haussa les épaules.

– Quelle importance? C'est pour l'Islam. Si je
tombe, le plan se réalisera quand même; je serai un
martyr de notre cause...

Ashraf Boutros le contempla avec un certain
respect. C'étaient des hommes de cette trempe qui
changeaient le monde. Avec l'intégriste, il récapitula
tous les paramètres du plan. Puis replongea dans la
rue Al Azhar, ne pensant même plus au danger. Il
savait que les gens du Moukhabarat effectuaient
parfois des sondages sur lui et qu'un homme
comme Mansour Karoun risquait d'être sous surveillance permanente. Sans parler du couple allemand dont les faux passeports pouvaient avoir été
repérés. Des tas de choses pouvaient lui tomber
dessus, mais il s'en moquait. La seule chose qui le
tracassait vraiment était de savoir si sa femme avait
fait l'amour avec l'agent des Américains. De toute
façon, cela aurait beaucoup moins d'importance dès
qu'il serait mort.

Il put enfin rouler, après le palais présidentiel où
il avait eu jadis son bureau. Ce temps-là revien-

drait... Ensuite il s'englua jusqu'au centre. Le concierge du *Tulip* le regarda avec surprise lorsqu'il demanda les Allemands.

– Ils dorment encore, dit-il.

Boutros posa un billet d'une livre sur le comptoir.

– Quelle chambre?

– 12. Au fond du couloir à gauche.

Le couloir était carrément immonde, de gros cafards couraient sur les plinthes. Ashraf Boutros frappa à la porte 12, trois petits coups secs.

– Qui est-ce? demanda une voix d'homme inquiète en allemand.

– Votre ami, dit Boutros, qui ne voulait pas prononcer de nom.

Il y eut un bruit de pas, la porte s'ouvrit et il pénétra dans la chambre. Il eut le temps d'apercevoir une croupe cambrée et pleine tandis que Hildegard, nue comme un ver, rentrait dans le lit. Otto lui faisait face, une main droite sous le drap. Reconnaissant Boutros, ses traits se détendirent et sa main émergea, tenant un Radom 9 mm automatique.

– Ah, c'est vous, fit-il, qu'est-ce que vous voulez?

Hildegard se redressa dans le lit et alluma une cigarette. Elle était échevelée, et les trois quarts de sa poitrine émergeaient des draps. Ashraf Boutros s'efforça de ne pas trop la regarder. Ces étrangères étaient incroyablement impudiques. Il sourit.

– J'ai de bonnes nouvelles pour vous. Nous allons obtenir ce que vous m'avez demandé.

Il expliqua au couple ce qu'il attendait d'eux. Ils ne paraissaient pas enthousiastes. Otto secoua la tête et laissa tomber.

– C'est la dernière fois qu'on participe à vos conneries... Bon. On vous retrouve où?

– Vous avez une carte d'Egypte?

Le hippie se leva, son sexe bringuebalant devant

lui, fouilla dans son sac et tendit une carte à
Boutros qui l'examina.

– Voilà dit-il. Tamiya. Quarante-cinq kilomètres
du Caire. Vous verrez ma voiture.

Il redescendit l'escalier sordide, le cœur plus
léger. Tout était prêt pour éliminer l'agent de la
CIA. Et du même coup l'amant de sa femme.

Magda Boutros attira Malko dans son bureau
avec un sourire éblouissant.

– Mr. Smith m'a dit que vous aviez besoin de
moi, annonça-t-elle. Pour la surveillance de ces
Allemands. J'ai une bonne nouvelle : je me suis
arrangée avec le concierge en lui donnant un peu
d'argent. Il me préviendra s'ils s'en vont ou s'ils
reçoivent des gens.

– Merveilleux, approuva Malko. Nous pourrions
peut-être faire le point ce soir en dînant.

Une ombre passa dans les profonds yeux noirs de
Magda Boutros.

– Nous avons un dîner ce soir. Un des derniers
bons « chefs » du Caire. On n'en trouve plus. Ils
sont tous partis travailler dans le Golfe à cinq mille
dollars par mois. Demain peut-être.

Cela faisait deux bonnes nouvelles d'un coup.
L'ultimatum de Malko à Mel Smith expirait le
lendemain matin. Ensuite déchargé de sa mission, il
pourrait consacrer à la brûlante Egyptienne le
temps qu'elle méritait.

CHAPITRE XV

– Magda Boutros veut vous voir, annonça Mel Smith lorsque Malko franchit la porte du bureau. Elle est à côté...

Malko avait mal dormi et fait des cauchemars, rêvant que son château brûlait, qu'Alexandra le trompait avec un Arabe qui ressemblait à Boutros. Il entra dans le bureau de l'Egyptienne, de mauvaise humeur. Depuis la veille au soir, il avait levé la planque de l'hôtel *Tulip*. Comme prévu. Magda Boutros alla au-devant de Malko, la main tendue.

– Bonjour.

La voix était gaie, un peu forcée. Malko mit cela sur le compte de la gêne consécutive à leur brève aventure. Il lui baisa la main et demanda :

– Vous avez du nouveau?

– Oui, annonça-t-elle. Les deux Allemands quittent Le Caire le concierge m'a prévenue. Ils ont annoncé qu'ils partaient vers midi.

Il était onze heures. Ce départ signifiait-il que le dispositif se démontait ou, au contraire, qu'on entrait dans la phase finale? Cela changeait tout.

– Je vous remercie, dit-il.

– Vous ne m'en voudrez pas, mais aujourd'hui je ne pourrai pas m'occuper de vous, j'ai un rapport à faire pour Mr. Smith.

— Je vais me débrouiller, affirma Malko.

Il dégringola les escaliers, perplexe. C'était la seconde fois que les Allemands allaient l'entraîner quelque part. Cette fois, il ne se laisserait pas attirer dans un piège.

— Ils s'en vont.

Elko Krisantem revint en courant avertir Malko qui attendait dans l'agence d'Air France. Leur voiture était dans le bon sens de la rue Bassiumi. Malko et Krisantem étaient encore dans l'agence quand la grosse moto passa lentement devant eux. Les deux Allemands portaient des casques intégraux qui leur donnaient la même silhouette, à part l'orgueilleuse poitrine d'Hildegarde pointant sous son chantail. Il les laissa prendre cent mètres d'avance et suivit.

Toujours la même direction! Jusqu'à Pyramids Road. Ils n'allaient quand même pas recommencer le coup de Saqqara! Ils accélérèrent dans Pyramids Road, et Malko eut du mal à les suivre sans trop se rapprocher. Puis ils tournèrent à droite avant d'arriver au Mena House puis cent mètres plus loin, à gauche, dans une route asphaltée qui coupait à travers le désert. De chaque côté de la route, les dunes moutonnaient à perte de vue. La route filait droit vers le sud. Krisantem consulta la carte et annonça :

— Nous allons vers l'oasis de Al Faiyum. A quatre-vingts kilomètres. De là, il y a une piste vers la Libye et une autre vers le sud pour Louksor et le Soudan...

Le Soudan paraissait loin...

— S'ils prennent la piste de Libye, dit Malko nous les abandonnerons.

La moto roulait devant eux à 70. Malko s'intégra à un petit convoi de taxis collectifs pour passer inaperçu. L'opération avait probablement été décommandée ou retardée. Les Allemands retournaient dans leur sanctuaire libyen.

– Attention! dit tout à coup Krisantem, ils accélèrent.

Ils roulaient depuis quarante minutes environ. Malko déboîta, doublant les voitures qui roulaient devant lui. La moto puissante n'était plus qu'un petit point, à près d'un kilomètre. Il écrasa l'accélérateur. Le paysage était toujours aussi désertique, mais devant eux, à quelques kilomètres, on distinguait les palmiers d'une oasis.

Fonçant à 140, il se rapprochait de la moto. Le désert faisait brusquement place à des champs de coton non encore récolté en contrebas de la route. La moto continuait à rouler à un train d'enfer. D'où ils étaient, ils pouvaient semer Malko, prendre vers l'est, revenir au Caire par la route longeant le Nil, et se perdre dans la ville. Ce qui signifierait que non seulement l'opération n'était pas décommandée, mais que le « top » avait été donné. Obnubilé par cette idée, Malko s'accrocha à son volant. Des plaques entières de goudron avaient disparu, et la route était semée de véritables pièges à éléphants. La distance entre eux et la moto diminuait. Un gosse surgit du bas-côté de la route, une branche de cotonnier à la main, prêt à traverser. Malko écrasa son klaxon.

Trente mètres plus loin, il se liquéfia : un gros tracteur, remorquant un engin hérissé de fourches, venait de surgir majestueusement d'un champ en contrebas et traversait la route, lui coupant le chemin. Avec un juron, il écrasa le klaxon et le frein en même temps. La 504 se mit en travers et effectua une glissade dans un hurlement de pneus martyrisés. Le tracteur s'était immobilisé en plein milieu de la route.

Malko eut beau faire, c'était impossible d'arrêter la 504. Jurant tout ce qu'il savait, cramponné à son volant, il heurta le côté du tracteur avec son aile avant droite. Sous le choc, le conducteur de l'engin fut projeté sur la chaussée. Puis Malko donna un violent coup de volant à gauche. La 504 déséquilibrée partit en vol plané vers le champ de coton. Sur les voitures égyptiennes il n'y avait pas de ceinture de sécurité... La 504 piqua du nez dans le talus, bascula vers l'avant, et retomba lourdement sur le toit, dans la boue épaisse du champ de coton, écrasant le pavillon et le capot.

La tête de Malko heurta le toit, tandis qu'Elko Krisantem qui avait commencé à ouvrir la portière, était éjecté dans le champ.

Elko Krisantem reprit connaissance le premier. Il aperçut la voiture écrasée dans le champ de coton et tituba jusqu'au véhicule. Malko était tassé dans ce qui restait de l'avant, inanimé. Le Turc parvint à ouvrir la portière et à le tirer à l'extérieur. Malko saignait d'une grande estafilade au front. Des voitures s'arrêtèrent sur la route. Plusieurs Egyptiens descendirent le talus, aidant Krisantem à éloigner Malko de la voiture. Celui-ci ouvrit les yeux. Le Turc le mit debout, appuyé à un arbre.

– Altesse, ça va?

Malko se redressa lentement, passa la main sur son front, couvert de sueur. Il avait une migraine atroce.

– Le tracteur! murmura Malko. (Il secoua la tête.) Où sont les Allemands?

Elko Krisantem se moquait bien des Allemands. Il commença à tâter Malko sur toutes les coutures, vérifiant qu'il n'avait rien de cassé... Soudain un homme se détacha du petit groupe qui les observait du talus et descendit vers eux. Du sang coulait sur son visage, et le Turc réalisa qu'il s'agissait du conducteur du tracteur.

Elko Krisantem se dit qu'il avait un regard de fou avec ses yeux noirs jetant des éclairs... Sa chemise était déchirée et du sang coulait de son oreille. Soudain, il tira de sa ceinture un large poignard à lame plate et marcha sur Malko. Son pistolet extra-plat était resté dans la voiture comme l'Astra de Krisantem.

Le Turc s'interposa.

– Altesse, attention!

Malko esquissa un geste pour éviter son agres-seur, mais ce dernier revint à la charge, la lame brandie. Krisantem le repoussa d'une bourrade. Puis comme s'il réalisait soudain le danger, réunis-sant toutes ses forces et oubliant son vertige, il sauta sur son dos, et les deux hommes roulèrent dans le champ de coton.

Bien que blessé, l'inconnu était d'une force redoutable. Il parvint à se débarrasser du Turc et à se redresser à quatre pattes, le poignard brandi.

Les badauds, médusés, contemplaient la scène du bord de la route. Deux des taxis étaient déjà repar-tis. Elko Krisantem balaya les jambes du fou, ce qui le fit retomber dans la boue. Il ne se sentait pas la force d'utiliser son lacet. De nouveau, il rampa et se laissa tomber sur le dos de son adversaire, l'enfon-çant dans la boue du champ. La lutte recommença. L'inconnu donnait des coups furieux avec la main armée du poignard. Krisantem n'arrivait pas à lui immobiliser le bras. Finalement, il le frappa à la nuque, lui enfonçant le visage dans la boue. Puis, de tout son poids, il se laissa tomber sur sa tête!

Ce n'était pas élégant élégant, mais efficace. Affai-bli lui aussi par sa blessure, le conducteur du tracteur ne parvenait pas à se débarrasser du poids du Turc. Il eut quelques sursauts désespérés, puis sa main armée du poignard retomba brusquement, plantant la lame dans le sol... Elko se redressa et alla vers Malko toujours tassé contre son arbre, la tête entre ses mains.

– J'ai mal, dit ce dernier il faut partir d'ici.

Le dernier taxi venait de repartir, peu soucieux

de se trouver mêlé à une bagarre sanglante. Malko regarda l'homme étendu dans la boue et réalisa qu'il était mort.

– Il est devenu fou! dit Elko. Il voulait vous tuer.

Malko observait le cadavre. Quelque chose le frappa. Il n'avait pas l'air d'un *fellah*. [1] Il s'approcha malgré son vertige, et regarda la main gauche du mort. Elle était blanche et soignée. C'était sûrement la première fois qu'il conduisait un tracteur... Il le fouilla, trouva des papiers rédigés en arabe et se redressa.

– Récupérez le matériel dans la voiture, dit-il au Turc, et essayons de partir d'ici...

L'un soutenant l'autre, ils remontèrent sur la route. Les automobilistes avaient poussé le tracteur sur le côté. Elko essaya de stopper une voiture qui ne s'arrêta pas.

– Retournons au Caire, conseilla Malko.

Après quatre voitures, la cinquième, un taxi collectif, s'arrêta enfin. Par gestes, Krisantem expliqua l'accident, et le conducteur redémarra en trombe. Malko regardait les papiers du mort. Il aurait donné cher pour lire l'arabe.

Otto Mainz, un cercle blanc autour des lèvres, se tourna vers Arshaf Boutros, et laissa tomber d'une voix altérée :

– Ils sont vivants!

Malko et Krisantem venaient de remonter sur le talus. Ashraf Boutros et les deux Allemands se trouvaient dissimulés dans un sentier s'enfonçant dans une palmeraie à droite de la route, au début de l'oasis. Ils avaient assisté au faux accident et cru

---

[1] Paysan.

que, cette fois, c'en était fini de l'agent américain. Le choc avait été terrible.

Ashraf Boutros se prit la tête à deux mains. Il avait été stupide de ne pas simplement les rafaler au pistolet-mitrailleur, au lieu de monter cet accident compliqué. Mansour Karoun avait emprunté le tracteur d'un ami intégriste qui cultivait le coton et avait attendu, embusqué, que les motards, en accélérant, entraînent Malko derrière eux. Ce dernier s'était laissé prendre au piège, mais celui-ci n'avait pas fonctionné. Ils se retrouvaient au même point...

C'était la catastrophe. La première, Hildegard avait repris son sang-froid.

– *Also los!*[1] dit-elle, tirant Otto par le bras.

Ashraf la regarda. Ahuri.

– Où allez-vous?

– Nous partons, fit Otto, on vous l'avait dit. Ce foutu type est plus vivant que jamais, même si vous l'avez un peu abîmé. Vous ne pensez pas qu'on va repartir se foutre dans la gueule du loup au Caire, où il nous atend? D'ici, on peut gagner la Libye. Il y a des pistes. On passera. Et si on ne passe pas, on ira au Soudan, ou au diable.

Il marcha vers la moto et mit le démarreur. Ashraf Boutros plongea dans sa voiture et en ressortit, son automatique au poing.

– Si vous partez, je vous tue, dit-il. Et croyez-moi, il ne m'arrivera rien. Vous avez des armes, vous êtes des terroristes. Vous allez revenir au Caire avec moi et n'essayez pas de vous sauver. Il n'y a qu'une route. Si je vous perds, je vais directement au Moukhabarat. Ils ont des hélicoptères, vous n'irez pas loin... Alors?

Otto restait près de la moto qui tournait au ralenti. Hildegard loucha vers sa besace qui contenait son Radom et des grenades. Mais Boutros ne

[1] On y va!

lui laisserait pas le temps. Elle avait peur de se
lancer à travers le désert en moto encore plus que
de rester. Mais ils ne pouvaient pas retourner à
l'hôtel *Tulip*, c'était beaucoup trop dangereux...
C'est elle qui dit :

– OK, OK, nous revenons au Caire. Seulement, on
ne retourne pas à l'hôtel. Vous nous logez.

– Où ? demanda Boutros baissant son arme.

– C'est votre problème, fit Otto, calmé. (A lui
aussi, le désert faisait peur.) Nous, on ne retourne
pas au *Tulip*. Autant aller tout de suite au Moukhabarat...

Ashraf Boutros réfléchissait. Impossible de loger
les deux terroristes chez lui! La nuit tombait. Ils ne
pouvaient pas rester là. La police avait peut-être été
prévenue. Soudain, il eut une illumination. La maison où se cachait Abu Sayed! Il y avait de la place
pour vingt personnes. Evidemment, le Palestinien
allait être fou furieux... Il n'y avait pas le choix et ce
n'était pas pour longtemps.

– Vous allez me suivre, dit-il aux Allemands. Si
nous nous perdons en ville, rendez-vous dans le
parking en face de la mosquée Al Azhar. En avant et
ne roulez pas trop vite.

Otto remonta sur sa machine. Maté. Piégé. Il avait
senti que l'Egyptien n'aurait pas hésité à tirer. Leur
seule chance de s'en sortir était de terminer leur
mission. A soixante à l'heure, ils reprirent la route
du Caire, suivis par les phares blancs de la Mercedes.

En passant devant le tracteur, Ashraf Boutros
aperçut le cadavre de Mansour Karoun, allongé
dans la boue du champ. Impossible de savoir s'il
avait été abattu par ses adversaires ou victime du
choc. Et soudain une pensée aveuglante le traversa.

Le Sam 7!

Le missile se trouvait dans le bungalow de l'intégriste. Un des premiers lieux que le Moukhabarat

allait fouiller. La famille aussi risquait d'y aller. Il fallait coûte que coûte récupérer le missile et le mettre en lieu sûr. Angoissé, Ashraf Boutros dérapa sur un autre problème. Il y avait une chance raisonnable que l'agent américain ait cru à un authentique accident parfaitement possible sur une route égyptienne. Mais Magda allait-elle tenir le coup en le revoyant?

Des éclairs blancs passaient devant les yeux fermés de Malko et la douleur dans sa tête était insupportable. Le taxi avait changé de berge et roulait maintenant sur une grande avenue à deux voies suivant le Nil, dans un quartier industriel. Le trajet semblait interminable. Enfin, à travers ses yeux mi-clos, il aperçut la tour de l'île de Géziret. Ils étaient au Caire. Cinq minutes plus tard, le taxi stoppa devant le petit immeuble de Corniche Road.

Mel Smith poussa une exclamation horrifiée en voyant l'état des deux hommes.

– *God!* Qu'est-ce qui est arrivé?

– Accident! expliqua le Turc, le prince est blessé à la tête. Il faut l'emmener à l'hôpital.

L'Américain appuya sur une sonnette et, quelques instants plus tard, Magda Boutros apparut. En voyant Malko, elle devint livide et s'arrêta net. Mel Smith l'interpella :

– Quel est le moins mauvais hôpital de cette putain de ville?

– L'hôpital militaire, dit l'Egyptienne dans un souffle, sans quitter Malko des yeux. Mon Dieu, qu'est-il arrivé?

– Un tracteur leur a coupé la route, fit l'Américain. Emmenez-le là-bas qu'on lui fasse une radio.

– Mais il y a un hôpital en face! protesta Malko.

– Dans celui-là, vous entrez avec un rhume et vous sortez mort, fit l'Américain. L'autre, c'est là qu'ils ont soigné le shah. Un peu plus sérieux. Et encore vous savez ce qu'ils ont fait. Un grand professeur français était venu opérer à cœur ouvert pour montrer aux Egyptiens... Tout s'était très bien passé. On emmenait le malade dans sa chambre. Un infirmier a ouvert les portes de l'ascenseur et a poussé le chariot à l'intérieur de la cabine. Ou plutôt, il l'a cru... L'ascenseur était au rez-de-chaussée. Le type s'est payé huit étages. Bien entendu, il est mort...

Cela ne réussit même pas à dérider Malko. Il sortit de sa poche les papiers de Mansour Karoun et les tendit à l'Américain.

– Allez au Moukhabarat. Faites un criblage sur cet homme. Ce n'est pas un paysan. Ce n'était pas un véritable accident. On a essayé de me tuer. Une fois de plus.

Mel Smith empocha les papiers alla dans son bar prendre une bouteille de Gaston de Lagrange et versa à Malko un verre de cognac qu'il lui fit boire, sous le regard atterré de Magda Boutros. Ensuite celle-ci prit Malko par le bras et l'entraîna avec l'aide d'Elko Krisantem.

Abu Sayed crut qu'il allait avoir un infarctus en voyant dans le patio de la maison Ashraf Boutros et les deux Allemands. Ses « logeurs » étaient sortis, et il était tout seul dans la maison. Dans un quartier aussi typiquement égyptien que Khan El Kahlili, les deux hippies étaient visibles comme une mouche dans une tasse de lait. Abandonnant ses explosifs, il dégringola l'escalier vermoulu, hystérique de rage. Ashraf Boutros le calma tout de suite.

– Il y a un pépin, dit-il, notre opération a raté.

L'agent des Américains est vivant, et Mansour est mort.

– Mansour est mort, répéta le Palestinien, glacé. C'est le Moukhabarat ?

– Non, il a raté son « accident », dit Boutros. Nous l'avons laissé là-bas. De ce côté-là, ce n'est pas dangereux. La police croira qu'il est tombé du tracteur et qu'il s'est tué. L'Américain est sûrement à l'hôpital, il a été blessé.

– Vous ne pouvez pas rester ici, fit Abu Sayed, elle va revenir avec la gosse et son mari.

– Nous n'avons pas le choix, dit Boutros, vous savez que nous ne pouvons pas nous passer d'eux. Ils ne veulent pas retourner au *Tulip*, et ils ont raison. C'est le premier endroit où va aller l'Américain s'il a des soupçons. Ici, c'est *safe*, et ce n'est pas pour longtemps...

– *Safe !* s'exclama amèrement le Palestinien. Quand je pense que j'ai fait tellement attention. Dans dix minutes, tout le quartier va savoir qu'il y a deux étrangers ici. Et dans une heure, le Moukhabarat le saura aussi. Qu'est-ce qu'on fera alors ?

Ashraf Boutros regarda le mur mitoyen avec une cour d'une mosquée.

– Ils auront toujours le temps de filer par là. En attendant, cachez-les dans une pièce du haut. Personne n'y va jamais. Vous leur apporterez à manger. Si le Moukhabarat vient, la bonne femme dira qu'ils sont venu visiter et qu'ils sont repartis. Ils n'ont pas de raison de soupçonner quelque chose.

– Tout ça finira mal, soupira Sayed.

Ashraf Boutros n'avait pas encore osé lui avouer le pire. Il attendit que le Palestinien ait conduit les deux Allemands dans une pièce du troisième étage où il alluma une lampe à huile. Il y avait quelques vieux tapis usés, des bat-flanc noirs de crasse, mais de très belles assiettes chinoises. On apercevait la ruelle à travers un moucharabieh. Hildegard regarda les lieux d'un air dégoûté.

– On va coucher là-dedans?

– Pour une nuit seulement, assura Boutros, je vais aller vous chercher des couvertures. Abu vous apportera à manger. D'ailleurs, Otto, je voudrais vous parler.

Otto redescendit avec les deux hommes, laissant Hildegard.

Boutros annonça tout à trac :

– Il faut aller récupérer le Sam 7 qui se trouve chez Mansour.

– Qui va y aller? demanda Abu froidement.

– Vous, dit Boutros. Avec Otto.

Le Palestinien secoua la tête.

– Je ne sais pas où se trouve le bungalow.

– Otto le sait, corrigea Boutros.

– Je ne me souviens pas, j'y ai été une seule fois, avec vous, dit l'Allemand. Je ne pourrai le retrouver. Venez avec nous.

Boutros demeura silencieux. Inexorablement, le piège continuait à se refermer sur lui. Mais s'il disait « non », les deux autres n'iraient pas récupérer le missile indispensable à l'attentat. Plus ils attendaient, plus le risque était grand. Il suffisait que le Moukhabarat apprenne que l'intégriste était mort en essayant de tuer un agent de la CIA... Ils se précipiteraient sur tous ses domiciles.

Otto et Abu Sayed attendaient. Boutros se décida :

– Bien, dit-il, nous y allons. Prenez des armes.

Dieu merci, la nuit était tombée. Otto remonta chercher son P. 38, accompagné d'Abu Sayed. Le Palestinien était de plus en plus nerveux. Voilà ce que c'était de mêler des amateurs à une affaire aussi sérieuse...

En amenant les hippies dans la maison, Ashraf Boutros leur faisait courir à tous un danger mortel.

CHAPITRE XVI

Mel Smith fit irruption dans la chambre sans même frapper. Manifestant la plus grande excitation. Il vint près du lit où Malko était allongé, drapé dans une sorte de peignoir fait en duvet de crocodile.

– Comment ça va? demanda l'Américain.

Malko eut un sourire un peu forcé.

– Ça va, dit-il. Vous pouvez décommander les places à Arlington.[1] Mais j'ai une de ces migraines...

On venait de le ramener de la radio. Le médecin n'avait trouvé qu'un simple traumatisme crânien. Une grosse bosse derrière l'oreille droite, mais pas de fracture. On lui avait administré une piqûre calmante et il se sentait mieux, bien que très faible. Magda Boutros avait été admirable, houspillant les médecins, les infirmiers jusqu'à ce que Malko passe en priorité. Heureusement, l'hôpital militaire était équipé de matériel américain ultra-moderne. Le Turc s'en tirait avec une grande coupure du cuir chevelu.

– Vous avez appris du nouveau? demanda Malko.

– Et comment! fit Mel Smith. Le type est très

[1] Cimetière de l'armée américaine, réservé aux héros américains.

connu du Moukhabarat. C'est un fanatique intégriste qui a été viré de l'armée du temps de Nasser
et mis au trou à cause de ses liens avec les Frères
Musulmans. Depuis, il semblait se tenir tranquille. Il
s'agitait juste un peu autour de la mosquée Al
Hussein avec ses copains, tous aussi cinglés que
lui... Ils ne savent pas pourquoi il se trouvait sur la
route Al Faiyum, ce n'a jamais été un paysan...

— Je m'en doutais, dit Malko.

— Tenez, voici sa fiche.

Malko lut le *curriculum vitae* de l'ancien officier.
Edifiant, il y avait même les voyages, les contacts
avec les Libyens et certains Palestiniens. Pourtant
rien de récent, sauf un voyage à La Mecque, deux
mois plus tôt, ce qui n'avait rien d'étonnant pour un
croyant de son espèce fréquentant assidûment la
mosquée. L'adresse ne disait rien à Malko. Mais il y
en avait deux.

— Il a une résidence secondaire? demanda
Malko.

— Si on veut, fit l'Américain. Une sorte de bungalow dominant les Pyramides, près de Sahara City.
Beaucoup de Cairotes ont ça pour le week-end.

— De la famille?

— Marié, trois enfants. La femme n'est sûrement
pas au courant de ses affaires. Ce n'est pas le style
éclairé. Ou plutôt ce n'était pas...

Malko regardait la fiche, pensif. Pourquoi cet
homme avait-il tenté de le tuer? Quel lien y avait-il
entre ce fanatique religieux et les deux terroristes
ouest-allemands qui l'avaient entraîné dans le
désert.

— Il faut prévenir le Moukhabarat pour les Allemands, dit Malko. Nous ne dominons plus la situation.

— C'est fait, avoua piteusement le chef de la
station de la CIA. Ils se sont mis en piste. Je leur ai
donné le signalement du couple, leur adresse, et je
leur ai juré que notre station de Wiesbaden nous

avait signalé leur présence seulement hier... Ils ont fait semblant de me croire.

Les Egyptiens étaient vraiment des gens gentils... C'était Waterloo.

– Vous restez ici? demanda Mel Smith.

Malko regarda la chambre nue et le lit en fer. Pas gai.

– Je ne sais pas encore, dit-il. Si je me sens bien, je rentrerai au *Méridien* tout à l'heure. J'attends que la piqûre fasse son effet. Mme Boutros a accepté de rester près de moi pour le moment, et il y a Elko. Je voudrais seulement dormir et me reposer. Vous pouvez me laisser, je suis en bonnes mains.

Mel lui serra vigoureusement la main et il s'esquiva Malko essaya de se détendre, les yeux fermés. Il avait beau tenter de se vider le cerveau, les événements des derniers jours tournaient dans sa tête comme un métro en folie. Magda Boutros s'était assise sur une chaise branlante et l'observait en silence dans la lumière diffuse de la chambre. Le silence contrastait étrangement avec le bruit du Caire. Ici, à Héliopolis, il y avait de la verdure, de larges avenues et très peu de circulation.

– Ça va mieux? demanda Magda. J'ai prié pour vous.

– Merci, dit Malko.

Soudain, quelque chose fit « tilt » dans sa tête. A cause du mot « prier ».

– Magda, demanda-t-il, vous m'avez bien dit l'autre jour que vous aviez suivi votre mari et qu'il avait été prier dans une mosquée.

– Oui.

– Dans quelle mosquée?

Elle hésita avant de répondre d'une voix bizarre.

– Al Hussein. Pourquoi ?

Malko ne répondit pas. C'était là que l'intégriste qui avait tenté de le tuer allait régulièrement. C'était peut-être le chaînon manquant. Ashraf Bou-

tros n'était pas un homme pieux. Pourquoi brusquement avait-il été dans cette mosquée au fin fond du
Caire? Il referma les yeux, mettant tout ce qu'il
savait bout à bout. Tout à coup, sans les rouvrir, il
demanda :

– Magda, vous saviez que quelque chose allait
m'arriver aujourd'hui?

L'Egyptienne demeura d'abord silencieuse. Il
ouvrit les yeux, mais son regard ne put rencontrer
celui de la jeune femme. Ses mains crispées sur ses
genoux, les jointures blanches, disaient assez son
trouble.

– Que voulez-vous dire? demanda-t-elle enfin,
d'une voix absolument pas naturelle.

– Je me pose des questions, dit Malko.
Aujourd'hui c'est vous qui m'avez dit que ces deux
Allemands quittaient Le Caire. La première fois que
j'ai été victime d'un attentat, c'était également par
leur intermédiaire. De plus, coïncidence trou-
blante : votre mari se met à prier dans la mosquée
fréquentée justement par l'homme qui a voulu me
tuer aujourd'hui.

Magda Boutros esquissa un sourire qui ressemblait à une grimace et dit d'une voix mal assurée :

– Je ne sais pas tout ce que fait mon mari, mais il
n'a jamais été proche des Frères Musulmans. C'est
un libre penseur.

– C'est un adversaire de Sadate aussi, remarqua
Malko.

– Il y en a beaucoup dans l'Egypte d'aujourd'hui,
fit Magda Boutros. Ce n'est pas notre faute s'il a
promis beaucoup et très peu tenu...

Malko se redressa en s'appuyant sur ses coudes,
réprimant un léger vertige.

– Magda, dit-il, je pense que vous me dissimulez
quelque chose d'important. Je ne sais pas quoi, mais
vous devriez me le dire. Pas seulement à cause de
ce qui s'est passé entre nous.

– Ne me parlez pas de ça, soupira Magda. J'ai eu trop honte.

Elle avait également eu un très bel orgasme. Malko s'étira.

– Je vais mieux. Je voudrais que vous me serviez de guide. Nous allons aller chez Mansour Karoun.

– Mais il est mort!

– Bien sûr, dit Malko, mais il a une famille. Allons la voir. Cela vous donnera le temps de réfléchir. J'ai l'impression que nous pouvons apprendre beaucoup de choses.

Soudainement les yeux de Magda ne regardèrent plus rien.

– Vous vous trompez, dit-elle d'une voix qu'elle voulait ferme. Je ne sais rien et je suis certaine que vous vous trompez sur Ashraf.

Malko n'insista pas. Elle s'était reprise, il n'en tirerait rien. Il se leva et commença à s'habiller. Krisantem se précipita pour l'aider tandis que Magda se retournait pudiquement.

Silencieusement, le Turc tendit à Malko son pistolet extra plat récupéré dans la 504 accidentée.

Fatima Karoun avait les yeux rouges et se drapait dans un chador sale. Par la porte entrebâillée, Malko aperçut un intérieur dévasté, des tiroirs jetés à terre, des meubles renversés. Dans un coin, une petite fille terrifiée faisait manger un enfant en bas âge. Malko eut le cœur serré devant cette misère. Bien entendu, Mme Karoun ne parlait pas un mot d'anglais, et Magda Boutros était obligée de faire l'interprète.

– Elle sait que son mari est mort? demanda Malko.

– Oui. Les gens du Moukhabarat sont venus ce soir. Ils ont fouillé tout et ils l'ont menacée. Elle n'est au courant de rien et elle ne comprend pas. Elle ignorait qu'il faisait de la politique....

Ils avaient eu du mal à trouver la maison en ruines dans une ruelle du quartier de Bab El Khalq. Malko se remémora une phrase du rapport de la CIA.

— Karoun avait un bungalow près du Caire, dit-il. Elle est au courant?

— Elle était au courant. Ils y allaient une fois par semaine pendant la saison chaude.

— Le Moukhabarat l'a questionné là-dessus?

— Non, traduisit Magda.

— Peut-elle expliquer où cela se trouve?

Là, ce fut plus difficile. La veuve de Mansour Karoun avait le cerveau comme un petit pois. Il fallut près de vingt minutes pour cerner le problème. Enfin Malko parvint à se faire dresser un vague plan, par rapport aux Pyramides. Il n'y avait rien de plus à sortir de cette malheureuse. Lorsqu'ils se retrouvèrent dans la ruelle, ils furent accostés par deux moustachus à mine patibulaire qui leur demandèrent qui ils étaient. Le Moukhabarat avait laissé des « sonnettes ». Rassurés par Magda Boutros, ils se répandirent en excuses et reprirent leur veille dans une encoignure infecte, en compagnie des rats et des cafards...

— Que faisons-nous? demanda Magda. Vous n'êtes pas fatigué?

— Si, dit Malko, mais je voudrais aller voir ce bungalow.

— Le Moukhabarat nous a sûrement précédé, remarqua l'Egyptienne, cela peut attendre demain. Nous aurons beaucoup de mal à le trouver de nuit...

— Essayons, proposa Malko avec fermeté et gentillesse.

Elko Krisantem suivit en silence jusqu'à la Fiat de Magda Boutros. Une fois de plus, ils se retrouvèrent dans Pyramids Road, contournèrent l'énorme pyramide de Chéops et s'enfoncèrent dans la crête de désert dominant la vallée du Nil. La piste se divisait en multiples ramifications, menant chacune à un bungalow. Aucun n'était éclairé, et ils étaient la seule voiture à circuler à cette heure tardive. Malko, le nez dans sa carte improvisée, guidait Krisantem. Ils se perdirent vingt fois. La veuve avait donné deux indications. Le bungalow se trouvait à la pointe d'un promontoire et il était le dernier au bout d'une piste en cul-de-sac sur la droite.

Enfin, après avoir essayé la énième piste partant de la route de Sahara City les phares éclairèrent un petit bungalow en bois monté sur des pilotis. Vingt mètres plus loin, le plateau s'arrêtait sur une pente abrupte. La piste continuait un peu, s'incurvant vers la gauche.

— Ce doit être celui-ci, dit Malko.

Elko Krisantem éteignit les phares. Malko, en ouvrant la portière, fut fouetté par le vent sec et frais du désert. Magda Boutros était descendue en même temps. Leurs pieds s'enfonçaient dans le sable.

Malko monta des marches en bois menant à une petite véranda entourée d'une barrière en bois. Tout était fermé, volets et portes. Il essaya la porte et, à sa grande surprise, le battant s'ouvrit. En craquant une allumette, il vit que le cadenas fermant la porte avait été arraché.

— Attention, dit-il, il y a peut-être quelqu'un.

Elko Krisantem dégaina immédiatement et entra, son Astra au poing, suivi de Malko avec son pistolet extra-plat. Le silence leur fit comprendre aussitôt que le bungalow était vide. Malko alluma son briquet et aperçut un lit retourné et différents objets en désordre qui prouvaient que la pièce avait été fouillée. Sommairement d'ailleurs. Derrière, il y en avait une seconde, complètement vide. La visite était vite faite... Deux pièces en tout. Magda Boutros arriva sur leurs talons.

— Le Moukhabarat est déjà passé, constata-t-elle.

Pour une fois, les Egyptiens avaient été rapides.

Malko regarda autour de lui et remarqua, sortant de sous le lit un fascicule qu'il tira. Sur la couverture, il y avait une inscription en caractères cyrilliques et une série de chiffres : 9M 300.

Les battements de son cœur montèrent à cent cinquante.

– Il y a eu du matériel russe caché ici, dit-il.

Magda approcha.

– Qu'est-ce que c'est?

– Je n'en sais rien, avoua Malko, je pense qu'un expert militaire pourra nous le dire, mais ce n'est sûrement pas un cerf-volant...

Il mit le fascicule dans sa poche puis sortit du bungalow. La lune venait de se lever et la nuit était plus claire. Les masses des bungalows se détachaient sur le désert, comme de grosses crottes. Il distingua alors, sur la piste en cul-de-sac, entre le bungalow et la fin du plateau, une masse sombre qu'il avait prise pour un bungalow.

C'était une voiture, tous feux éteints. Arrêtée à l'extrême bord du précipice.

– Vous avez vu? dit-il à Magda.

Elle haussa les épaules.

– Ce doit être des amoureux, c'est un coin tranquille ici. Ou le Moukhabarat.

Malko était intrigué. Si c'étaient les Egyptiens, ils seraient déjà venus.

– Allons voir, dit-il.

CHAPITRE XVII

Malko sauta dans le sable en contrebas du bungalow, suivi d'Elko Krisantem. Magda Boutros était restée sur la véranda de bois. Le cœur battant la chamade, dominant mal son angoisse. Elle suivit des yeux les deux hommes se dirigeant vers le véhicule arrêté. Souhaitant de toute son âme que ce soit vraiment des amoureux.

Tout à coup, alors que Malko se trouvait à moins de trente mètres de la voiture arrêtée, un brusque ronflement de moteur troubla le silence. Le véhicule arrêté bondit en avant. Une glace se baissa à l'arrière. Instinctivement, Malko se jeta à terre, imité par Elko Krisantem.

Plusieurs coups de feu partirent du véhicule. La voiture accéléra, et les cahots rendaient le tir peu précis. Plusieurs projectiles firent quand même jaillir le sable autour de Malko qui riposta avec son pistolet, touchant la carrosserie de ce qui se révéla être une R.16. Très vite, celle-ci fut hors de portée. Madga Boutros n'avait pas bougé, transformée en statue de sel. Dès que le bruit du moteur se fut affaibli, elle cria :

— Vous n'êtes pas blessé !

— Vite, cria Malko, en se relevant, poursuivons-les.

Elko Krisantem était déjà au volant de la Fiat et ils foncèrent sur la piste.

– Qui était-ce? demanda Magda d'une voix blanche.

– Je n'ai pas vu, dit Malko. Je me demande ce qu'ils sont venu chercher ici, dans ce bungalow perdu.

La voiture déboucha enfin sur la route de Sahara City. A gauche rien, donc la R 16 était repartie vers la ville, car on voyait à des kilomètres. Krisantem accéléra encore. Ce n'est qu'en surplombant le Sphinx qu'ils aperçurent les feux rouges de la voiture poursuivie. Elle contournait la pyramide de Khéops pour rattraper Pyramids Road.

Ils dévalaient la route vers la Mena House. La R.16 était cachée par le virage. Ils la revirent en contrebas, fonçant vers le centre. La poursuite s'engagea dans la grande avenue rectiligne, presque déserte. Malheureusement, la R.16 était beaucoup plus rapide. A mi-chemin de la ville, ils l'avaient définitivement perdue.

Malko demanda :

– Elko, ramenez-nous à l'hôtel. Je vais prévenir Mel Smith.

Il ne pensait plus à l'accident de l'après-midi, mais à ce qu'il avait découvert. Tirant le fascicule de sa poche il l'examina, et très vite sentit son estomac se serrer. Son russe était suffisant pour voir qu'il s'agissait d'un manuel d'utilisation de missile Sam 7.

Mohammed Riah tirait sur sa pipe à petits coups pensifs. Le soleil entrait à flots dans l'appartement, par les grandes portes-fenêtres donnant sur le Nil, orientées plein est. Malko bâilla à se décrocher la mâchoire : il n'avait pas dormi plus de cinq heures à cause de sa migraine, lisant le manuel du Sam 7 pour se distraire. Mel Smith était gris de fatigue et de tension. Seul leur hôte était frais comme un gardon... Le téléphone sonna, et Mohammed Riah répondit. Après avoir écouté son correspondant brièvement, il se tourna vers ses invités, le visage grave.

– On a trouvé dans le bungalow de Mansour Karoun un morceau de caisse ayant contenu un missile soviétique Strella.

Le silence qui suivit fut minéral. Mel Smith plongea du nez dans son café.

Malko réfléchit. Les pièces du puzzle commençaient à se mettre en place. Une Strella plus connue sous le nom de Sam 7 était une fusée relativement sophistiquée. Les deux terroristes allemands devaient être les techniciens chargés de la mettre en œuvre...

– Nous recherchons ces Allemands et leurs complices, annonça l'Egyptien. Quelqu'un les a mis en rapport avec Mansour Karoun. Il nous faut tous les comploteurs.

– Et Abu Sayed? demanda Malko.

– Aucune trace encore. Sitôt le week-end terminé, nous intensifierons les recherches.

– Je serai plus tranquille quand on aura retrouvé ce missile, soupira Mel Smith.

Mohammed Riah regarda sa montre.

– Je vais vous prier de m'excuser, dit-il, j'ai plusieurs mesures à prendre immédiatement. Je vous tiendrai au courant à la fin de la journée. Je vous remercie de votre aide.

Il raccompagna ses hôtes avec la grâce d'une ballerine. Sur le palier, Malko remarqua :

– Il a le sens de l'humour ou il se paie notre tête. Si nous lui avions dit ce que nous savions depuis le début...

– J'ai obéi aux ordres fit misérablement Mel Smith.

L'Américain semblait franchement soucieux. Il observa soudain :

– J'ai eu l'impression que, vous aussi, vous ne disiez pas tout ce que vous pensiez.

– C'est vrai, reconnut Malko. C'est pour ça que je vais voir Magda Boutros en sortant d'ici. J'ai besoin de votre voiture.

– Magda Boutros! s'exclama l'Américain. Vous ne pensez quand même pas qu'elle est mêlée à tout cela!

– Elle, non. Mais je crois qu'elle sait beaucoup de choses.

Malko entra doucement dans le bureau de Magda Boutros, et elle sursauta, puis plaqua sur son visage un sourire de commande.

– Vous allez mieux?

– Un peu, dit Malko.

– Il y a du nouveau?

– Pas vraiment reconnut-il, sauf que le bungalow de Mansour Karoun a contenu un Sam 7, un missile extrêmement précis et dangereux, guidé par infrarouge. L'arme idéale pour un attentat...

Il crut que Magda Boutros allait se trouver mal. Figée comme si on venait de la plastifier.

– Qu'avez-vous? demanda Malko.

– Rien, rien, fit-elle, c'est horrible ce que vous venez de dire...

Malko la fixa pensivement. Comment la faire craquer? Elle regarda sa montre.

– Excusez-moi, je dois aller retrouver mon mari au golf.

Elle laissa Malko plus que troublé. Magda semblait être redevenue une épouse fidèle. Touchant. Mais n'y avait-il pas une autre raison à cette réconciliation?

Brusquement frappé par une idée, Malko fila dans le bureau de Mel Smith.

– Elle vous a dit quelque chose? demanda l'Américain.

– Non, dit Malko. Savez-vous où se trouve le bureau d'Ashraf Boutros?

– Oui, bien sûr, fit Mel Smith, dans Salah Salem Street. Pourquoi, vous voulez le voir?

– Je veux seulement vérifer quelque chose, dit Malko. Venez avec moi.

L'Américain ne discuta pas. Ils descendirent Corniche Road vers le sud jusqu'au vieil aqueduc qui remontait vers l'est. Une sorte de boulevard périphérique encerclait le Caire, encombré de camions, Salah Salem Street, remontant ensuite vers le nord, se glissant entre la vieille citadelle et la Cité des Morts. Mel Smith stoppa en face d'un petit building moderne en pierres roses et cria : « C'est là. » Malko descendit de voiture. L'immeuble semblait vide. Une plaque en anglais et arabe annonçait : *Ashraf Boutros and Co. Second floor.* Il entra dans l'ascenseur et appuya sur le bouton sous-sol. Comme il l'avait pensé, il atterrit dans un garage où se trouvaient plusieurs voitures. Une seule l'intéressa. Une R.16 grise.

Il s'en approcha pour l'examiner attentivement. Trouvant très vite ce qu'il cherchait. Deux trous dans l'aile arrière gauche, maladroitement bouchés avec un mastic teinté. Il y en avait un autre dans la porte du coffre arrière. Des balles. La voiture était celle qui avait servi à l'expédition du bungalow. Enfin la preuve qui allait faire craquer Magda Boutros. Il essaya d'ouvrir le coffre de la voiture, mais il était fermé.

La Fiat de Magda Boutros était garée en face du petit building. Donc, elle était revenue. Malko monta le perron rapidement et sonna à l'appartement. Le ciel était très clair et il allait faire une journée splendide. Bien qu'il soit à peine dix heures et demie le soleil tapait déjà très fort.

La porte s'entrouvrit. Malko aperçut une tache

jaune dans la pénombre et deux yeux noirs inquiets.
Magda avait ouvert elle-même. Laissant le battant
entrebâillé, elle demanda :

– Que se passe-t-il? J'étais en train de me changer. Je vais sortir.

– Il faut que je vous parle, dit Malko.

– Maintenant?

– Maintenant. C'est important.

A regret, elle le laissa entrer. Elle portait une robe
de chambre en soie jaune, moulante, fermée par des
dizaines de boutons sur le devant. Ils s'assirent l'un
à côté de l'autre sur le vieux canapé.

Malko ne perdit pas de temps.

– Magda, dit-il, j'ai maintenant la preuve absolue
que votre mari trempe dans le complot contre
Sadate. Vous êtes la première à qui j'en parle, mais
si vous ne m'aidez pas, je serai obligé de mettre le
Moukhabarat au courant. En sortant d'ici.

Madga Boutros eut un sourire crispé.

– Vous êtes certain que vous ne vous trompez
pas? J'ai toujours pensé qu'Ashraf avait abandonné
la politique.

– Non, dit Malko.

Il lui raconta d'où il venait, ce qu'il avait découvert et le raisonnement qui l'avait mené jusque-là.
Subitement, l'expression de la jeune femme changea. Les yeux si vivants étaient devenus deux taches
noires qui ne regardaient plus rien.

– Qu'allez-vous faire? demanda-t-elle d'une voix
altérée.

– Cela dépend de vous.

– C'est-à-dire?

– Je veux parler à votre mari. Il peut encore s'en
sortir s'il me dit ce qu'il en est. S'il m'aide à stopper
le complot. Nous avons assez d'influence pour le
protéger s'il dénonce ses complices.

Magda Boutros baissa la tête. Jouant avec un des
boutons de sa robe de chambre. Puis elle laissa
tomber sa tête sur l'épaule de Malko, et tout son

corps sembla glisser vers lui. Il sentit que s'il la prenait, là, sur le vieux divan, elle ne lui opposerait aucune résistance. Gentiment, il la repoussa. Pendant quelques secondes, ils s'affrontèrent du regard. Puis Magda Boutros dit d'une voix posée :

– Attendez-moi, je vais m'habiller.

Abu Sayed vissa un silencieux de vingt centimètres au bout de son Beretta 9 mm. Ashraf Boutros venait de partir avec Otto, Hildegard et le Sam 7. Lui n'allait pas tarder en faire autant. Mais pas dans la même direction. Il entendit l'escalier de bois grincer sous le poids de sa logeuse.

Lorsqu'elle entra, elle n'eut pas le temps d'avoir peur. Le Palestinien lui tira une balle dans la tête à bout touchant. Cela fit tout juste un« plouf » sourd, et la malheureuse tomba comme une masse sur les carreaux rouges du sol. Abu Sayed la contempla sans aucune émotion. Si cela tournait mal, il ne pouvait prendre aucun risque. Il s'avança sur le palier et appela :

– Ahmed!

Le compte à rebours était commencé. Si cela se transformait, il était le seul à avoir une chance minuscule de s'en sortir. Il ne voulait pas la gâcher par sentimentalité.

Magda Boutros revint vers la Dodge empruntée à Mel Smith où attendait Malko, le visage bouleversé. Une douzaine de joueurs évoluaient sur les pelouses poussiéreuses du terrain de golf de la baie de Géziret.

– Ashraf est parti, dit-elle. Son partenaire m'a dit qu'il était seulement venu faire des balles. Je ne comprends pas. Il m'a dit qu'il terminait sa partie.

– Il vous a menti, fit Malko. Et cela m'inquiète beaucoup.

– Il doit venir me chercher dans une heure, dit Magda. Il a peut-être été faire une course. Nous le retrouverons à l'appartement.

De toutes ses forces, elle essayait d'effacer de son cerveau ce qu'Ashraf lui avait confié de l'imminence de l'action. Elle entendit à peine Malko lui dire :

– Je suis désolé, Madga, je ne peux attendre. Je vais voir Mohammed Riah. Tout de suite.

Magda eut une sorte de petite crispation du menton et marcha vers la voiture.

– Je vais avec vous, Mohammed est un ami.

Il était un peu plus de onze heures du matin, et Malko était déjà levé depuis quatre heures.

CHAPITRE XVIII

Ashraf Boutros arrêta sa Mercedes en face de l'immeuble du restaurant Swissair. En dépit de son calme apparent, ses mains étaient moites. A côté de lui, Hildegard Müller avait les traits tirés. Elle ne disait pas un mot, mais la mobilité de son regard indiquait sa tension. Otto Mainz, qui avait suivi en moto, l'avait garée dans l'allée bordée d'acacias. Il s'approcha de la Mercedes. Ashraf Boutros avait du mal à avaler sa salive. Il était en train de réaliser qu'il n'était pas un homme d'action. Derrière, la masse énorme de Khaled occupait toute la banquette. Dès qu'il aurait ouvert la portière il ne pourrait plus reculer.

— Descends, dit-il à Khaled.

Il descendit en même temps que son homme de main et ferma la portière à clef. Ses mains tremblaient légèrement et son attaché-case, renfermant le pistolet automatique, lui semblait bien lourd. Il se tourna vers Khaled.

— Prends le paquet dans le coffre.

Le géant s'exécuta. Enveloppé, le Sam 7 ressemblait à un tapis. Le papier marron épais dissimulait la crosse et la batterie. Khaled le prit sur son épaule et suivit son maître. Ce dernier monta le perron de l'énorme building d'un pas vif. En voyant Boutros et

Khaled, les deux gardes en poste dans le hall se levèrent aussitôt. Aucun paquet ne devait pénétrer dans l'immeuble sans être fouillé. Ashraf Boutros s'avança vers eux, les yeux protégés par ses lunettes noires. Il était quand même aisément reconnaissable avec ses bajoues et son crâne rasé. Un des hommes qui se trouvait là avait jadis travaillé sous ses ordres quand il dirigeait la Sécurité de Sadate. C'est à lui que Boutros s'adressa de sa voix sèche.

– J'apporte un tapis à mon ami Mohammed Riah, annonça-t-il. Tu veux m'annoncer?

L'autre sauta sur le téléphone intérieur. Boutros était encore un homme à relations et un milliardaire.

Il dit quelques mots dans le téléphone intérieur puis raccrocha aussitôt.

– Mohammed Bey est au téléphone. Montez, Ashraf Bacha [1].

Il se précipita pour appeler l'ascenseur. Le parcours sembla très long à Ashraf Boutros. Il était encore temps de reculer, d'expliquer au numéro 3 du Moukhabarat qu'il avait démasqué un complot. De faire arrêter Abu Sayed et les deux Allemands. C'était tentant, seulement, il connaissait Anouar al-Sadate. Le président égyptien était un fin renard. Il risquait de découvrir la vérité. Et alors...

Les quelques pas jusqu'à la porte du vingt-troisième lui semblèrent la traversée du désert. Il sonna. La porte s'ouvrit sur Mohammed Riah, la pipe au bec, son visage empâté plein de bonhomie, les yeux rieurs. Il vit Khaled, le paquet sur l'épaule et sourit.

– Alors, demanda-t-il. C'est un cadeau que tu m'apportes?

Khaled pénétra dans l'appartement et posa avec précaution le paquet par terre.

– Tu es seul? demanda Boutros.

---

[1] Seigneur Mohammed. Maître Ashraf.

– Oui, ma femme est sortie. Moi, je dois aller voir le président tout à l'heure, mais tu sais qu'il ne se réveille jamais tôt, il m'a dit onze heures, mais je suis sûr qu'il ne sera pas prêt avant midi. *Inch Allah*...

– *Inch Allah*, répondit Ashraf Boutros en écho.

– Allez, montre-moi ce tapis, fit Mohammed Riah de sa voix joviale.

L'appartement était presque trop précieux, avec des meubles Louis XV, d'innombrables bibelots, des moquettes et de la soie sur certains murs. Mohammed Riah aimait le luxe occidental. C'était un sybarite. Le géant commença à défaire les ficelles, surveillant son maître du coin de l'œil. Celui-ci posa son attaché-case sur la table et l'ouvrit. Les serrures claquèrent au moment où le papier découvrait le cylindre verdâtre de la Sam 7. Le regard de Mohammed Riah alla de l'engin à Ashraf Boutros, puis s'éclaira d'un coup.

– Toi aussi, tu étais dans le coup! dit-il. Tu les a trouvés! Bravo. Le président va être fou de joie.

Ashraf Boutros demeura immobile quelques instants, en proie à une violente émotion. Puis, sa main plongea dans l'attaché-case et en ressortit, tenant le gros pistolet. Il n'osa pas tout de suite le braquer sur son ami, mais dit d'une voix croassante qu'il avait du mal à maîtriser.

– Mohammed, tu te trompes.

Le numéro 3 du Moukhabarat comprit instantanément, mais ne perdit pas son sang-froid. Il n'aurait jamais pensé qu'Ashraf Boutros se lance dans ce genre d'aventure! Ce n'était pas son style. Il se dit que le mieux était de gagner du temps, de ne pas prendre de front son adversaire.

– Pourquoi viens-tu me voir avec cet engin? demanda-t-il. Pour que je t'apprenne à t'en servir?

– Mohammed, j'ai besoin de ton appartement, répliqua Boutros.

– Que veux-tu faire?

– Nous allons débarrasser l'Egypte d'un traître qui l'a retranchée de la nation arabe, annonça d'un ton emphatique Ashraf Boutros.

– Ce sont tes amis saoudiens qui t'ont mis cette histoire dans la tête? dit Mohammed d'un ton bonhomme. Tu devrais te calmer...

Il ne savait encore à quel point c'était sérieux. Il fallait évaluer la situation. Khaled attendait, les bras croisés, la tête baissée.

– Ce ne sont pas les Saoudiens, dit Boutros, je suis un bon Egyptien. Lorsque le président va s'en aller dans son hélicoptère, nous allons l'abattre.

– C'est toi qui vas tirer? Le ton était nettement incrédule.

– Non.

– Où sont tes complices?

Boutros ne répondit pas.

– Tu es avec nous?

Mohammed Riah secoua lentement la tête.

– Tu sais bien que non. Notre malheureux pays a assez souffert. Ecoute, ajouta-t-il d'un ton conciliant, je te connais depuis longtemps. Renonce à cette idée folle et je t'aiderai. Le président te pardonnera.

– Tais-toi, cracha Boutros d'une voix pleine de colère. Rien ne m'empêchera d'agir.

Mohammed Riah lui jeta un regard apitoyé.

– Tu es fou! Tu ne sais même pas quand le président va partir. Cela peut être dans une heure, dans deux heures. Ou en voiture. Qu'est-ce que tu vas faire?

– Ce n'est pas ton problème. Oui ou non tu es avec nous?

– Non.

Les deux hommes se défièrent du regard. Puis d'un pas calme, Mohammed Riah se dirigea vers la porte.

– Khaled!

Le géant bougea et prit le numéro 3 du Moukhabarat à bras le corps. Boutros avait prévu cette éventualité. Il jeta à son domestique une cordelette. En un clin d'œil, Mohammed Riah fut immobilisé. Khaled le posa par terre à côté du Sam 7.

Il y eut un bref coup de sonnette. Ashraf Boutros se précipita vers la porte et vit les deux Allemands à travers l'œilleton. Il ouvrit aussitôt.

– Ça c'est bien passé?

– Très bien, dirent-ils. On a dit qu'on venait vous rejoindre...

Maintenant, cela n'avait plus d'importance. Dans moins d'une heure, tout serait fini. Les dés étaient jetés. Pourtant, en homme prudent, il avait prévu une porte de sortie. Il consulta sa montre, puis dit d'une voix sèche :

– Préparez-vous. Il ne vous reste pas beaucoup de temps.

Otto Mainz s'accroupit près du Sam 7 et l'examina. La batterie thermique était vissée sur le lanceur. L'Allemand alla à la fenêtre et visa le ciel. Il appuya sur la première bossette et aussitôt le voyant rouge s'alluma. Il repoussa la détente en avant. Pas question de bousiller la pile. Il soupesa le Sam 7, le cala bien sur son épaule. La piste d'envol d'hélicoptère du président Sadate se trouvait à environ trois cents mètres devant lui sur le bord du Nil. Il fallait attendre que l'appareil ait décollé. S'il filait vers le nord, c'était parfait, il pourrait attendre un peu que le Sam 7 aille s'engouffrer dans la tuyère en rattrapant l'engin. Sinon, il tirerait plus tôt. Mais l'implacable fusée retrouverait sa cible...

– Ça va, dit-il. Quand cela va-t-il se passer?

– Dès que vous entendrez des explosions en bas, annonça Boutros, vous vous mettrez en position. En restant à l'intérieur de la pièce pour qu'on ne vous voie pas. Hildegard, vous avez les jumelles.

– *Jawohl*! dit l'Allemande, sortant une paire de Zeiss de sa besace.

C'est elle qui allait surveiller le départ de l'hélicoptère. S'assurer que le président Sadate montait bien dedans.

– Très bien, annonça Boutros, je vais vous laisser maintenant. Si tout se passe bien, vous ne bougez pas. Personne ne songera à venir vous chercher ici. Je reviendrai.

– Pourquoi ne restez-vous pas? demanda Otto, soupçonneux.

– J'ai des mesures à prendre, au cas où notre action ne réussirait pas, expliqua Asharf Boutros.

– Et où on se retrouve?

– Sur la place, à côté de l'ambassade d'Allemagne de l'Est, expliqua Ashraf Boutros. Vous aurez le choix. Vous y réfugier ou venir avec moi.

– Comment et où?

– Je vous le dirai à ce moment-là, fit l'Egyptien mystérieusement. Ici, je ne servirai à rien.

Hildegard échangea quelques mots en allemand avec Otto, puis se plaça entre la porte et Asharf Boutros.

– Nous n'aimons pas que vous partiez comme ça, dit-elle.

Ashraf Boutros hésita. Son regard croisa alors celui de Mohammed Riah, plein d'une ironie apitoyée.

Ce dernier avait réussi à bouger et se trouvait maintenant allongé sur le côté.

– Qu'est-ce que tu veux? demanda Ashraf Boutros, exaspéré par ce reproche muet.

– Tu es fou, dit Mohammed Riah. On se sert de toi. Même si tu abats le président, que deviendras-tu? Ils te tueront ensuite.

– Qui ça « ils »? demanda Boutros, troublé malgré tout.

– Ceux qui t'ont entraîné dans cette folie. Tu seras compromis, tu auras du sang sur les mains. Même si tu as rendu de grands services on t'écartera. Comment un homme intelligent comme toi ne voit-il pas cela?

Ashraf Boutros ne répondit pas. C'était le genre de pensée qu'il essayait de refouler. Mais il était trop engagé maintenant pour se laisser aller à ce genre de dialogue. Il se força à sourire et laissa tomber.

— N'essaie pas de m'influencer, Mohammed, je sais ce que je fais. Tu ferais mieux de te rallier, il est encore temps.

— Non. Ashraf, dit Mohammed Riah, tu ne réussiras pas. Même si le président meurt, il a pris ses précautions. Celui qui l'aura tué sera maudit par le peuple égyptien.

— Le peuple! ricana Boutros, il meurt de faim et il maudit le nom de Sadate tous les jours.

— Peut-être, mais dès qu'il sera mort, il redeviendra un héros. Il a rendu son honneur au peuple égyptien. Souviens-toi de Nasser. Comme il était haï de son vivant. Et son enterrement... Toute l'Egypte l'a pleuré. C'est ton nom à toi qui sera maudit.

Ashraf Boutros se détourna, ivre de rage, pour tomber sur le regard glacial de la terroriste allemande. Le jeune couple avait échangé quelques mots à voix basse dans leur langue pendant qu'il parlait avec Mohammed Riah. Il réalisa que Otto avait maintenant un P. 38 glissé dans sa ceinture de cuir et qu'Hildegard tenait négligemment à bout de bras un automatique noir de gros calibre.

— On a réfléchi, dit-elle. Tu ne pars pas.

C'était la première fois qu'elle le tutoyait. Ses yeux bleus d'une dureté minérale n'avaient aucune expression.

— Il faut que je parte, dit Boutros, je vous ai dit que...

— OK, fit Hildegard, mais tu dois nous donner une preuve avant.

— Quelle preuve?

Elle lui tendit l'automatique par le canon et dit tranquillement.

– Flingue ton copain. Comme ça on est sûr que tu es de notre côté. Sinon, c'est toi qu'on flingue.

Il prit l'arme d'un geste automatique, vérifia du coin de l'œil qu'Otto avait la main sur la sienne. Il avait l'impression qu'on lui versait de la glace dans l'estomac.

– Allez, fit Hildegard d'une voix dangereusement douce, conduis-toi comme un homme. Tu veux me plaire, *nicht war*?

L'Egyptien comprit soudain que le piège venait définitivement de se refermer. C'était sa peau ou la vie de son ami. Les jambes flageolantes, il s'approcha du corps étendu. Mohammed Riah s'était retourné sur le ventre et ne voyait pas l'arme au bout du bras de Boutros. Celui-ci avait du mal à empêcher sa main de trembler. Il repoussa le cran de sûreté, ferma les yeux et appuya sur la détente. La détonation fit trembler les murs de la pièce. Mohammed eut un sursaut de tout son corps lorsque la balle pénétra dans sa nuque. Il se retourna, les yeux déjà vitreux tandis que le sang jaillissait de sa blessure.

Comme un automate, Ashraf Boutros resta immobile, contemplant sa victime. Il venait de se couper la dernière porte de sortie.

Hildegard Müller s'approcha de lui, une lueur amusée dans ses yeux bleus. Doucement, elle lui prit le pistolet des mains et remit le cran de sûreté, puis le glissa dans sa grosse ceinture de cuir.

– *Das ist gut*, dit-elle, *sehr gut!* [1]

Elle parlait du ton protecteur qu'on utilise pour un enfant qui vient de réussir une dictée. Ashraf Boutros la regarda l'air égaré et secoua la tête, incapable de dire un mot. L'Allemande accentua son sourire.

– Qu'est-ce que ça t'a fait? demanda-t-elle. Moi, la première fois que j'ai envoyé en l'air un cochon de

---

[1] C'est bon, très bon.

policier, j'ai joui comme une folle. Et toi, est-ce que tu as joui?

Elle était folle! Boutros s'écarta comme si elle allait le mordre, et elle éclata de rire.

– Tu n'as pas l'habitude. Tu verras quand tu sauras. C'est formidable. Ça vaut toute l'herbe du monde. « Bang-bang ». Ça fait du bruit dans les oreilles et ensuite c'est bon. Les autres ne bougent plus, et toi tu es vivant. Tu veux baiser? On n'aura peut-être plus l'occasion.

Boutros jeta un coup d'œil au jeune Allemand en train de manipuler le Sam 7. Hildegard haussa les épaules :

– Il s'en fout. Viens.

Elle le prit par la main, et l'entraîna dans la chambre. Le lit était fait. Hildegard fixa Boutros avec un air soudain curieusement soumis. Elle jeta son pistolet sur le lit et commença à défaire son jean, sous lequel elle ne portait rien. Ashraf Boutros vit surgir une toison blonde en broussaille et de la peau blanche. Hildegard garda ses bottes, fit passer son chemisier par dessus sa tête et lui fit face, les jambes ouvertes. Comme il ne réagissait pas, elle s'approcha de lui en riant, passa la main gauche autour de son cou et de la droite commença à lui masser l'entrejambe. Ses seins nus frottaient contre la veste de l'Egyptien. Elle murmura de sa voix rauque et basse :

– Tu vas bien me baiser.

Il commençait à s'exciter. Elle s'en rendit compte, défit sa fermeture éclair et mit son sexe à l'air libre. D'une poussée sur l'épaule, Boutros la fit s'agenouiller. Docilement, elle le prit dans sa bouche, rejetant ses longs cheveux en arrière. Elle ne s'interrompit que pour dire d'une voix absente :

– J'aime faire ça à genoux.

Il vivait à la fois un rêve et un cauchemar. Dans toutes ses nombreuses aventures érotiques, il n'avait jamais vu une femme avec ce mélange de férocité et de soumission. Hildegard se redressa, sentant qu'il était au bord de la jouissance. Elle recula jusqu'au lit et s'y laissa tomber les jambes grandes ouvertes, face à la glace vieillie.

– *Komm!*

Ashraf Boutros s'approcha. Les pieds de Hildegard pendaient au bord du lit. L'extrémité de son sexe toucha celui de la jeune Allemande, et il crut défaillir. Brutalement, il s'enfonça en elle d'un coup. Des deux mains, il lui releva les jambes, en la tenant sous les genoux et se mit à la marteler avec des halètements de locomotive. Hildegard Müller cria.

– *Ja! Ja! Das ist gut! Ja!*

C'était trop pour Ashraf Boutros. Il se répandit en plusieurs brèves secousses tandis que Hildegard se tordait sous lui en grognant des mots furieux.

– Continue! Continue! Ne t'arrête pas!

Mais il ne pouvait pas. La vision de la tête ensanglantée de Mohammed Riah venait de passer devant ses yeux, et son sexe se recroquevillait comme un escargot au soleil. il essaya encore de bouger mais il avait tellement diminué de volume qu'il s'échappa du ventre accueillant. D'un geste furibond, Hildegard le chassa et se redressa, ses yeux bleus glacés de rage.

– Pauvre type! hurla-t-elle. Tu n'es même pas capable de me faire jouir! Impuissant! Pédé!

Elle marcha sur lui.

– Tu es fier de ta queue, hein! Mais j'en ai eu de plus grosses dans le ventre. Qui m'ont fait jouir. Pauvre type!

Elle était déchaînée. Ashraf Boutros avait envie de l'étrangler, mais n'osait pas. Chaque mot s'enfonçait dans ses oreilles comme un fer rouge. Lui qui avait tellement envie de cette superbe fille. De la mater, de la faire crier sous lui. Il recula vers la porte, se rajustant mécaniquement, le cerveau vide. Mauvais présage, Hildegard s'arrêta et tendit la main vers lui.

– Viens me lécher, *Unterhund*[1]! Ou je te tue.

Comme il ne bougeait pas, elle ramassa le pistolet et le braqua sur lui. Ses yeux flamboyaient. Il vit le pouce repousser le cran de sûreté. Il savait qu'il y avait une balle dans le canon. Un spasme lui tordit l'estomac, et il avança comme un automate... Les lèvres retroussées en un méchant rictus, Hildegard se rallongea sur le lit, les jambes posées à terre, offerte. De la main gauche, elle saisit les cheveux de l'Egyptien et lui fourra le visage contre son ventre.

– Vas-y!

Il dut s'exécuter. En temps ordinaire, c'était déjà une caresse dont il n'honorait pas facilement ses conquêtes, la jugeant dégradante pour un homme. Là, c'était encore pire, avec cette femme qui venait de l'humilier. Il sentit le canon froid du pistolet qui se posait dans son cou, et la voix ironique de Hildegard qui murmurait : « Si tu ne me fais pas très très bien jouir, je fais exploser ta vilaine cervelle. Je vais t'aider. Et cette fois, ne t'arrête pas... »

Il ferma les yeux et se mit au travail. Hildegard le guidait par des mots brefs, précis, des ordres obscènes. Le canon du pistolet ne quittait pas son cou. Elle mit très longtemps à se détendre. Enfin, au bout de plusieurs minutes, il sentit que son ventre commençait à onduler, la pression du pistolet se relâcha sur son cou, et une certaine mollesse envahit les cuisses qu'il maintenait ouvertes. Il accéléra son mouvement circulaire, à en avoir mal à la langue. Hildegard se mit à respirer très vite, poussa de petits gémissements.

– *Ja! Ja! Ja!*

D'un coup, elle se détendit, ses jambes filèrent à l'horizontale. Sa tête alla de droite à gauche, et elle exhala une suite de cris rauques, sauvages, tandis que ses doigts prenaient la place de la bou-

[1] Espèce de chien.

che d'Ashraf Boutros, comme pour se protéger.

L'Egyptien se releva dans un état indescriptible. Le cou endolori, la langue douloureuse, le cerveau en bouillie mais avec une érection fabuleuse. Comme Hildegard avait les yeux fermés, il se pencha sur elle et voulut la pénétrer. D'un coup de genou précis, la jeune Allemande le repoussa. Il se plia en deux, et son érection disparut instantanément. Elle se redressa sur un coude.

– *Schweinehund!* Tu ne peux pas me laisser tranquille maintenant? C'est tout à l'heure qu'il fallait me baiser. Fous le camp. *Los!* Sinon...

Elle brandissait le pistolet. Ecumant de rage, il sortit de la chambre. Paisiblement, Hildegard alluma une cigarette et se mit à la fumer, les yeux au plafond. Otto avait fini de bichonner le Sam 7. Il adressa un coup d'œil ironique à Ashraf Boutros.

– Elle n'est pas facile, hein... Comme un mec.

Ashraf Boutros regarda sa montre. Il lui restait dix minutes pour filer.

Il se dirigea vers la porte, sans regarder le cadavre de Mohammed Riah, et cette fois, personne ne l'arrêta. Il claqua la porte, descendit l'ascenseur. Les gardes le saluèrent et il leur adressa un signe de la main. Ils le regardèrent avec envie monter dans sa Mercedes. Il démarra sur les chapeaux de roue et prit la direction du pont. Son cœur battait à cent cinquante pulsations-minute. Il regardait les automobilistes autour de lui avec l'envie de leur crier ce qu'il était en train de faire. Hélas, c'était un peu prématuré.

Malko tourna à droite à la sortie de El Gama'a Bridge, s'engageant sur la voie sur berge de Géziret menant à la résidence du président Sadate. Le superbe building où demeurait Mohammed Riah se dressait à cent mètres, au coin d'une petite rue ombragée d'acacias.

– Garez-vous en face du yacht club, conseilla Magda Boutros.

Elle dit quelques mots au soldat en faction qui tourna pudiquement la tête. Dans le hall de l'immeuble, les gardes en guenilles se levèrent en la voyant. Malko ne put suivre les premiers mots échangés, mais vit le changement d'expression de Magda Boutros. L'Egyptienne se tourna vers Malko avec une expression stupéfaite et ravie.

– Ashraf est venu! Il est reparti.

Coup de théâtre! D'ici qu'il ait joué un double ou un triple jeu... Malko avait hâte d'en avoir le cœur net.

– Prévenez Mohammed Riah que nous montons, demanda-t-il.

Un des gardes décrocha le téléphone intérieur qui sonna longuement dans le vide. Curieux.

– Il n'est pas parti? interrogea Malko.

Dialogue en arabe. Cette fois, Magda Boutros changea de visage.

– Ils disent que non, apprit-elle à Malko. Un couple étranger a rejoint mon mari là-haut.

– Qu'ils les décrivent.

Malko entendit les mots tomber de la bouche de Magda Boutros avec une angoisse grandissante. C'était le signalement exact de Hildegard et Otto. Ce qu'il apprit enfin acheva de le terrifier : Ashraf Boutros n'était pas venu seul, mais accompagné d'un domestique portant un tapis roulé...

– Les deux terroristes sont là-haut avec le Sam 7, dit Malko. Il se passe quelque chose de grave. Il faut donner l'alerte tout de suite.

– Allons voir d'abord, suggéra Magda. Il y a peut-être une explication.

Ils s'engouffrèrent dans l'ascenseur sous les regards intrigués des gardes. L'appareil monta d'un trait au vingt-troisième. Ils sonnèrent à la porte de

Mohammed Riah. Une fois, deux fois, dix fois. Sans succès. Malko colla son oreille au battant sans rien entendre. Elko Krisantem flaira tout le palier comme un chien de chasse sans rien découvrir. Attirés par le remue-ménage, trois gardes en haillons qui campaient sur les marches pour la protection de la fille du président Sadate s'approchèrent. Interrogés par Magda, ils confirmèrent l'entrée des quatre personnes dans l'appartement de Mohammed Riah. Seul, Ashraf Boutros était ressorti.

– Qui habite au-dessus? demanda Malko.

– Un banquier, je crois, dit Magda. Je l'ai vu une ou deux fois. Pourquoi?

– Il faut savoir ce qui se passe chez Riah, dit Malko. En se laissant glisser de la terrasse du dessus, on devrait pouvoir y pénétrer. Je vais essayer. Venez me faire ouvrir et ensuite redescendez et donnez l'alerte directement à la résidence du président.

Accompagnés par un des gardes, ils grimpèrent à pied et sonnèrent à l'appartement se trouvant juste au-dessus de celui de Mohammed Riah. La porte s'ouvrit tout de suite sur une petite bonne noiraude. Magda Boutros l'interrogea. Ses patrons n'étaient pas là. Rassurée par la présence du garde, elle les laissa pénétrer dans les lieux. Malko alla droit à la porte-fenêtre donnant sur le large balcon-terrasse dominant le Nil. Il y en avait un identique juste au-dessous. A environ soixante mètres du sol.

– Allez-y, Magda, ordonna Malko. Elko va tenter de forcer la porte de service en bas, pour faire une diversion. Il ne faut à aucun prix que le président Sadate sorte de sa résidence. il est en danger mortel.

Magda Boutros sortit de l'appartement en courant.

CHAPITRE XIX

Les chameaux avançaient paisiblement dans l'avenue El Sarwat menant au pont El Gama'a franchissant le Nil. Chaque animal portait sur ses flancs une inscription en lettres arabes roses indiquant qu'il était promis à l'abattoir. Aucun ne semblait d'ailleurs réaliser son triste sort. De leur pas lent et majestueux, ils se frayaient un chemin à travers les voitures, avec l'air digne qui leur est propre. Personne ne leur prêtait attention, c'était courant de les emmener ainsi, l'abattoir se trouvant, rue Ibn Sayid, près du vieil aqueduc.

Derrière les chameaux, un berger, armé d'un gros bâton, les exhortait de la voix et du geste. Ils évitaient d'eux-mêmes les voitures avec une habileté remarquable.

Les premiers arrivèrent à l'entrée du pont El Gama'a. A grands coups de bâton, le chamelier fit bifurquer le chameau de tête, le forçant à couper la circulation et à emprunter le quai le long du Nil. Docilement, le chameau obliqua de son pas majestueux, dans un concert de klaxons furieux et s'engagea dans sa nouvelle voie, la tête haute. Les autres le suivirent comme ils avaient l'habitude de le faire. Le berger continuait à les houspiller pour accélérer leur déplacement. Ils passèrent devant l'immeuble du restaurant Swissair et continuèrent tout droit, vers les barrières interdisant la résidence du président Sadate.

Les sentinelles qui traînaient autour d'un half-track contemplaient les chameaux avec une surprise amusée. Que venaient-ils faire dans ce coin? L'abattoir était de l'autre côté du pont.

Le chameau de tête, se dandinant majestueusement, franchit l'espace ouvert entre les deux barrières, permettant aux véhicules autorisés de passer. Il continua droit vers l'entrée de la maison des gardes. Une des sentinelles avança, indécise. C'était difficile d'expliquer à un chameau qu'il se trouvait en zone interdite. L'animal passa majestueusement devant lui, et les autres s'engouffrèrent à sa suite dans le passage fermé à la circulation. Les sentinelles eurent beau hurler et se démener à grands coups de crosse de Kalachnikov, les gros animaux continuaient leur avance.

Le sergent chercha des yeux le berger pour lui dire de rappeler ses chameaux, mais ne vit personne. Il se précipita alors vers le chameau de tête, décidé à le stopper.

Malheureusement, les animaux n'avaient aucun licol, rien pour les saisir. A coups de crosse, le sergent tenta de l'arrêter, mais fit un saut en arrière quand les grandes dents jaunes ratèrent de peu son bras.

Il était encore en train d'essayer de le stopper quand le chameau qui le suivait explosa! Une déflagration assourdissante, qui projeta des morceaux de chair et d'os à une dizaine de mètres. Le souffle coucha les deux sentinelles et dispersa les chameaux. Plusieurs d'entre eux, blessés aux jambes, restèrent sur place, se traînant lamentablement. Du chameau qui avait explosé, il ne restait qu'une carcasse éventrée, se vidant rapidement de son sang... les cris affolés des chameaux couvrirent les appels des sentinelles. L'une d'elles, blessée, tira une rafale de Kalachnikov dans l'animal le plus proche. A peine frappé par les balles, il explosa à son tour dans une grande flamme orange.

Malko était suspendu au balcon, du vingt-quatrième étage au-dessus du vide, lorsqu'il entendit une explosion sourde venant du quai, puis des coups de feu et des cris, et une seconde explosion. Deux chameaux éventrés gisaient dans la partie du quai fermée à la circulation, poussant des cris à fendre l'âme. Deux avaient rebroussé chemin et, au petit trot, revenaient vers le pont El Gama'a. Dans le périmètre présidentiel, des soldats en noir couraient dans tous les sens. L'un d'eux était en train d'ôter fébrilement le capuchon de la mitrailleuse du half-track.

Les deux chameaux qui avaient rebroussé chemin arrivaient à la hauteur du building. Tout à coup l'un d'eux se désintégra dans une énorme explosion. Son voisin, blessé par la déflagration fit un violent écart qui le projeta sur la sentinelle gardant le yacht-club. Mêlés, ils dévalèrent dans le Nil.

Malko enregistra tout cela avec ahurissement. On n'essayait quand même pas de tuer le président Sadate à coups de chameaux! Jamais les animaux ne pourraient pénétrer assez près pour être dangereux. Cela risquait seulement de semer la panique dans ses gardes. Soudain, il comprit la raison de cette bizarre attaque. C'était diabolique. En affolant les responsables de la sécurité du président Sadate, on poussait ce dernier à s'enfuir immédiatement en hélicoptère. Pour que ce dernier tombe sous le feu du Sam 7.

Il commença à se laisser glisser vers la terrasse du dessous. Un troisième chameau explosa. Des soldats en noir retranchés derrière des sacs de sable, tiraient au Kalachnikov sur les animaux survivants. Une boucherie! Des soldats s'affairaient autour du gros Sikorski couleur sable du président Sadate. Il n'allait pas tarder à décoller... Malko regarda au-dessous de lui. Soixante mètres de vide. Il ne fallait pas avoir le vertige. Heureusement, les deux balcons-terrasses se superposaient exactement... Les portes-fenêtres de celui de Mohammed Riah étaient fermées, et les voilages empêchaient de voir l'intérieur. Mais de l'intérieur, on pouvait le voir. Tenant les barreaux de la balustrade à pleine main, il se laissa glisser dans le vide, suspendu par les poignets. Son pistolet extra-plat, glissé dans sa ceinture, pesait d'un poids mortel. Il essaya de poser les pieds sur la rambarde de la terrasse d'en-dessous, mais elle était trop basse. D'un coup de rein, il commença à se balancer au-dessus du vide. Il sentit quelque chose glisser. Son pistolet venait de tomber!

Un cri lui arriva de la rue, en même temps qu'une nouvelle explosion. Puis le bruit d'une rafale d'arme automatique. On tirait sur lui! Les soldats le prenaient pour un terroriste.

D'un effort désespéré, il projeta ses jambes à l'intérieur de la terrasse du vingt-troisième étage et lâcha prise avec ses mains. Il tomba brutalement sur le sol de la terrasse et roula à terre, au moment où les vitres de la porte-fenêtre volaient en éclats sous une rafale de balles.

On tirait sur lui de l'intérieur. Sa chute l'avait sauvé. Il demeura quelques secondes aplati sur la terrasse. Puis il se jeta de toutes ses forces sur la porte-fenêtre, l'ouvrant d'un violent coup de pied.

Le capitaine commandant la garde personnelle de Sadate houspillait le pilote de l'hélicoptère.

– Vite, vite. En route. Le président arrive.

– Que se passe-t-il?

– Nous ne savons pas encore. Une attaque de commando contre le président, il y en a partout, très bien armés...

Au même moment, un chameau mort explosa avec un bruit sourd, relançant les rafales de Kalachnikov. Affolés, les soldats du périmètre présidentiel tiraient sur tout ce qui bougeait. Tous les chameaux avaient été abattus, mais les cadavres continuaient à exploser à intervalles irréguliers, perpétuant la panique... Un automobiliste qui s'était engagé malencontreusement sur le quai fut décapité par une rafale tirée du half-track.

Lentement le rotor du gros hélicoptère commença à tourner. Des gardes en armes avaient pris position tout autour de la plate-forme, en surveillant les accès ainsi que le fleuve où patrouillaient des vedettes bourrées d'hommes armés jusqu'aux dents.

Le président Sadate surgit de sa résidence, entouré d'une vingtaine de gardes armés lui faisant un rempart de leur corps. Il monta dans l'hélicoptère avec une partie des gardes, et les portes se refermèrent aussitôt. Depuis dix minutes, il essayait en vain de joindre le vice-président Moubarak, chargé des questions de sécurité. Son téléphone semblait en dérangement. Le Sikorski rugit de plus en plus fort, couvrant les coups de feu et les explosions. Puis, très lentement, il commença à s'élever au-dessus du sol. Les gardes restés à terre poussèrent un soupir de soulagement.

Elko Krisantem, penché sur la serrure de la porte de service de l'appartement de Mohammed Riah, suait sang et eau. Le Turc, armé d'un passe, tentait de forcer la serrure. Plusieurs gardes, alertés par

Magda Boutros, tentaient, eux d'enfoncer la porte principale.

Un des gardes lâcha quelques coups de pistolet dans la porte, tentant de faire sauter la serrure. Les détonations secouèrent le palier, mais le battant ne bougea pas. Par contre, Elko Krisantem se redressa, soulagé : la serrure venait de céder. D'un coup de pied, il poussa la porte et se rua à l'intérieur. C'était la cuisine. Vide. Il n'alla pas loin. Une silhouette énorme s'encadra dans l'entrée : Khaled, le gorille de Boutros, marcha sur Krisantem, les mains en avant.

Le Turc ne put esquiver et reçut de plein fouet les trois cents livres de l'Egyptien. Celui-ci noua ses énormes pattes autour du cou du Turc et commença à serrer... Elko Krisantem plongea vers sa ceinture pour atteindre son Astra. Son agresseur aperçut le geste et saisit son poignet au moment où ses doigts se refermaient sur la crosse de l'arme. Il lâcha ainsi le cou du Turc. Reprenant son souffle, Krisantem renonça au pistolet, et plongea la main dans sa poche où il saisit son lacet. Il parvint à le passer autour du cou de son adversaire, puis commença à serrer. L'Egyptien poussa un cri étranglé, et ses deux mains serrèrent le cou du Turc encore plus fort. Titubant dans la petite cuisine, les deux hommes s'étranglaient mutuellement. Krisantem réalisa très vite que l'autre aurait le dessus. Il avait beau serrer son lacet, il commençait à avoir un voile noir devant les yeux. Son Astra était hors d'atteinte, sur le carrelage. Son regard tomba sur un couteau à découper posé à côté de l'évier.

Il ne respirait presque plus.

Lâchant le lacet, sa main droite se referma autour du manche du couteau. Tout à son effort, le géant n'avait rien vu. Krisantem posa la pointe au-dessous du nombril et appuya de toutes ses forces. La peau résista pendant une fraction de seconde, puis la lame s'enfonça d'un coup de dix centimètres.

Khaled poussa un grognement, et ses doigts se crispèrent sur les carotides de Krisantem. Le voile noir passa devant les yeux du Turc, et il perdit connaissance, lâchant le manche du poignard. Il reprit ses esprits, allongé sur le sol de la cuisine. En face de lui, le géant qui l'avait étranglé, les traits cireux, tassé sur une chaise, haletait, la bouche ouverte, le regard fixe, ses deux mains comprimant son ventre où le poignard était toujours planté.

Il ne bougea pas quand Krisantem se releva. Le lacet pendait toujours autour du cou de l'Egyptien, comme un ridicule collier de chien. Le Turc tenait à peine sur ses jambes. Des coups de feu claquèrent dans l'appartement. Aussitôt, il se dirigea vers la porte.

Khaled le saisit au passage.

– Laisse-moi! dit Krisantem en turc.

L'autre l'attira vers lui avec un regard inexpressif. Sa poigne était encore assez forte pour stopper Krisantem. Le Turc répéta son ordre en anglais sans plus de succès. Krisantem reprit le lacet de la main droite, enroula le bout autour de ses doigts et serra d'un coup sec. Khaled banda en vain les muscles du cou, mais commit l'imprudence de lâcher l'autre bras de Krisantem. Ce dernier saisit la seconde extrémité du lacet, passa derrière la chaise et se mit à serrer comme il en avait l'habitude, un genou dans le dos de Khaled.

Cela dura à peine une minute... Affaibli par sa blessure au ventre, l'Egyptien ne pouvait lutter. Les dernières secondes furent les plus difficiles, car l'air manquant dans ses poumons déclencha de violents spasmes nerveux qui faillirent désarçonner Krisantem. Puis la tête de Khaled tomba sur sa poitrine, et il exhala un ultime râle avant de se laisser aller, les yeux hors de la tête, la langue pointant hors de sa bouche.

Mort comme une vieille carpe.

Elko Krisantem retira son lacet et le fourra dans sa poche, récupéra son Astra et se rua au secours de son maître.

Malko en se relevant vit un miroir voler en éclats à quelques centimètres de sa tête. Il photographia la scène d'un coup d'œil. Il n'y avait dans l'appartement que les deux terroristes allemands et un corps allongé sur la moquette. Otto se tenait près de la fenêtre donnant vers le nord, un Sam 7 sur l'épaule droite.

C'est Hildegard qui venait de tirer sur Malko avec un Radom. Elle braqua de nouveau l'arme sur lui et pressa sur la détente. Elle était si énervée que la balle s'enfonça dans le mur assez loin. Malko regarda autour de lui, cherchant une arme. L'Allemande brandit de nouveau la sienne. Cette fois, rien ne se passa. La culasse était restée ouverte : chargeur épuisé.

Avec un cri de rage, l'Allemande jeta son automatique et plongea vers une sorte de besace, posée sur la table. Malko arriva sur elle et la ceintura. A coups de pied, par des secousses furieuses, hurlant, l'injuriant, essayant de le griffer, elle chercha à se débarrasser de lui. Des coups de feu parvinrent du palier.

Otto Mainz, bien campé sur ses jambes écartées, le missile braqué sur le ciel, se retourna, affolé et cria, d'une voix hystérique :

– Tue-le! Tue-le!

Malko savait qu'à la seconde où il lâcherait Hildegard pour attaquer son compagnon, l'Allemande prendrait une autre arme et l'abattrait. Il poussa un cri de douleur : elle venait de lui mordre le poignet.

Du dehors parvint le vrombissement caractéristique d'un hélicoptère. Le président Sadate, tombant dans le piège prévu par ses adversaires, venait de

décoller, croyant fuir le danger au sol et se précipi-
tant sur le Sam 7.

Otto Mainz s'affermit sur ses jambes, et son index
pressa sur la première bossette de la détente du
missile.

Dans une minute, tout serait fini. Volant à Mach
1,3, le missile rattraperait l'hélicoptère et le ferait
exploser.

Elko Krisantem jaillit de la cuisine, violacé, les
traits convulsés, aperçut Malko en train de lutter
avec Hilldegard et se précipita.

– Tenez-la, Elko, tenez-la, cria Malko.

Le Turc sauta sur l'Allemande, passa un bras
autour de son cou et commença à serrer, libérant
enfin Malko. Celui-ci se rua vers le terroriste.

L'hélicoptère du président Sadate venait de
décoller de la plate-forme et s'élevait verticalement
au dessus du Nil, filant vers le nord. Comme un gros
insecte jaune juste en-dessous du soleil.

Otto Mainz, l'œil à l'œilleton latéral du Sam 7 se
préparait à tirer. Il avait fait « l'acquisition » de sa
cible comme en témoignait le « bip-bip » sonore
qui sortait du lanceur. Une lumière rouge clignotait
aussi, indiquant que le missile était armé et qu'il ne
restait plus qu'à déclencher le propulseur le proje-
tant à 1450 à l'heure vers sa cible.

Malko mesura tous ces paramètres instantanément. Il pouvait ceinturer le terroriste, mais celui-ci
aurait le temps d'écraser la seconde bossette de la
détente. Ensuite, plus rien ne pourrait changer la
course du Sam 7 qui se dirigeait automatiquement
vers le rayonnement infrarouge émis par la turbine
de l'hélicoptère.

Celui-ci continuait à prendre de l'altitude, à
moins de quatre cents mètres. Distance idéale pour
un Sam 7. Malko, se souvenant soudain d'une information emmagazinée dans sa prodigieuse mémoire
bondit vers Otto Mainz et empoigna le cylindre en
fibre de verre renfermant le missile lui-même. A

deux mains il le dévia, braquant le tube vers le ciel.

Il n'eut pas le temps de terminer son geste. Le terroriste venait d'enfoncer la deuxième bossette de la détente du Sam 7. Il y eut une explosion sourde, une secousse violente et, presque aussitôt, une traînée de fumée extraordinaire apparut à l'extérieur, un peu en contrebas, signalant le missile. La charge de dépotage entièrement brûlée dans le tube, il était maintenant propulsé par sa charge de croisière. Otto Mainz se retourna, avec un rictus de joie.

— Ça y est! Ça y est!

De joie, il jeta le lanceur sur le parquet, comme si Malko n'avait pas existé. Ce dernier, tétanisé, regardait le Sam 7 se dirigeant sur l'hélicoptère du président Sadate.

CHAPITRE XX

Pendant quelques instants, il ne se passa rien dans le douillet petit living-room, même pas abîmé par le départ du missile. La charge de dépotage brûlant à l'intérieur du lanceur, il n'y avait eu aucune flamme. L'on pouvait même tirer sans lunettes de protection. La traînée de fumée laissée par le Sam 7 continuait à s'allonger dans le ciel, filant vers l'hélicoptère sous les yeux horrifiés de Malko. Même un chasseur supersonique ne pouvait éviter le Sam 7. Soudain, la course du Sam 7 s'infléchit.

La fusée se mit à monter vers le ciel, s'écartant nettement de sa cible!

Grimpant droit vers le soleil!

Malko n'en croyait pas ses yeux. Il s'était souvenu d'une phrase lue dans le manuel du Sam 7 trouvé chez Mansour Karoun. Si on tirait le missile à angle inférieur à 35º de part et d'autre du soleil, le rayonnement infrarouge de ce dernier l'attirait irrésistiblement, car cette source était beaucoup plus forte que n'importe quel moteur. C'est ce qu'il avait essayé de faire en déviant le lanceur vers le haut.

Otto Mainz poussa un rugissement de rage au moment où une explosion secouait le ciel. Le Sam 7 venait de s'auto-détruire après quinze secondes, juste au-dessus du Nil, interrompant sa course

aveugle vers le soleil... L'hélicoptère du président
Sadate n'était plus qu'un petit point filant vers le
nord que rien ne pouvait rattraper.

Otto Mainz arracha son pistolet de sa ceinture, les
traits déformés par la fureur. Un cri étranglé lui fit
tourner la tête. Hildegard était en train de succom-
ber sous la poigne d'Elko Krisantem, violette, les
yeux hors de la tête. Le Turc n'avait jamais eu la
même conception de la galanterie que son maître.
Oubliant Malko, le jeune terroriste se rua en avant.
Il tira, mais gêné par les mouvements du Turc, le
rata. Elko Krisantem, se disant que la seconde fois
serait la bonne, projeta Hildegard sur l'Allemand.
Ils tombèrent, et il put se dégager.

Mais il n'eut pas le temps d'empêcher Hildegard
de plonger la main dans sa besace. Elle ressortit,
tenant un objet rond qu'il reconnut trop tard pour
une grenade. Pensant qu'elle voulait se suicider,
Malko plongea sur elle mais Hildegard dégoupilla
l'engin et le laissa tomber à terre. Chacun de leur
côté, Malko et Krisantem plongèrent instinctivement le plus loin possible. Il y eut une détonation
violente et une lueur aveuglante. Malko eut l'impression qu'il venait d'assister à une explosion
atomique. Il ne voyait devant lui qu'un mur blanc
éblouissant, bien qu'il ait les yeux ouverts.

Il était aveugle !

Victime, d'une des nouvelles grenades anti-terro-
ristes au phosphore et à la poudre d'aluminium à
percussion.

Une rafale de coups de feu claqua venant de la
porte d'entrée. Il se releva, mais il avait perdu le
sens de l'équilibre, ses oreilles bourdonnaient. A
tâtons, il chercha à retrouver Elko Krisantem, s'attendant à chaque seconde à recevoir une balle des
deux terroristes.

Otto Mainz et Hildegard Müller traversèrent la

cuisine en courant. Ils avaient eu le temps de se
protéger les yeux, mais pas celui d'abattre leurs
adversaires. Les gardes faisaient sauter la porte au
moment où leur grenade explosait. Ils n'avaient
plus qu'une idée : sauver leur peau.

— Attends, murmura Otto, en débouchant sur le
palier.

Ils mirent chacun des lunettes ressemblant à des
lunettes de soudeur avec des verres très sombres.

Otto s'avança, dégoupilla une autre grenade aveuglante et la jeta en face de l'ascenseur. Les gardes
les aperçurent et se mirent à hurler. L'engin explosa, neutralisant tout le monde, tandis que les deux
Allemands se ruaient dans l'escalier. Ils descendirent quatre à quatre les vingt-trois étages jusqu'au rez-de-chaussée où ils s'arrêtèrent, prêtant
l'oreille.

Des coups de feu parvenaient du dehors. On tirait
toujours sur ce qui restait des chameaux, les gardes
de Sadate n'avaient pas encore fait le point. L'immeuble n'allait pas tarder à être cerné. Otto Mainz
sortit une grenade défensive de son sac et la dégoupilla. Puis il ouvrit la porte donnant sur le hall.
Il eut le temps de voir plusieurs gardes avec
des armes, avant de jeter sa grenade et de reculer.

Le temps de compter jusqu'à cinq, et une explosion violente ébranla l'immeuble. Les deux terroristes se précipitèrent. Trois corps gisaient sur le
dallage du hall et les vitres n'existaient plus. Au
passage, Otto lâcha un chargeur sur deux gardes qui
avaient eu le temps de se dissimuler derrière un
pupitre. Ils ne ripostèrent même pas. Dehors, ils
tournèrent tout de suite à gauche, filant sous les
acacias. La moto était toujours là. Otto était tellement énervé qu'il mit plusieurs secondes à la faire
démarrer... Hildegard pleurait hystériquement, disant des mots sans suite, la peur au ventre. Ils
n'allaient pas tarder à avoir toute la police égyp-

tienne à leurs trousses... Elle se mit à lui marteler le dos.

— *Schnell! Schnell!*

Enfin, la BMW ronronna, et Otto mit le cap sur Shari el Giza. Le vent lui fouettant le visage le calma un peu. Hildegard se pencha et hurla :

— *Wohin gehen wir?*

— A l'ambassade.

Arrivé sur la place El Gama'a, il prit Sarwat Street, puis à droite El Misaha qui coupait du nord au sud un dédale de petites avenues ombragées d'acacias. Il déboucha sur une place calme bordée d'immeubles en construction. Une grosse villa blanche au toit hérissé d'antennes dont une en forme de fleur, occupait le coin de Hussein Pasha Wasif Street. Entourée d'un haut mur et gardée par deux soldats en noir, comme toutes les ambassades du Caire : l'ambassade de la République Démocratique allemande.

Otto freina et s'arrêta à l'entrée de l'avenue. La proximité de l'ambassade le rassurait. Ici, on ne semblait se douter de rien. Hildegard se pencha sur lui. La peur la rendait presque laide.

— Ce salaud de Boutros ne viendra jamais. Il faut...

Un coup de klaxon lui fit tourner la tête. Une Mercedes était arrêtée de l'autre côté de la place.

— C'est lui, fit Otto. Ce fumier est venu quand même.

Il remit les gaz et alla se ranger le long de la voiture. Avec ses lunettes noires, Ashraf Boutros paraissait encore plus blanc et ses bajoues lui donnaient l'air encore plus pitoyable. A côté de lui, Abu Sayed semblait totalement abattu. Il était arrivé le premier au rendez-vous.

— Qu'est-ce qui s'est passé? cracha-t-il d'une voix contenue. J'ai tout vu du pont. Pourquoi avez-vous raté? Pourquoi? Pourquoi?

Il en avait des sanglots dans la voix.

– C'est votre foutu truc! répliqua Otto. Et le type des Américains. Il m'a gêné, il a failli nous flinguer.

Il raconta l'intervention *in extremis* de Malko, surveillant la place du coin de l'œil, s'attendant à voir surgir la police à chaque seconde. Hildegard trépignait sur place. Ashraf Boutros avait l'impression qu'il faisait sous lui. Que tout son corps était en train de se liquéfier. Tout en écoutant les Allemands, il cherchait une solution. En partant le matin de chez lui, il avait envisagé la possibilité de ne pas y revenir. Mais c'était quelque chose d'abstrait. Maintenant, il était en plein dans le concret. Avec très peu de temps pour réagir. On l'avait vu dans le building peu de temps avant l'attentat. L'agent des Américains le soupçonnait. Otto et Hildegard connaissaient son rôle, tout comme Abu Sayed, chargé de piéger les chameaux et de les convoyer... Toute cette partie de l'opération avait été organisée par Mansour Karoun.

Il respira profondément et tenta de retrouver un peu de calme.

– Otto, dit-il, allez voir les Allemands de l'Est. Vous avez un contact, je crois?

– Oui, fit le jeune Allemand.

– Bien. Demandez-leur l'asile politique pour nous quatre.

Le tout était de gagner du temps. Sadate ne serait pas éternel.

– A cause de vous, nous sommes dans une foutue merde, grommela Otto Mainz.

Depuis qu'il était en face de l'ambassade, sa peur avait fait place à de la colère. Il se sentait relativement protégé.

– Vas-y, appuya Hildegard.

Il partit à pied vers l'ambassade, tandis qu'Hildegard montait à côté de Boutros.

Une voix nasillarde demanda dans l'interphone.
– *Was ist das?*
– Je voudrais parler à un conseiller politique, répondit en allemand Otto. C'est important.

La porte s'ouvrit et il pénétra dans le jardin. Un employé l'attendait sur le perron. Il le fit entrer sans un mot dans un petit salon. Quelques minutes plus tard, un homme en gris avec des lunettes pénétra dans la pièce et lui demanda ce qu'il voulait, sans se présenter.

Otto Mainz lui raconta toute son histoire, expliquant sa lutte en Allemagne, sa sympathie pour la DDR [1], et finalement sa participation à l'attentat contre Sadate.

– A Tripoli, conclut-il, j'ai reçu des ordres du major Birkenau, détaché auprès des Libyens. C'est lui qui m'a conseillé de venir vous voir en cas de contre-temps.

Quand Otto eut formulé sa demande d'asile politique, son interlocuteur s'excusa et quitta la pièce. Le jeune terroriste attendit en fumant nerveusement. Lorsque le diplomate réapparut, son visage était encore plus fermé. Il annonça d'une voix glaciale :

– Il est absolument hors de question que nous vous donnions l'asile politique. Vous n'êtes pas ressortissant de la DDR et vous venez de commettre un acte grave contre l'Egypte... Ce serait une ingérence inadmissible dans les affaires de ce pays. Je vous conseille de vous présenter à votre ambassade. Peut-être pourront-ils vous aider.

– Mais le major Birkenau..., commença Otto, effondré.

– Il n'y a pas de major Birkenau en poste à Tripoli, fit sèchement l'Allemand de l'Est. Vous avez été abusé.

---

[1] Deutsche Demokratish Republik.

Otto se leva, violet de rage. Prit le diplomate au collet.

— Crapule! hurla-t-il. Ce sont vos hommes qui m'ont formé en Libye, qui m'ont appris à me servir de cette saloperie de Sam 7! Vous ne les connaissez pas, peut-être?

— Non, fit l'homme en se dégageant. Vous êtes fou, nous ne nous mêlons pas de ce genre d'histoire.

Il avait dû sonner, car deux malabars entrèrent et se jetèrent sur Otto. En deux temps trois mouvements, il fut éjecté dans la rue sous l'œil amusé des deux soldats égyptiens... Pleurant de rage, il courut jusqu'à la voiture d'Ashraf Boutros et lui jeta :

— Les salauds! Ils ne veulent plus entendre parler de nous maintenant... Qu'est-ce qu'on va faire?

Ashraf Boutros regarda le visage crispé du jeune terroriste. Il fallait parer au plus pressé. Lui aussi s'était douté que les Allemands de l'Est ne voleraient pas au secours de la défaite. Si le président Sadate avait été en train de brûler dans les décombres de son hélicoptère, c'eût été une autre histoire.

— J'ai tout prévu, dit-il, un hélicoptère est prêt avec un pilote. Il va tous nous emmener en Libye.

— Où est-il? Allons-y.

— Vous ne pouvez pas venir tout de suite, dit Boutros. Il stationne dans une zone militaire où les étrangers ne sont pas admis. Je vais vous retrouver au sommet de la pyramide de Khéops. Dans une heure, environ. Il y a une plate-forme au sommet. Tous les jours, des touristes s'amusent à grimper, personne ne vous remarquera...

— Et lui? demanda Otto, désignant Abu Sayed.

— Je vais le faire passer pour mon chauffeur. Il parle arabe. N'ayez pas peur, je ne vous abandonnerai pas.

Son regard était fixé plus sur Hildegard que sur

Otto. La jeune Allemande s'en aperçut. Son intuition confirmait ce que promettait Ashraf Boutros. Si Otto avait été seul, évidemment...

– Bien, dit-elle avec brusquerie, nous vous attendrons là-bas. Allez-y.

Dans la Mercedes, Abu Sayed paraissait de plus en plus nerveux, tournant la tête dans toutes les directions. Le canon d'une courte mitraillette posée sur ses genoux dépassait de sa veste posée dessus. Dissuasion discrète pour les deux Allemands. Le véhicule démarra, laissant le couple sur place et tourna dans Amer Street. Otto Mainz, pris d'une panique brutale, suggéra tout à coup :

– Si nous allions demander de l'aide aux Libyens? L'ambassade est à Zamalek.

– Essayons, approuva Hildegard. On a le temps.

Abu Sayed roulait à toute vitesse au volant de la Mercedes sur Salah Salem, longeant la Cité des Morts, sa mitraillette posée à ses pieds. A l'arrière, Ashraf Boutros, vivant ses derniers moments de paix, essayait de faire bonne contenance... Le Palestinien demanda sans se retourner :

– Vous êtes certain que l'hélicoptère va être là?

– Absolument, affirma Boutros. Je l'ai retenu depuis deux jours. Je connais le pilote. Officiellement, c'est pour inspecter des forages pétroliers dans l'ouest. Nous avons une autorisation de l'armée.

– Mais le pilote?

– Une fois que nous serons en vol, il fera ce que nous lui dirons; nous avons ce qu'il faut pour le convaincre.

Il préférait ne pas penser à ce qui arriverait si l'hélicoptère n'était pas au rendez-vous. Il n'avait plus qu'à tenter l'ambassade d'Arabie Saoudite. Connaissant la prudence des Saoudiens, il y avait peu de chances qu'ils l'accueillent à bras ouverts.

Malko, les mains liées derrière le dos, une mitraillette dans l'estomac, réclamait en anglais le vice-président Moubarak, mais personne ne l'écoutait. Magda Boutros, elle aussi, était malmenée, en dépit de ses protestations en arabe. L'appartement avait été envahi par une foule de gardes très excités, brandissant des armes disparates. La découverte du cadavre de Mohammed Riah, abattu d'une balle dans la nuque sur le plancher, n'avait pas arrangé les choses; Krisantem, assommé d'un coup de crosse, récupérait sous la garde de deux moustachus patibulaires.

En bas, c'était l'état de siège. Des soldats amenés en toute hâte cernaient le périmètre présidentiel. La circulation était interdite sur le Nil, et on continuait à tirer sur les cadavres déchiquetés des chameaux qui exhalaient une odeur pestilentielle.

Plusieurs gradés du Moukhabarat El Ascari firent enfin irruption dans l'appartement. L'un d'eux connaissait Magda Boutros, et les choses commencèrent à se calmer. Quelques coups de fil à l'ambassade américaine et au bureau du Moukhabarat achevèrent d'éclaircir la situation. Pas pour tout le monde.

— Où est votre mari? demanda un colonel.

— Je ne sais pas, je ne comprends pas, avoua Magda Boutros. Il semble avoir été emmené par les terroristes. En otage, peut-être.

Malko demeura silencieux. Inutile d'accabler Ashraf Boutros. Il n'était plus dangereux. Autant laisser les Egyptiens laver leur linge sale en famille.

— Où sont-ils?

— Ils ont fui, dit Malko. Mais je peux les reconnaître.

— Venez, dit le colonel. Nous allons lancer des appels radio. Ils sont sûrement encore au Caire.

S'ils commettent l'imprudence d'aller dans le désert, nous les reprendrons encore plus facilement. Allons d'abord à l'ambassade de Libye. Ils ont peut-être cherché à s'y réfugier.

Malko suivit le colonel qui prit place dans une voiture radio du Moukhabarat. Lui monta dans la Dodge avec Magda et Krisantem. Ils remontèrent à toute vitesse Giza Avenue, en direction de Zamalek. Magda Boutros se tourna vers Malko et dit d'une voix bouleversée :

– Je vous remercie tout à l'heure de n'avoir rien dit. Même si c'est inutile.

– On ne frappe pas un homme à terre, dit Malko. Mon rôle est terminé. J'ai empêché l'attentat. C'est au Moukhabarat de jouer. Mais pourquoi votre mari s'est-il lancé là-dedans? Vous étiez au courant, n'est-ce pas?

– Pas depuis longtemps. Il voulait le pouvoir. Son passage près du président l'avait grisé. Ses amis saoudiens lui ont monté la tête. Ils lui ont fait croire que si Sadate disparaissait, il aurait un rôle politique à jouer. C'est faux, je le lui ai dit, mais il n'a jamais voulu me croire...

– Où peut-il être?

– Je ne sais pas. J'espère pour lui qu'il a prévu quelque chose. Sinon, ils le tueront.

Elle disait cela simplement, avec un pragmatisme désespéré. Toujours suivant la voiture-radio, ils s'engl"uèrent dans la circulation de El Gala'a Bridge, pour tourner à gauche dans Hassan Pacha Street remontant le long de la baie de Geziret.

Malko poussa soudain une exclamation :

– Les voilà!

Une grosse moto arrivait en sens inverse. Au passage, Malko vit distinctement les visages crispés des deux jeunes Allemands. Par chance, il y avait un trou dans la circulation, et il parvint à faire demi-tour. S'en apercevant, la voiture du Moukhabarat essaya d'en faire autant, mais se trouva bloquée.

Malko accélérait déjà, doublant les files de voitures, pour ne pas se laisser semer. Les Allemands reprirent le pont El Gala'a, puis plus loin Giza Avenue.

La voiture du Moukhabarat avait carrément disparu, malgré sa sirène. Malko éprouvait un mal fou à ne pas perdre la moto de vue, multipliant les imprudences. Nulle part, on ne voyait de barrages de police. Finalement, ils s'engagèrent dans la shari El Haram, menant à Pyramids Road.

— Ils n'ont quand même pas l'intention d'aller en Libye en moto! s'exclama Malko.

Soudain, la moto ralentit. Malko arriva à une dizaine de mètres derrière elle. Il vit Hildegard Müller se retourner, un pistolet dans la main droite et viser sa voiture. Il n'eut que le temps de faire un écart. Une balle fracassa le pare-brise, à droite de Magda Boutros, ressortant par la lunette arrière.

Puis, la moto reprit de la vitesse et s'engouffra dans le souterrain, menant à Pyramids Road.

Où allaient-ils?

CHAPITRE XXI

– *Schnell! Schnell! Immer Gerade aus!*[1]

Hildegard Müller, le bras gauche passé autour de la taille de Otto Mainz, la main droite serrant toujours la crosse de son Radom, se décrochait le cou à surveiller ce qui se passait derrière eux. La voiture de Malko avait disparu, engluée dans le passage souterrain menant à Pyramids Road. Etant donné le peu d'efficacité de la radio égyptienne, ils avaient toutes les chances de passer à travers d'éventuels barrages. L'Allemande avait encore les mains qui tremblaient. Réaction à des semaines d'angoisse et de tension nerveuse. Maintenant, ils allaient se retrouver encore dans un pays pourri... Mais cela valait cependant mieux qu'une potence en Egypte... Otto Mainz dut freiner pour contourner un magma de charrettes à âne tentant de traverser l'avenue. Devant eux, les onze kilomètres de Pyramids Road s'étendaient à perte de vue. Avec, au bout, la liberté...

La moto rugit de nouveau. Hildegard Müller se détendit un peu et rengaina son pistolet. Elle avait vraiment eu peur. Otto grilla un feu rouge. Hildegard se retourna machinalement et crut que son

_____
[1] Vite! Vite! Toujours tout droit.

cœur s'arrêtait. La grosse voiture grise était de
nouveau derrière eux!

– *Gott im Himmel!* hurla-t-elle. Il est revenu.

Otto se retourna avec un sourire crispé.

– N'aie pas peur, *Schmutzie!* [1] Je vais plus vite que
lui. On va le baiser.

Il accéléra si fort qu'Hildegard manqua être
désarçonnée. Effectivement, les bacs de céramique
de l'allée centrale défilaient de plus en plus vite, et
la Dodge avait disparu dans le trafic.

Elko Krisantem jurait en turc à chaque obstacle.
Malko faisait de son mieux, se servant de la Dodge
comme d'un tank. Les pacifiques Egyptiens n'en
revenaient pas mais s'écartaient. L'un d'eux, pratiquement chargé sur le capot, s'excusa d'un sourire.
Malko ne comprenait pas où voulaient aller les
deux terroristes. Dans cette direction il n'y avait
que le désert où ils seraient facilement rattrapés.
Même s'ils tentaient d'atteindre la Mer Rouge, ils se
retrouveraient en Arabie Saoudite. Ce serait la
décapitation au lieu de la corde.

Ce n'était même pas pour gagner la Libye, car la
route la plus courte se trouvait beaucoup plus à
l'ouest...

A côté de lui, Magda Boutros semblait avoir vieilli
de dix ans. Malko se dit qu'elle aurait préféré
qu'Ashraf continue ses infidélités. Maintenant, il
était perdu pour elle à tout jamais. Malko se tourna
vers elle.

– Vous croyez que la police va les intercepter?

L'Egyptienne eut une moue dubitative.

– S'ils prennent la route du désert, vers Al
Faiyum, il y a un poste militaire tous les dix
kilomètres et certains possèdent la radio. Ils ne

[1] Ma cocotte.

pourront pas aller loin, les hélicoptères de l'armée les rattraperont facilement.

La moto avait de nouveau disparu, avec près de cinq cents mètres d'avance.

Otto Mainz passa à 130 à l'heure devant le *Shalimar*, après avoir brûlé son quatorzième feu rouge. On apercevait dans le lointain sur la gauche la pointe de la pyramide de Khéops, en face de la Mena House, le grand caravansérail pour touristes. Hildegard se cramponnait moins fort, ayant réalisé que la Dodge ne pourrait pas les rattraper.

Elle ne quittait pas des yeux la grande pyramide qui semblait se rapprocher en un travelling géant. Le vent lui fouettait le visage, les gosses leur disaient bonjour, ils auraient pu être un jeune couple en vacances. Ils n'étaient que des gens traqués, promis à un sort pénible. Otto dût freiner au feu rouge avant Mena House, et elle fut projetée brutalement contre son dos. Cela lui fit du bien de sentir ses muscles et ses os durs.

La moto redémarra et s'engagea dans la route contournant la Grande Pyramide. Hildegard se retourna : la Dodge n'était qu'à quelques centaines de mètres. Elle en eut de nouveau le cœur serré.

L'esplanade devant la pyramide de Khéops était encombrée de badauds, de loueurs de chameaux et de chevaux, de photographes, de marchands ambulants, toute la faune à l'affût des touristes. Otto sortit de la route asphaltée et alla se garer le plus près possible de la pyramide. Une file de Japonais attendait sagement devant la porte de la face sud. Dès qu'ils mirent pied à terre, ils furent cernés par des guides insistants comme des pieuvres. Otto jeta un œil de regret à sa moto. Suivi d'Hildegard, il se dirigea en courant vers l'angle sud-ouest de la pyramide. Chaque bloc de pierre mesurait entre quatre-vingt centimètres et un mètre de haut. Cer-

taines étaient disjointes, usées, fendues. Otto se
hissa sur la première, puis aida Hildegard à le
rejoindre. Un gosse leur montra un écriteau en
arabe et en anglais : *Forbidden to climb*. Interdit de
grimper. Riant aux éclats. Des tas de touristes se
faisaient photographier à mi-pente. Les deux Allemands commencèrent à escalader lentement les
grosses pierres, zigzaguant pour emprunter le passage le plus facile. Sans trop se presser : il y avait
cent quarante mètres jusqu'à l'étroite plate-forme
de dix mètres de côté qui terminait la pyramide.

Ils avaient déjà franchi une trentaine de blocs
lorsqu'un policier égyptien les aperçut et se mit à
souffler comme un fou dans son sifflet dans leur
direction. Ils ne se retournèrent même pas.

Le policier s'arrêta près de leur moto. Il n'allait
quand même pas les poursuivre! Il les aurait quand
ils redescendraient et leur extorquerait une livre
chacun pour avoir violé la loi. Ce qui mettrait du
beurre dans son foul... Rasséréné, il s'assit sur une
grosse pierre, surveillant leur montée. Un bruit de
moteur lui fit tourner la tête. Une grosse voiture
fonçait sur la pyramide dans un flot de poussière,
comme si elle voulait s'écraser dessus. Elle s'arrêta
à quelques mètres de lui. Deux hommes en jaillirent
et se ruèrent sur la pyramide comme s'ils allaient
rater leur train. Deux étrangers bien entendu.

Il donna un coup de sifflet pour la forme, agita le
bras et attendit qu'ils redescendent eux aussi.

A moins d'aller au ciel, il n'y avait pas d'autre
voie. Il espérait seulement qu'ils ne feraient pas le
tour, ce qui l'obligerait à un effort. *Maalesch*...

Otto Mainz se retourna, la bouche grande ouverte
pour laisser entrer plus d'air. Jamais il n'aurait cru
que c'était si dur! Les pierres lui semblaient de plus
en plus énormes, et il parvenait à peine à se hisser,

marche après marche. Ils se trouvaient aux deux tiers de la pyramide et les chameaux, en bas, semblaient tout petits. A ses côtés, Hildegard Müller grimpait sans mot, les mâchoires serrées, collée à la pierre comme un lézard. La sueur détrempait leurs vêtements, et le sac qu'il portait avait maintenant un poids insupportable.

Il s'arrêta pour souffler et aperçut les deux hommes en contrebas, quarante mètres au-dessous d'eux, peinant eux aussi. Arrachant de sa ceinture son P. 38, tenant son poignet droit de la main gauche, il visa les deux têtes au-dessous de lui et tira. Sa main tremblait tellement à cause de la fatigue qu'il avait peu de chance de toucher ses poursuivants, mais cela lui donnait une occasion de reprendre son souffle, sans perdre la face.

Tout le chargeur y passa sans résultat, il l'éjecta en mit un autre, et dit :

– On leur balancera une grenade quand on sera en haut.

Leurs poursuivants s'étaient aplatis dans les pierres sans même riposter, sûrs de les coincer. Hildegard et Otto reprirent leur lente ascension. Encore quarante mètres. D'en bas, Magda Boutros suivait anxieusement la progression des uns et des autres.

Malko escaladait bloc après bloc, lui aussi, la bouche ouverte, les poumons en feu. D'en bas, cela semblait facile, mais chaque pierre représentait un effort de tous les muscles. D'autant qu'il devait garder un œil sur les Allemands, afin de ne pas se faire canarder bêtement... Il vit à temps Otto braquer le pistolet et se fit tout petit au creux d'une des énormes marches. Les balles passèrent très loin, faisant jaillir des éclats de pierres millénaires... D'en bas, avec le vent, on ne devait même pas entendre les détonations. Il risqua un œil et vit que l'Allemand avait repris son ascension... Elko Krisantem, muet comme une carpe, des rides creusant son visage buriné, s'accrochait courageusement.

Ils n'avaient pas gagné de terrain sur les fugitifs, mais cela avait peu d'importance. La pyramide était une impasse, et Malko mettait sur le compte de l'affolement la fuite éperdue du couple de terroristes. Ils avaient dû réaliser que le désert leur était fermé. Ici, ils n'avaient rien à espérer. Et pourtant, ils grimpaient comme des fous... Malko jeta un coup d'œil au-dessous de lui. Sur sa gauche, en contrebas il apercevait le Sphinx, allongé dans une espèce de tranchée, et plus loin, la ligne verte de la vallée du Nil.

Malko vérifia que l'Astra emprunté à Krisantem était bien accroché dans sa ceinture.

Dans quelques minutes ils seraient au sommet pour l'hallali.

Otto Mainz parvint le premier à la plate-forme carrée terminant la pyramide. Il s'y hissa, s'aidant d'un poteau en bois et se redressa en titubant. Il faillit tomber dans le vide, tant sa tête tournait, et se dépêcha de se rasseoir. Hildegard Müller rampa à côté de lui et demeura à plat ventre, les traits creusés, les yeux vides, épuisée, cherchant à reprendre son souffle. Le vent balayait l'étroite plate-forme et donnait l'impression d'être plus fort qu'en bas.

Otto avait l'impression que s'il se mettait debout il allait être emporté comme un fétu de paille... Hildegard inspectait le ciel.

— Où est-il? demanda-t-elle, la voix blanche.

Otto regarda autour d'eux. Pas un nuage, quelques oiseaux, à droite, la vallée du Nil et les fumées du Caire, à gauche le désert. La vue était à couper le souffle. Plus bas, les deux petites silhouettes conti-

nuaient à monter inexorablement. Le jeune Allemand saisit dans son sac une grenade ronde défensive. Le froid du métal lui fit du bien.

– Il ne va pas tarder, dit-il d'une voix rassurante.
Quand ces cons vont arriver, je vais leur balancer
ça, ils redescendront en morceaux...

Pour faire le poids, il sortit du sac son P. 38,
vérifia qu'il était armé. Glissant la tête par-dessus le
rebord, il inspecta la pente : ses poursuivants se
trouvaient encore à une bonne vingtaine de mètres.
Du centre de la plate-forme, on était à l'abri du tir
d'en bas et on pouvait jeter une grenade. Il roula
jusque-là et y attira Hildegard, qui resta sur le dos,
regardant le ciel. Deux ou trois minutes passèrent.
Dans le silence presque complet. Otto s'était
redressé sur un coude et regardait vers l'ouest. Tout
à coup, il poussa un rugissement de joie.

– Le voilà!

Hildegard se redressa à son tour. Clignant des
yeux, elle aperçut un point noir qui avançait rapidement dans leur direction.

Un hélicoptère.

Son cœur se gonfla de joie. Quelque chose fonctionnait quand même dans ce putain de pays!
Oubliant le danger de ceux d'en bas, elle se dressa
brusquement. Mais Otto la fit retomber en la tirant
par les jambes.

– Tu es folle, tu veux te faire tuer!

Il dégoupilla la grande et la tint, cuillère serrée,
prêt à la lancer. Il allait compter jusqu'à deux pour
être certain qu'elle n'explose pas trop tard.

L'hélicoptère se rapprochait. Un Bell à cinq places, bleu et blanc. A travers ses glaces noires on ne
pouvait voir qui se trouvait à l'intérieur. Mais cela
ne pouvait être qu'Ashraf Boutros qui venait les
chercher. Dans quelques heures ils seraient en
Libye. A l'abri.

L'hélicoptère était très près, maintenant, tournant
au-dessus du sommet de la pyramide. Des cercles

de plus en plus étroits. A cause du mât central, il risquait de ne pas pouvoir se poser.

Otto lui adressa des signes frénétiques. Il pouvait apercevoir les trois hommes à l'intérieur. L'appareil était maintenant tout près, et son ronflement couvrait la voix humaine. Otto Mainz pensa soudain à ses poursuivants. Ce serait trop bête de se faire coincer au dernier moment.

Se remettant à quatre pattes, il s'approcha du rebord. L'homme blond se trouvait à moins de cinq mètres. Il vit ses traits épuisés, ses mains accrochées à un bloc. A cette distance, il ne pouvait pas le rater. Ses doigts s'écartèrent de la grenade, mettant en route le mécanisme du retard. Intérieurement, Otto commença à compter : un, deux, trois...

A cinq, il la jetait.

Malko enregistra le geste de l'Allemand avec impuissance. Il savait qu'il devait prendre son pistolet, mais s'il lâchait une main, en déséquilibre il tombait. Ensuite, il ne pourrait plus se rattraper. Alors, il resta immobile, collé à la pierre rude et ocre, souhaitant que la grenade explose trop loin. Tout en sachant qu'un engin de cette espèce projetait des éclats mortels à plus de cent mètres.

Il ne voyait plus son adversaire caché par le rebord, mais savait que la petite boule ronde et mortelle allait jaillir de la plate-forme. Le rotor de l'hélicoptère déclenchait un vent furieux qui les forçaient à s'accrocher encore plus sous peine d'être emportés.

– Otto !

Hildegard hurla de tous ses poumons. L'hélicoptère se trouvait derrière le jeune Allemand. Ce dernier perçut un crépitement sourd, couvert en partie par le bruit de l'engin, et aussitôt, comme une série de coups de poing dans le dos. Il allait ouvrir la bouche pour crier lorsqu'elle se remplit brusquement de sang. La douleur surgit aussitôt, lui écrasant la poitrine, lui coupant les jambes. Il tomba à genoux, eut le temps d'apercevoir, par une porte ouverte de l'hélicoptère, Abu Sayed, le visant avec une courte mitraillette.

Puis, un voile noir passa devant ses yeux, et il tomba en avant. Ses doigts laissèrent échapper la grenade qui roula à côté de lui. Hildegard Müller criait en montrant le poing à l'hélicoptère. Celui-ci se rapprocha encore, et Abu Sayed s'apprêta à tirer sur elle, il n'en eut pas le temps. Le souffle du rotor la prit à contrepied et la déséquilibra. Avec un hurlement terrifié, elle tomba en arrière dans le vide au moment précis où la grenade explosait, criblant Otto de ses éclats. L'hélicoptère fit un bond de côté et s'éloigna comme un scarabée blessé, perdant de l'altitude.

Malko vit passer le corps d'Hildegard et entendit son cri lorsque sa nuque heurta l'arête d'un bloc de pierre. Son corps resta de guingois comme un pantin disloqué. Il acheva de se hisser jusqu'à la plate-forme, suivi de Krisantem.

Otto Mainz gisait recroquevillé dans une mare de sang, le visage arraché par l'explosion de la grenade. L'hélicoptère n'était plus qu'un petit point noir dans le soleil couchant. Malko ramassa le sac de l'Allemand, se reposa quelques instants pour se laisser glisser le long du premier bloc. Il était si fatigué qu'il eut un éblouissement et faillit rater « une marche ». Il dut se résoudre à redescendre avec une lenteur de tortue. Il fit un détour pour s'arrêter près du corps de Hildegard Müller. La jeune Allemande avait cessé de vivre, et ses yeux vitreux fixaient le ciel sans le voir.

Malko entendit un bruit de sirènes venant du bas de la pyramide. Plusieurs voitures de police venaient de stopper sur le terre-plein, et vomissaient des policiers en uniforme et en civil. A leur tour ils se ruèrent à l'assaut de la pyramide de Khéops. Malko demeura quelques instants près du cadavre, reprenant son souffle. Il n'y avait plus de raison de se presser, maintenant. Il se demanda si Ashraf Boutros allait atteindre la Libye.

L'Egyptien était un homme prudent. Plus que les deux jeunes terroristes. Témoins embarrassants qui ne lui avaient coûté qu'un modeste détour.

La pierre était froide sous les doigts de Malko, et le vent soufflait violemment, presque glacial. Il regarda le désert ocre où s'étaient perdus tant de rêves. Brusquement, il se sentait terriblement fatigué.

— Ça va? cria Krisantem.

— Ça va.

Ashraf Boutros regarda la carte posée sur les genoux du pilote et demanda pour la dixième fois.

— Où sommes-nous?

Le doigt du pilote se posa sur un point à mi-chemin entre la frontière libyenne et Le Caire.

— Ici.

— Combien de temps avant la frontière?

— Deux heures et demie de vol. Mais...

— Mais quoi?

Il avait crié sans s'en rendre compte. La nuit était tombée depuis deux heures, et ils volaient dans une obscurité totale, troublée seulement par la faible clarté des étoiles et de la lune. L'hélicoptère volait très bas, à une centaine de mètres afin d'éviter les radars. Jusqu'ici personne n'avait cherché à les intercepter, mais cela pouvait venir. L'armée de l'air égyptienne avait encore quelques chasseurs en état de voler, et les radars, côté frontière libyenne, fonctionnaient correctement. Cependant, à cette altitude, ils ne risquaient pas grand-chose.

Seulement, ils consommaient beaucoup plus de kérosène...

– Je ne sais pas si nous ne devrions pas faire demi-tour, hasarda le pilote. Je crains de ne pouvoir atteindre la frontière.

– Pas question! hurla Ashraf Boutros. Nous continuons.

Abu Sayed ne dit rien, c'est lui qui avait pris la décision de liquider les deux Allemands lorsqu'ils s'étaient aperçus qu'il n'y avait pas d'échelle pour les faire monter à bord. Ils savaient trop de choses et ils pouvaient le reconnaître. S'il se sortait de cette équipée il voulait quand même une petite chance de survie...

Ashraf Boutros pensait à la potence qui l'attendait au Caire. Anouar El Sadate n'avait pas pour habitude de traiter avec tendresse ceux qui attentaient à sa vie. Surtout un ancien ami comme Ashraf Boutros. Celui-ci se pencha sur la carte, lisant avidement les noms comme si cela pouvait aider le pilote. Ils se trouvaient au-dessus du ghard Abu Sennan, une vallée dans le Western Desert. Il chercha en vain le nom d'un village ou d'une oasis où ils pourraient trouver du carburant. Il aurait fallu descendre beaucoup plus au sud, vers l'oasis de Bahariya. Seulement, là-bas, il y avait l'armée et ils se poseraient des questions sur cet hélicoptère sans plan de vol ni ordre de mission... Quant au nord, pas question, c'était la région la plus surveillée. Il fallait continuer. Inexorablement, ils se rapprochaient de la grande dépression d'Al Qattara, là où même les Bédouins ne se risquaient pas. Pas d'animaux, pas de vent, pas de vie : rien que du sable brûlant le jour et glacial la nuit. Il aurait fallu la contourner, mais c'était allonger la route et dépenser encore plus du précieux carburant.

Le pilote vit le pistolet posé sur les genoux de son

passager et n'insista pas. Depuis le décollage, il s'était résigné. Si le vent se levait dans leur dos, ils avaient une petite chance de franchir la dépression et d'arriver de l'autre côté tout près de la frontière. Même s'ils ne la traversaient pas, une caravane pourrait les secourir. Avec des dollars et des armes, on obtient beaucoup de choses. Quant à l'armée, elle ne se risquait pratiquement pas dans ce coin.

Ashraf Boutros ne quittait pas des yeux la ligne sombre de l'horizon, guettant le bruit de la turbine et les cadrans faiblement lumineux du tableau de bord. Il réalisa qu'il avait faim et soif, mais ils n'avaient rien eu le temps d'emporter, lors de leur fuite éperdue. Lui aussi, luttait contre la tentation de faire demi-tour, de retrouver la civilisation. Mais ce ne serait pas pour longtemps. Il alluma une cigarette et tenta de se détendre, en pensant aux millions de dollars qui l'attendaient en Suisse. Sadate ne serait pas éternel. De plus, en Orient, on pouvait espérer n'importe quel arrangement à condition de payer le prix du sang...

Vingt minutes s'écoulèrent dans la monotonie du ronronnement de la turbine. Abu Sayed somnolait à l'arrière. Soudain, une furieuse décharge d'adrénaline arracha Ashraf Boutros à sa torpeur. Le bruit avait changé. Il tourna la tête vers le pilote. Ce dernier semblait transformé en pierre.

– Qu'est-ce qu'il y a?

L'autre secoua la tête.

– Je ne sais pas, je perds du régime. J'ai l'impression que les filtres à air sont encrassés. Ou qu'il y a des saloperies dans le kérosène.

– Qu'est-ce qu'il faut faire?

– Nous poser. Je n'ai pas le choix. Essayer de réparer. Nous repartirons au jour.

Futile espoir. Ashraf Boutros regarda l'immensité noire au-dessous de lui, le cœur serré. Il fallait lutter. Puis son regard se reporta sur l'altimètre. La grande aiguille tournait lentement à contre-sens,

égrenant la descente. Il leur restait à peine cent
pieds, et pourtant on ne voyait pas encore le sol.
Une rafale secoua l'appareil. Le pilote alluma ses
phares d'atterrissage qui éclairèrent le désert moutonné.

Encore quelques minutes. La turbine faisait un
bruit de plus en plus aigu. Les patines touchèrent le
sol dans un grand envol de sable. Pendant plusieurs
minutes ils ne virent plus rien sauf quelques
voyants rouges sur le tableau de bord. Puis tout
s'éteignit.

— Qu'est-ce qu'il y a? cria Boutros, angoissé.

— J'ai coupé le contact, dit le pilote. Pour écono-
miser les batteries.

Les pales tournaient encore, presque silencieusement. Ashraf Boutros fit coulisser la porte de son
côté et reçut une bouffée d'air tiède. Il sauta à terre
et s'enfonça dans le sable jusqu'aux chevilles. Le
silence était impressionnant. Le pilote le rejoignit,
l'air découragé.

— Je crains que nous ne puissions pas repartir,
annonça-t-il, les filtres sont foutus. Il faudrait les
changer.

— Et vous n'en avez pas, bien entendu? demanda
Ashraf Boutros, hystérique.

Demeurer coincé dans le désert à cause de quelques bouts d'amiante! C'était une insulte à l'intelligence. Le pilote s'assit à croupetons.

— Demain matin, dès qu'il fera jour, nous parti-
rons vers le nord. Il y a une piste qui longe au sud la
dépression d'Al Qattara. Si nous l'atteignons, nous
trouverons sûrement du secours. Il y a quelques
camions et des caravanes.

— Et si nous ne l'atteignons pas?

Le pilote haussa les épaules.

— Il y a des contrebandiers, des Bédouins noma-
des qui se perdent quelquefois par ici.

Le silence retomba. Il y avait encore cinq heures
à attendre avant le jour. Ashraf Boutros remonta

dans la cabine. Abu Sayed demeurait silencieux dans le noir, les yeux ouverts, guettant comme un chat. Ashraf Boutros tenta de trouver le sommeil. Mais après le tumulte du Caire, le silence minéral le perturbait. Il avait l'impression d'être déjà dans son tombeau.

CHAPITRE XXII

Les trois gros Sikorski volaient en triangle, à moins de cent pieds du désert. Les soldats étaient assis dans l'encadrement des larges portes rectangulaires de chaque côté de l'appareil, les pieds dans le vide, attachés par leur harnais de sécurité. Scrutant le sol, Malko se trouvait dans la cabine, à côté du pilote, un major du Moukhabarat El Ascari. Ils volaient depuis trois heures environ, en cercles concentriques qui se rapprochaient de plus en plus de l'ouest, vers la frontière libyenne.

Dans l'appareil de tête, se trouvait Magda Boutros. Elle avait téléphoné elle-même au président Sadate pour lui demander de participer aux recherches destinées à retrouver son mari.

Malko se pencha vers le pilote.

– Où sommes-nous?

– Ici, dit l'Egyptien, au sud de la dépression d'Al Qattara. Dans une région totalement inhabitée... Aucune caravane ne s'y risque, il n'y a pas de point d'eau. Même les contrebandiers l'évitent. On ne peut y trouver que la mort. Mais ils ont dû tenter de passer par ici. Ce n'est pas sûr qu'on les trouve. Beaucoup de gens ont disparu corps et biens dans le désert. Il suffit d'une tempête de sable, d'un repli de dune. Il faut juste tomber dessus. Ce n'est pas grand, un cadavre. Si les vautours ne les ont pas dévorés...

— Vous êtes certain qu'ils sont morts?

Le pilote eut un rire sans joie.

— Il y a quatre vingt-dix-neuf chances sur cent. Ils n'avaient ni vivres ni eau. Nous sommes certains, grâce à nos écoutes, qu'ils n'ont pas atteint la Libye. Donc, ils sont toujours en Egypte. A moins qu'ils aient été recueillis par des contrebandiers. Ceux-ci peuvent aussi les avoir tués... Pour les voler.

Décidément, les perspectives n'étaient pas réjouissantes. Malko pensa à Magda Boutros. Il avait mal à la tête. Cela faisait une semaine qu'il prolongeait son séjour au Caire, sur la demande du Moukhabarat. Il connaissait le *Méridien* par cœur et bronzait à sa piscine ronde tous les jours. Magda Boutros le rejoignait en fin de journée dans sa suite. Quelquefois, ils y dînaient, quelquefois ils sortaient dans un des rares restaurants agréables du Caire. Ils n'avaient fait l'amour qu'une seule fois depuis la disparition d'Ashraf Boutros. La veille au soir. Magda était arrivée avec une jupe boutonnée des deux côtés, très ajustée sur un chemisier de soie. Après trois vodkas, Malko, pour jouer, avait commencé à défaire quelques boutons. Magda s'était laissé faire. Mais lorsqu'il avait voulu la prendre, elle n'avait consenti qu'à lui donner sa bouche, pour une fellation rapide, douce et efficace. Elle s'était remaquillée, et ils avaient été dîner.

Il entendit soudain une voix arabe qui sortait du haut-parleur. Le pilote répondit quelque chose puis le Sikorski pivota, prenant la direction de l'ouest.

— Qu'est-ce qu'il y a? demanda Malko.

— Le numéro 2 a trouvé quelque chose, annonça le pilote, ils ne savent pas encore quoi. Un reflet dans le soleil.

Malko se pencha. Un appareil volait encore plus bas, devant eux, se confondant presque avec le sable du désert. Il avait beau écarquiller les yeux, il ne voyait que le moutonnement ocre. Tout à coup, il aperçut quelque chose qui brillait. Son cœur battit plus vite. C'était un hélicoptère. De nouveau la voix dans la radio.

– C'est lui! dit le pilote tout excité.

L'autre Sikorski tournait en rond au-dessus de l'hélicoptère immobilisé. Malko aperçut le tube d'une mitrailleuse qui dépassait d'une porte. Ils ne prenaient pas de risques...

– Ils ne sont pas là, annonça le pilote.

Le premier Sikorski venait de se poser dans un nuage de poussière jaune, tandis que la radio crépitait frénétiquement. Quand la poussière fut retombée, Malko aperçut des soldats qui couraient vers l'hélicoptère. Un monta à bord, et les autres inspectèrent l'appareil. Les deux autres Sikorski tournaient en rond au-dessus comme des vautours.

Un des soldats fit des gestes, montrant la direction du nord. Puis la radio cracha, et le pilote traduisit.

– Il y a une piste, ils sont partis vers le nord.

Aussitôt, le Sikorski piqua du nez dans la direction indiquée. Malko ne voyait aucune trace. Simplement le moutonnement à l'infini et les montagnes violettes dans le lointain au nord.

Ils volèrent ainsi le nez penché pendant une dizaine de minutes, puis l'appareil fit demi-tour. Le pilote se tourna vers Malko :

– Ils n'ont pas pu aller si loin.

C'était effrayant en bas. Pas le moindre signe de vie, pas un oiseau, pas même un serpent. Les cailloux ocres et le sable. L'hélicoptère prit un peu de hauteur et commença à décrire de larges cercles en revenant lentement vers le sud. Malko prit une paire de jumelles et scruta le sol. Un peu plus loin, le second appareil en faisait autant.

On n'entendait que le ronflement des rotors. Malko eut soudain l'impression d'avoir une mouche devant les yeux. Il les ferma et les rouvrit. La

mouche était toujours là. Vers l'est. Il y avait trois
mouches même... D'une voix bouleversée, il cria au
pilote :

– Je crois que je les ai trouvés.

Aussitôt, le Sikorski plongea dans la direction
indiquée. Malko en perdit son objectif, mais quelques minutes plus tard, il vit trois formes allongées
à quelques mètres l'une de l'autre. Trois cadavres.

Le lourd Sikorski se laissa tomber doucement,
soulevant un énorme nuage de sable qui suffoqua
tout le monde. L'équipage descendit. La chaleur
était accablante. Malko aperçut le second appareil
qui se posait cent mètres plus loin. Il partit dans la
rocaille, escorté de l'équipage. Personne ne disait
mot. Il se retourna : Magda Boutros courait dans
leur direction.

C'est Ashraf Boutros qui avait été le plus loin. Au
moins cent mètres. Cela ne se voyait pas du ciel.
Son visage était intact comme s'il venait de mourir
quelques minutes plus tôt, ses traits parcheminés
avaient la placidité de l'éternité, mais sa bouche
ouverte sur un rictus terrifiant, disait la cause de la
mort : la soif. Une de ses mains crispées serrait
encore un pistolet automatique. Peut-être avait-il
voulu se suicider... Un des soldats retourna le corps
sur le dos. Il y avait du sable partout. D'autres
s'occupèrent du pilote et d'Abu Sayed. Les trois
hommes avaient parcouru près de quatre-vingts
kilomètres, sans boire et sans manger.

Le sable crissa derrière Malko. Magda Boutros
surgit à sa hauteur et s'immobilisa devant son mari.
Ses yeux étaient secs, ses traits figés, et le vent
faisait bouger ses cheveux. Il vit ses doigts croisés,
les jointures blanches. Les soldats formaient un
cercle silencieux autour d'elle. Lentement, elle se
pencha et tenta de fermer les yeux de son mari,

mais les paupières étaient trop desséchées. Elle se redressa et dit quelques mots en arabe au colonel qui commandait l'opération. Ce dernier se pencha et commença à fouiller les poches du mort. Il en sortit des liasses de dollars, un chargeur, un porte-feuille et deux petits carnets. Un noir et un rouge. Il mit le noir dans sa poche, après l'avoir feuilleté rapidement. Puis il regarda le rouge, page par page, dans un silence sépulcral. Puis il le tendit à Magda Boutros qui le garda serré dans sa main.

Il donna un ordre. Un des soldats courut vers l'hélicoptère et revint en portant une pioche. Aidé de deux camarades, il commença à creuser le sol.

— Vous allez l'enterrer ici? demanda Malko.

— Pourquoi pas? dit l'officier. Nous autres musul-mans, nous ne sommes pas comme les chrétiens. Nous n'utilisons pas de cercueil. Il faut que le corps revienne à la terre. Peu importe où il se trouve. Ici, le climat le conservera longtemps.

Cela alla très vite. En une demi-heure, la fosse fut creusée. Un autre soldat avait apporté une toile de tente verte dans laquelle on roula le cadavre. Puis, deux soldats le descendirent dans la fosse. Magda Boutros ne bougeait pas, le carnet rouge toujours serré entre ses doigts. Elle n'eut pas un geste lorsque les pelles rabattirent le sable sur le corps de son mari. Bientôt, il ne resta plus qu'un petit tumulus. Alors, elle ouvrit son sac et en sortit quelque chose de plié. Malko reconnut un drapeau égyptien. Elle le déploya et l'étala sur le tumulus. Il y eut une brève discussion en arabe entre le colonel et elle, puis l'officier céda avec un haussement d'épaules.

Deux autres tombes avaient été creusées un peu plus loin pour les deux autres corps. Il donna le signal du départ et tout le monde repartit vers les hélicoptères. Toutes les radios marchaient à fond. Cette fois, Malko remonta dans le même appareil que Magda. Ils se sanglèrent côte à côte, près de la

porte. Les rotors démarrèrent lentement, le siffle-
ment devint insupportable, puis le lourd appareil
s'éleva majestueusement.

Magda Boutros tourna la tête, observant le sol à
travers la porte. Le tumulus au drapeau était nettement visible. Le Sikorski reprit la direction de l'est
et la tache de couleur diminua. Jusqu'à se fondre
complètement dans l'immensité ocre. Magda tourna
la tête et fixa Malko.

– J'étais sûre qu'il était mort. Mais je voulais le
voir une dernière fois. J'ai été très amoureuse de
lui, tu sais.

Elle le tutoyait pour la première fois.

– Je sais, dit Malko. Pourquoi avez-vous pris ce
carnet? Qu'est-ce que c'est?

Elle eut un sourire sans joie.

– C'est là où il notait les noms de toutes ses
maîtresses, je voulais savoir. J'ai toujours voulu
savoir. Eux cherchaient ses complices. Nous sommes tous contents.

Le silence retomba tandis qu'ils volaient vers
l'est. Ils arrivèrent au-dessus de la vallée du Nil vers
cinq heures.

Le Caire s'allumait, le soleil disparaissait derrière
les premiers contreforts du désert. L'appel à la
prière s'échappait des innombrables minarets.

Magda Boutros se pencha vers Malko.

– Ce soir, je voudrais que tu m'emmènes dîner. Je
vais me faire très belle. Toi aussi, il faut que tu aies
ta récompense. Pour ce voyage fatigant.

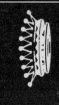

Découvrez les enquêtes de la

BRIGADE MONDAINE

qui osent enfin révéler les dossiers indiscrets des policiers pas comme les autres

ANTOINE DOMINIQUE

LE GORILLE

... revient à la charge. Avec des épisodes mouvementés, des affaires ultra secrètes. Le jeu des barbouzes féroces et sympathiques. La valse des services secrets.

* rééditions

Ne manquez pas de suivre la croisade meurtrière de Mack Bolan, surnommé

L'EXECUTEUR

Parce que sa mère, son père et sa sœur ont été victimes de la Mafia, l'Exécuteur, poussé par une haine qui jamais ne s'éteindra, lui déclare une guerre implacable. Sa vengeance est simple et féroce. Tuer, tuer, tuer... Mais la puissante organisation riposte sans merci.

GÉRARD DE VILLIERS

PRESENTE

L'IMPLACABLE

par

Richard Sapir et Warren Murphy

Une nouvelle série bourrée d'action
et d'aventures fantastiques.
C'est violent, c'est cruel... et drôle.

Chez votre libraire :

science fiction

SF

JIMMY GUIEU

Percez le mur de la lumière ! Basculez dans l'hyperespace ! Abordez des mondes nouveaux... ou restez sur la Terre où vous rencontrerez aussi l'Etrange et le Terrifiant...

Chez votre libraire :

Partez avec

BLADE

quand il prend son départ fulgurant
pour des dimensions inconnues.

**Suivez le récit des aventures
de cet homme hors pair**

quand il s'affronte aux monstres horribles,
se lance dans des luttes corps à corps
contre les guerriers de peuples étranges,
... et succombe dans les bras de femmes
éblouissantes, esclaves ou reines
fantastiques.

Chez votre libraire :

Célestin Valois

BASILE
LE DISTRAIT

Il s'appelle Basile.
Il est jeune, beau, sportif, intelligent.
c'est un grand savant
et agent *très* spécial de la France.

Il n'a qu'un seul défaut : il est **DISTRAIT**

UNE NOUVELLE COLLECTION
A LIRE ABSOLUMENT

En vente chez votre libraire :
1. Faites sauter le Pharaon
2. La pilule de l'Ayatollah
3. Faillite au Liechtenstein
4. Vaccin mortel à Bénarès

LES ANTI-GANGS

Les Anti-gangs, une équipe d'hommes durs et implacables qui tuent et se font tuer dans un combat sans merci.

IMPRIMÉ EN FRANCE PAR BRODARD ET TAUPIN
7, bd Romain-Rolland - Montrouge.
Usine de La Flèche, le 15-01-1981.
6968-5 - No d'Editeur 10793, 1er trimestre 1981.